Anna Hutter

Katzenspuk

Roman

für Mama und Alexandra,
die großen Katzenliebhaberinnen
in meiner Familie

Bibliografische Information der Deutschen Nationalbibliothek

Die Deutsche Nationalbibliothek verzeichnet diese Publikation

in der Deutschen Nationalbibliografie; detaillierte bibliografische Daten sind

im Internet über www.dnb.de abrufbar.

© 2014 Anna Hutter

Herstellung und Verlag:

BoD – Books on Demand,

Norderstedt

ISBN: 978-3-7357-8305-9

PROLOG

Gespenstisch hob sich der Vollmond gegen das samtige Nachtschwarz des Himmels ab. Weiß wie ein blanker Knochen starrte er von oben herab und leuchtete in das Zimmer, das von dunklen Schatten bevölkert war. Silbrig fielen seine bleichen Strahlen auf ein Bündel Stoff, das sich unruhig auf der Matratze hin und her warf. Irgendwo kreischte etwas, markerschütternd, doch durch das Glas des Fensters nur gedämpft zu hören. Dann war alles still.

Das Bündel auf dem Bett stöhnte. Schließlich fuhr der vordere Teil davon in die Höhe, bis ein verzerrtes Gesicht zum Vorschein kam. Die schwarzen langen Haare hingen in zerzausten Strähnen über Stirn und Augen, bis sie fahrig zurückgestrichen wurden. Die Augen blinzelten verklebt und sahen zum Fenster herüber, hinter dem der Mond höhnisch zu grinsen schien.

Vollmond, natürlich. Aber da war noch etwas anderes.

Schlagartig war der Schlaf aus den Augen gestrichen, damit diese riesengroß und vor Schreck geweitet hinter die Scheibe starren konnten. Ein Schemen hob sich dort, tintenschwarz, vor dem tiefen Blau des nächtlichen und heute nur mit wenigen Sternen geschmückten Himmels ab und gaffte seinerseits ins Innere. Seine Augen waren ebenfalls starr und weit aufgerissen. Und als er sein Maul auftat, kam, wenn auch sehr gedämpft, ein scheußliches Schreien heraus.

Die junge Frau im Bett griff nach ihrem Kopfkissen und schleuderte es gegen die Glasscheibe.

„Verschwinde", flüsterte sie.

Doch der Schemen blieb und starrte weiter, während der Wind ihm klirrend kalt durch das schwarze Fell fuhr.

Die Frau stöhnte erneut, dann schwang sie die Füße aus dem Bett und ging leise zum Fenster herüber.

„Was willst du?", flüsterte sie und betrachtete das Wesen, das sie nicht mehr aus den Augen lassen wollte, misstrauisch. „Was willst du hier oben im Dachgeschoss?"

Doch der Quälgeist legte nur den Kopf schief.

„Lass mich schlafen", sagte sie flehend und strich sich mit der Linken über das Gesicht. Der nächtliche Unruhestifter regte sich ebenso wenig wie der Mond am Himmel. Seufzend drehte die Frau dem Wesen den Rücken zu, hob ihr Kissen vom Boden und schlüpfte ins Bett zurück, das zum Glück noch warm war. Auch diesmal zog sie sich die Decke soweit über den Kopf, dass noch nicht einmal ihr dunkles Haar zu sehen war. Und als es gespenstisch von draußen kreischte, zog sie auch noch das Kissen über ihre Ohren, um auch die letzten Ritzen gegen die mondhelle Nacht und ihre Geräusche zu verstopfen.

KAPITEL 1

Merle Hagedorn war bereits wach, bevor der Wecker klingelte. Und entsprechend matt fühlte sie sich, als sie sich aus dem warmen Bett und mit der Kleidung für diesen grau anbrechenden Tag unterm Arm ins Badezimmer ein Stockwerk unter ihrer Kammer, quälte. Den Blick in den Spiegel wollte sie vor der Dusche kaum riskieren. Und danach war das ehrliche Glas so beschlagen, dass sie es zum Glück nicht mehr ansehen konnte. Also frisierte sie ihr widerspenstiges Haar locker zu einem Pferdeschwanz, ohne sich viel Mühe zu geben, da sie wusste, wie schnell sich die ersten Strähnen wieder daraus hervor und in ihr Gesicht stehlen würden. Dann rückte sie sich die Brille zurecht, holte ihre Tasche und ging die steile enge Treppe herunter.

Ihr Leben befand sich noch im Chaos, denn sie lebte es halb aus Kartons, die ihr die fehlenden Möbelstücke ersetzten und deren Inhalt noch fertig sortiert werden wollte. Und die Dachkammer, die sie hier bewohnte, war auch nicht so übermäßig geräumig. Dafür war sie gemütlich und zumindest mit ihren finanziellen Mitteln erschwinglich. Der Rhythmus wollte sich noch nicht recht einstellen. Auch heute hatte sie sich fest vorgenommen, unterwegs zu frühstücken und musste ihre Sehnsucht nach Wärme und Ankommen arg niederdrücken, als ihr im Flur von den unteren Räumen der angenehme Duft von Kaffee und frischem Brot entgegen strömte. Schmerzhaft hörte sie ihren Magen knurren und peilte umso stärker die Haustür an, als sie von einer tiefen Stimme zurückgerufen wurde.

„Komm rein, Kind, die fünf Minuten wirst du wohl noch haben."

Wie zur Säule erstarrt verharrte Merle in der Bewegung, die Hand bereits am Türknauf klebend, während ihre Gedanken weiter galoppierten. Schließlich gab sie doch nach und trat in den Wohn- und Kochbereich ihrer Vermieterin, die sie am Eichentisch sitzend und Kaffee schlürfend vorfand.

Die meisten Häuser dieser Gegend Goslars – sie wohnte jetzt im mittleren Teil der Straße „An der Abzucht" – waren klein und kompakt, sodass auch ihre Räume winzig und eng, aber verwinkelt und gemütlich waren. Die Decken hier waren niedrig, die Ecken nicht alle rechtwinklig, und manche Wand leicht schief, aber gleichzeitig waren die Räume urig und von Leben vieler Generationen so erfüllt, dass sie schnell ein heimeliges Gefühl vermittelten. Der winzige Garten war ein wundervoller Bonus, den nicht alle Häuser in der Altstadt besaßen.

„Guten Morgen, Frau Wiedehopf", grüßte Merle so

leise, dass sie sich nach einem Räuspern wiederholen musste, um sicherzugehen, dass die ältere Dame sie verstanden hatte. Aufmerksam, vielleicht sogar belustigt sah diese über den Rand ihrer Kaffeetasse zu ihr herüber. Frau Wiedehopf war eine Frau unbestimmbaren Alters, so glatt war ihr markantes Gesicht, so dunkel ihr bereits ergrautes Haar, das sie stets zu einem strengen Dutt zurück gebunden trug, und so gerade ihre Körperhaltung. Der Kleidungsstil war schlicht und grau in all seinen Schattierungen, nur selten durchsetzt von dunklen gesetzten Farbklecksen.

„Adele, Kind. Und jetzt setz' dich und iss erst einmal was, bevor du hungrig das Haus verlässt. Ein gutes Frühstück, so viel Zeit muss sein."

Merle starrte verblüfft auf den reich gedeckten Tisch und hörte ihren Magen sich erneut über die Vernachlässigung aufregen. Obwohl ihr Verstand sie wieder ermahnte, fremden Leuten nicht zur Last zu fallen und ihnen Mühe zu bereiten oder andere Umstände, gehorchte ihr Körper bereits und hockte sich vorsichtig auf den Eichenstuhl, der Adele gegenüberstand.

„Dann bin ich Merle. Nur Merle."

„Nichts anderes habe ich erwartet", erwiderte die ältere Frau ohne eine Miene zu verziehen und deutete einladend auf das in dicke Scheiben geschnittene Brot und all die herzhaften und süßen Aufstriche, die irgendeinem geheimen Muster entsprechend um den Brotkorb aufgestellt waren. Allein in den grauen Augen Adeles blitzte es vergnügt.

Das Brot war warm und so köstlich locker, dass es ihr fast im Mund zerging. Und der Kaffee genau nach ihrem Geschmack, schwarz und bitter genug, die Lebensgeister zu wecken. Milch gab sie nie hinein, und Zucker nur, wenn sie ihn sonst nicht runter bekam.

Kaum hatte sie zwei Schlucke getan, rauschte auch schon die zweite Frau Wiedehopf hinein, fröhlich, wie es zu dieser Uhrzeit nur ihr möglich war, obwohl sie sogleich klagte, wie morgenmuffelig sie eigentlich sei.

„Ein Gast, wie schön", sie lächelte und tätschelte Merle die Schulter, bevor sie sich neben sie setzte und sich ein wenig Kaffee in die Tasse gab, um ihn dann großzügig mit Milch und mehreren Löffeln Zucker zu verpanschen. Merle starrte die Frau nur unverhohlen an, unfähig den Blick verlegen von ihr zu lenken. Ihre Antwort – „Guten Morgen, Frau Wiedehopf." - ging in Kauen und Nuscheln völlig unter. Adeles Schwester winkte schon ab, bevor Merle sich wiederholen musste.

„Hedwig, Liebes. Nenn mich einfach Hedwig. Frau Wiedehopf klingt ja, als sei ich alt und grau.", sie lachte vergnügt.

„Was du auch bist", meinte Adele ungerührt und warf ihr einen halb grimmigen Blick zu.

„Und du bist borstig wie ein Wildschwein, jawohl." Das vergnügte Blitzen in den Augen, die bei beiden zeitlos wenn nicht gar jugendlich wirkten, war gleich. Genauso wie die Augenform, die Krähenfüßchen in den Winkeln, wenn sie lächelten, und die Mundpartie. Davon abgesehen waren sie so unterschiedlich, wie Geschwister nur sein konnten. Hedwig nämlich war im Gegensatz zu ihrer Schwester von deutlich kleinerer aber umso beleibterer Statur, die sie gern mit kräftigen Herbstfarben betonte. Auch sie trug ihr Haar im Dutt, umgab ihr runzeliges Gesicht, das immer strahlte, aber gern mit kleinen grauen Löckchen. „Und, Merle, wie lebst du dich ein?", fragte sie neugierig und strich sich eine dicke Schicht Heidelbeermarmelade auf ihr Brotstück, was Adele missbilligend beäugte, während sie sich selbst eine nicht weniger dicke Scheibe Wurst abschnitt.

Die junge Frau zuckte mit den Schultern. „Ja, ganz gut." Dann sah sie sich etwas genauer in den Räumlichkeiten der Schwestern um. Nichts an ihrer Einrichtung gab auch nur den kleinsten Hinweis auf ihren nächtlichen Besucher. „Ich hab nur nicht so gut geschlafen."

„Der Vollmond." Hedwig nickte wissend. Adele sagte nichts.

„Ja, der auch. Und die schwarze Katze, die auf der Fensterbank gehockt hat."

Adeles linke Augenbraue wanderte in die Höhe.

Hedwigs Mundwinkel zuckte, als sie sprach. „Soso, ein nächtlicher Besucher also?" Irgendwie schaffte sie es ihre Worte so zu betonen, dass die Röte in Merles Wangen schoss, obwohl sie hier bloß von einem harmlosen Tier sprachen. „Hmm, in Goslar gibt es so einige neugierige Katzen."

„Und neugierige alte Weiber", fügte Adele mit einem grimmigen Seitenblick auf ihre Schwester hinzu.

„Unsere war es jedenfalls nicht", schloss Hedwig mit verträumtem Blick. „Es ist schon länger her, dass wir Katzen hatten. Verstorben, weißt du?" Der Blick ihrer graublauen Augen richtete sich fest auf Merle. „Katzen kann man schlecht kaufen. Sie suchen sich ihre Gesellschaft selbst. Und wenn sie sich entschieden haben, wird man sie nur schwer wieder los."

„Ich denke, dass sie weiterziehen wird", sagte Merle unsicher. „Bei mir gibt es für sie nicht viel zu holen. Außerdem bin ich wahrscheinlich sowieso eher der Hundetyp, oder so."

Die Wiedehopffrauen schwiegen, und das auf eine belustigte Art und Weise.

Geräuschvoll trank Hedwig den letzten Schluck Kaffee und schenkte sich sogleich weiteren ein, den sie genauso stark verdünnte. „Hmm, der erste Arbeitstag steht dir heute bevor, wie? Wie lang hast zu denn zu tun?" Sie versuchte gar nicht erst, ihre ständige Neugier zu verbergen.

Merle zögerte. Sie konnte ihre neue Arbeitsstelle und die Chefin noch nicht einschätzen. „Vielleicht bis halb sieben."

Noch ehe Hedwig auch nur ein Wort über die schon geöffneten Lippen kam, unterbrach Adele sie bestimmt. „Dann sei pünktlich. Es gibt heute Eintopf."

Er hockte im Gebüsch und starrte sie an, die junge schwarzhaarige Frau, die da, den Kopf tief zwischen die Schultern gezogen und das Gesicht halb im Halstuch vergraben, über das Pflaster schritt. Ihr Blick verlor sich irgendwo an den grauen Wänden oder dem Fachwerk der dicht beieinanderstehenden Häuser. Sie schaute und sah doch nicht richtig hin.

Und er verfolgte sie. Ganz unauffällig und tief in die Schatten versunken folgte er jedem ihrer Schritte. Er mochte es nicht, dass sie hier war. Ganz und gar nicht. Leute wie sie duldete er nicht in seiner Stadt. Besser, sie verstand es...

Es war ein Montag in den ersten Tagen des Oktobers und Goslar versank in der gelben Pracht, die der Herbst ihm auf die Bäume malte. Unzählige Blätter segelten durch die Luft, wenn der Wind sie im Tanz um die Ecken ergriff und sie herumwirbelte. Der Regen trommelte seine ganz eigene Melodie gegen Fensterscheiben, Schindelwände und Dächer, Türen und Pflaster, die mit dem windigen Pfeifen eine herbstliche Sinfonie ergab. Merle fröstelte leicht in dem dicken grauen Rollkragenpullover, den sie über dem etwas dünneren und ebenso grauen, wenn auch schmaleren Modell, trug. Dazu hatte sie hohe schwarze Wildlederstiefel über einer schwarzen enger anliegenden Hose. Der einzige Farbtupfer war das in herbstlichem Gelb und Orange bis Kupferrot gefärbte Tuch, hinter dem sie ihr Gesicht vor dem Wind verbarg. Ihren teichgrünen Regenschirm musste sie gut festhalten, wollte sie nicht, dass der Wind auch ihn auf einen wirbelnden Tanz entführte.

Goslar war eine alte, traumhaft schöne Stadt, die jetzt im Herbst ihren ganz eigenen Zauber hatte, wenn man bereit war, sie auch fernab des frühlinglichen Walpurgisbannes zu betrachten. Mit all ihren verwinkelten schmalen Gassen, den grauen verschindelten Wänden oder Fachwerkbauten hatte sie reichlich Sehenswürdigkeiten zu bieten und wirkte urig und verworren. Wahrscheinlich war es das, was die Touristen von nah und fern hierherzog, die Hoffnung hier hinter der nächsten Ecke eine Hexe herausspringen oder durch die Luft fahren zu sehen. Merle erkannte in dem stürmischen Regen nur wenige Gestalten, die von hier kamen, und mehr von jenen, die mit großen Augen und blitzenden Fotoapparaten durch die Straßen streiften, obwohl die Hauptsaison längst vorbei war. Und einige Katzen hinter Glasscheiben, wo sie es warm und trocken hatten.

Mit fliegenden Schritten bog sie in die Schulstraße, um von dort in die Kornstraße zu hetzen. Eine bimmelnde Bahn in Lokomotivenoptik kam ihr auf dem Marktplatz entgegen, auf dem sie vor dem Rathaus einige Tauben aufscheuchte, die verloren über das nasse Pflaster staksten. Einige Minuten später war sie schon über den Schuhhof und an der Linde vorbei, wo auf dem Stück zwischen dem kleinen Platz und der Hokenstraße der Laden „Die *Büchereule*" lag, in dem sie ihre Arbeit ab heute beginnen sollte. Der Buchladen wirkte von außen winzig und war auch von innen nicht sehr groß, dafür verwinkelt und urig, wie man es von einem Laden, in dem auch kleinere und größere Brockenhexen aus deutscher und anderer Herstellung verkauft wurden, erwartet wurde. Die Decke war auch hier niedrig und wurde von freiliegenden dunklen Fachwerkbalken gestützt, die die Inhaberin des Ladens zum Präsentieren der Ware nutzte. Zu Lesen gab es hier sowohl moderne Bestseller als auch einschlägige Klassiker sowie Reiseführer und Hexenliteratur in allen Facetten. Eine wahre Fundgrube für jeden Touristen oder Büchernarr.

Ruhe und Gemütlichkeit hüllten Merle ein, sobald sie die Tür passierte und das Glöckchen über der Tür sie metallisch ankündigte.

Wachsam hob Carla Ehwelt, eine Frau in den Fünfzigern, die weise über den Rand ihrer schmalen und auf der Nasenspitze sitzenden Brille guckend, wie eine erhabene Eule wirkte, ihren Blick.

„Frau Hagedorn, wie schön." Sie kam um die Verkaufstheke und gab Merle, die den Schirm in einen dafür vorgesehenen Halter steckte, die Hand. Merles Nervosität ließ auch nach den ersten Sätzen mit der Ladeninhaberin nicht nach, und war bis zur Mittagszeit so deutlich spürbar, dass die junge Frau einfach nicht den Eindruck hinterließ, den sie gern hinterlassen hätte. Krampfhaft versuchte sie alles richtig zu machen und brauchte in ihrer Unsicherheit selbst für die einfachsten Aufgaben die doppelte Zeit. Und das, obwohl sie schon ein paar Jahre Berufserfahrung hatte.

Der Laden war mit seinem kleinen Lager schnell gezeigt, Inhalte, Gepflogenheiten und kommunikative Stolperfallen zügig erklärt, sodass Merle recht umgehend einsteigen konnte. Bis Mittag war es ihre Aufgabe, sich neben dem Einsortieren neuer Ware auch einen Eindruck zu verschaffen, wie es hier ablief.

Kunden waren praktisch immer da. Und ziemlich oft mussten sie, weil sie von fern nach Goslar gekommen waren, auf Englisch bedient werden. Kein Problem für Frau Ehwelt, die diese Sprache fließend beherrschte.

Merle, die jedes der geführten Gespräche im Geist auf Englisch mit verfolgte und darüber nachsann, mit welchen Worten sie selbst auf diese oder jene Frage reagiert hätte, war schockiert davon, wie oft sie praktisch auf dem Schlauch stand. Frau Ehwelt würde sie schneller rausschmeißen, als die Kirchenglocken Feierabend schlagen würden.

Pünktlich zu Mittag verabschiedete sich ihre Chefin vorerst, nicht ohne ein kurzes Gespräch mit ihr zu suchen.

„Frau Hagedorn, für den ersten Tag schlagen Sie sich... nun ja...“

Hundserbärmlich, setzte Merle in Gedanken hinzu und sah verlegen auf ihre Schuhspitzen.

„Ich muss für einige Stunden weg und bitte Sie, mich würdig zu vertreten. Gegen vier Uhr sollte ich wieder zurück sein. Dann können wir Ihre Aufgaben, Fragen und Anliegen noch einmal im Einzelnen durchgehen, bevor wir dann gemeinsam abschließen. Trauen Sie sich zu, den Mittagsandrang zu bewältigen?“ Ihr Blick war prüfend und scharf.

Merle nickte langsam.

„Gut“, schloss Frau Ehwelt und lächelte warm. „Sie geben Ihr Bestes.“ Die Frau war eindeutig sympathisch, aber keine Närrin. Spätestens morgen würde Merle sich nach einem neuen Job und vor allem in einer ruhigeren Gegend als der viel besuchten Altstadt umsehen müssen.

An der Tür blieb Frau Ehwelt stehen. „Ich habe Ihnen einen Kaffee gemacht. Schließlich haben Sie bis eben nicht einen Schluck getrunken. Mit Milch und Zucker. Ich hoffe, Sie mögen das." Dann war sie auch schon in den Regen getreten, den Kopf unter dem violetten Schirm voll goldener Sternsilhouetten verborgen.

Merle versuchte, nicht zu zerknautscht auszusehen. Sie seufzte, sammelte sich und ging zu einem der Regale, dessen oberstes Brett noch umzusortieren war. Wie schön die Eulenbuchstützen waren. Behutsam stellte sie eine auf den Tisch und begann die Bücher, die Sagen und Mythen des Harzes zum Thema hatten, Rücken an Rücken nebeneinanderzustellen. Flüchtig überflog sie die Buchtitel oder einzelne Klappentexte. Einige waren reißerisch aufgemacht und provokant betitelt, die meisten jedoch schienen hochwertig und liebevoll illustriert und recherchiert. Sogar zwei Schätze waren darunter, die Merle sich wirklich für eine eigene Lektüre merken wollte. Neugierig schlug sie eines davon auf, um Inhalt, Überschriften und Illustrationen anzusehen, während sie mit der anderen Hand Buch um Buch einsortierte, bis es krachte. Die Türglocke ging in dem Poltern, mit dem die drei Bücher am anderen Ende des Regalbrettes über die Kante stürzten, beinah unter. Beim Versuch irgendwas aufzufangen glitt ihr jenes, dass sie noch aufgeschlagen in den Händen hatte, ebenfalls aus den Fingern.

Entsetzt fuhr Merle zu dem Kunden herum und versuchte nicht ganz so ertappt drein zu blicken. Der Kunde war eine junge Frau, vielleicht nur einige Jahre älter als Merle selbst, die ihr aus strahlenden hellbraunen Augen schalkhaft entgegenblickte.

„Huch, haben die Hexenbücher heute wieder ein Eigenleben?", fragte sie mit längerem Blick auf die Titel derer, die so unelegant zu Boden gestürzt waren.

„Ja, hier im Harz fliegen selbst die Hexenbücher.", versuchte Merle locker zu entgegnen und ein fröhliches Lächeln aufzusetzen, das ihr selbst fratzenhaft wie eine Grimasse vorkam. „Oder aber der Kobold am Tresen hat die Buchstütze vergessen."

„Kobold, hmm?" Die Kundin grinste noch breiter. „Das glaube ich weniger. Schließlich habe ich einen im Kräutertopf und weiß, wie die aussehen." Mit ihren blassen Fingern zupfte sie sich am wilden fuchsroten Haar, bis die Tropfen auf ihren tannengrünen Schal perlten. „Vielleicht war ja einfach zu viel Magie am Werk."

„Natürlich, im Harz ist auch jede Frau eine Hexe." Merle wusste, dass die Touristen das gern hörten. Schließlich konnten sie mit so einem kleinen Spruch schon ein Stück Harzer Magie an sich selbst, ihrer Ehefrau, Mutter oder Tochter mit nach Hause nehmen. Die Kundin aber lächelte säuerlich.

„Und in Norwegen ist jeder Mann ein Troll? Na ich weiß ja nicht."

Merle wandte verlegen den Blick ab. Schon wieder war sie ins Fettnäpfchen gesprungen, mit beiden Füßen weit hinein. Wie von allein begannen ihre Hände, die Bücher vom Boden zu sammeln und sie gedankenverloren auf den Verkaufstisch neben die Kasse zu stapeln.

„Hey, du musst neu hier sein. Ich bin Esther, von da drüben." Die Frau zeigte mit dem Daumen über ihre Schulter aus der Glastür heraus. „Esther Feuerstein. Und ich arbeite im Café *Mondscheingesüßt* dort, auf der anderen Seite des Schuhhofs, du weißt schon, in dem schmalen Haus mit dem grünen Fachwerk und den bunt bemalten Fratzen in den Gefachen."

Merle zuckte mit den Schultern. „Ich wohne erst seit einigen Tagen in Goslar und habe noch nicht so viel Überblick in der Stadt."

„Na, dann lass dir gesagt sein, dass mein Café ein echter Geheimtipp ist, auch für Einheimische." Esther zwinkerte frech. „Und du bist?"

„Merle Hagedorn."

„Hocherfreut." Esther beobachtete amüsiert, wie Merle einen Schluck von ihrem Kaffee nahm und ein Schütteln zu unterdrücken versuchte. Kalt und voll Milch war das Gebräu so gar nicht ihr Ding. „Du kannst dann jederzeit bei mir im Café vorbeikommen und einen heißen Kaffee bekommen, in Bio-Qualität und mit Gewürzen, wenn du magst."

„Das ist lieb, danke." Merle wurde verlegen.

„Also, ein Buch sollte heute hier für mich ankommen."

Merle wandte sich zum dafür vorgesehenen Fach und fischte in dickes Buch heraus, das durch einen kleinen Zettel mit dem entsprechenden Nachnamen markiert war. Ein flüchtiger Blick zeigte ihr, dass es großformatig und in beeindruckendem Umfang mit neuen und traditionelle Rezepten ums Backen mit alten Gewürzen und deren Wirkung auf Körper und Seele vollgestopft war. Ein Muss für jede Naschkatze.

„Für neue Anregungen. Nicht, dass mein Kopf nicht schon längst voll von eigenen Ideen wäre. Aber man muss eben am Ball bleiben. Und bei uns gibt es zwar die Klassiker, aber eben auch ganz viel ausgefallene Kuchen und Torten. Jeder Gast kann sich seine heiße Schokolade nach ganz individuellem Geschmack bestellen. Gewürze und Kräuter sind mein Steckenpferd."

Merle nickte. Das klang wirklich interessant.

„Und was ist das da?" Während sie sich ihren Schal lupfte, sah Esther fragend auf das Buch herab, das Merle vorhin erst selbst in den Händen gehalten hatte. Merle, die gerade in ihre Kasse tippte, um das Buch abzuziehen, hielt inne.

„Das? Sehr empfehlenswert, würde ich sagen."

„Dann nehme ich das auch noch mit."

Merle nickte und hob das Buch auf, um den Preis einzutippen, streifte die Kaffeetasse mit dem Handrücken, sodass diese plötzlich auf den Tisch knallte. Braune Brühe ergoss sich kalt über ein Stück Tischablage, bevor sie über die Kante schwappte und am Holz entlang in die Tiefe lief. Merle zuckte zusammen und begann hektisch nach irgendwas Brauchbarem zu suchen, um es aufzuwischen. Esther hingegen hatte bereits schnell aber entspannt einen Wall aus drei Taschentüchern so auf der Ablage aufgetürmt, dass wenigstens die Bücher vorerst im Trockenen und in Sicherheit vor diesem grässlichen kalten Kaffee blieben.

„Nicht dein Tag heute, was?", fragte Esther und half Merle den Schaden erst einmal wenigstens oberflächlich zu beseitigen.

„Tag? Bei mir läuft das immer so", niedergeschlagen zog Merle die Schultern hoch. „Normalerweise hält es sich ja in Grenzen, aber wenn ich nervös bin, wird es schlimmer."

„Und wenn es ganz schlimm wird, kommst du auf eine heiße weiße Schokolade mit Vanille und Lavendel vorbei. Das hilft."

Merle seufzte „Ja. Aber nur, wenn Frau Ehwelt mir nicht schon heute Abend wieder gekündigt hat."

Aufgeregt zuckte die schwarze Nase über dem Boden, als Burgwart an Pflastersteinen und Blättern schnüffelte. Die ganzen Katzen dieser Gegend machten den großen schwarzen Neufundländer nervös, vor allem, wenn sie durch sein Revier streiften, was sie hier „An der Abzucht" gerne taten. Ulrik Lohgerber beobachtete seinen Hund nur mit halbem Interesse. Gedanklich war er nämlich bereits dabei, die neuen Ergebnisse der Sichtungen aus der Tabelle in sein Dokument am Computer einzutragen und schließlich den längst überfälligen Bericht zu verfassen. An der Tür zu Wiedehopfs Haus schnüffelte der Hund besonders hingebungsvoll, sodass Ulrik ihn schon fast von dem fremden Hauseingang wegzerren musste, wollte er über die schmale Brücke in das gegenüberliegende Haus, in dem er zur Miete wohnte, treten. Höchst widerwillig ließ Burgwart sich wegziehen. Genauso schnell hatte er seinen Widerwillen aber auch vergessen, als er Franzi aus dem gleichen Haus treten und auf die schmale Holzbrücke auf sie zukommen sah.

„Hey, mein Großer", rief sie und sprang die Bewegungen nachahmend auf den Hund zu. „Hallo Ulrik", grüßte sie ihn nebenbei, während sie ihre Hände in dem dichten schwarzen Fell am Hals vergraben hatte. „Ich wollte mir gerade etwas zu Essen holen und mein Programm für Morgen durchgehen. Kommst du mit? Oder ist dir eher nach einem Bier in der Kneipe?"

Seine Nachbarin und ehemalige Fachkommilitonin war direkt und gerade heraus und eine gute Naturparkführerin. In ihrem Biologiestudium hatten sie einige sehr spannende Begehungen des großen sehenswerten Gebietes gemacht und sich einige Stunden in der Wildnis um die Ohren geschlagen. Es war kein Zufall, dass Franziska Hoffmann mit ihm im gleichen Haus wohnte, denn sie hatte ihm die vor einigen Jahren plötzlich frei gewordene Wohnung vermittelt und ihren Vermieter ziemlich überreden müssen, den damals völlig mittellosen Ulrik aufzunehmen. Ab und zu liefen sie sich jetzt über den Weg, tranken mal ein Bier zusammen, diskutierten über den Nationalpark und führten Fachgespräche. Franzi war groß, schlank und hatte braune zottelige Haare, die ihr irgendwo zwischen kurz und mittellang auf den Nacken fielen. Ihre Kleidung war derb und den Witterungen der Wildnis, in der sie arbeitete, entsprechend. Und sie war sein bester Kumpel.

„Ich habe noch zu tun", sagte er und zuckte entschuldigend mit den Schultern.

„Klar, dann kommst du einfach nach, wenn du fertig bist." Ihr Blick flog von Burgwart zu dem Haus gegenüber. „Na, hat mein Großer schon Witterung aufgenommen?" Sie sah Ulrik offen an. „Heute Morgen habe ich die jüngere Frau Wiedehopf getroffen, und die erzähle mir frei heraus, dass sie eine neue Mieterin haben. Sie schien mir ganz angetan von dem „Mädchen"."

Ulrik sagte nichts. Nachbarklatsch war nicht seine Welt.

„Da, ich glaube, dort kommt sie gerade." Franzi erhob sich und sah neugierig zu der Gestalt, die sich halb unter den Regenschirm gebückt vom Museum her näherte. Krampfhaft hielt sich die junge Frau am Regenschirm fest, der sich im pfeifenden Wind selbstständig machen wollte, während sie auch zwei Einkaufstüten unter ihre Arme geklemmt hatte. Außerdem hielt sie einen Kaffeebecher und ein Buch in ihren Händen. Eine rote Katze folgte ihr in einiger Entfernung, aufdringlich genug, dass sie immer wieder stehen blieb und sich nervös nach dem Tier umsah. Als sie näher herankam und sich erneut nach der Katze, die jetzt vor Burgwart zurückscheute und sich in sichere Entfernung verzog, umdrehte, landete sie mit beiden Füßen in einer Pfütze. Wasser spritzte empor und traf auf das raschelnde Papier, das es sofort durchweichte. Jetzt hörten sie die Frau niedergeschlagen murmeln. Ihre Füße waren nass, soviel war sicher. Und auch sonst hinterließ sie einen elenden Eindruck, wie sie da so grau und im eisigen Wind zitternd in der Pfütze stand, während es ihr pfeifend den Schirm umdrehte. Widerspenstig quollen ihre schwarzen Haare aus dem Zopfband hervor und flatterten vor dem Gesicht, sodass sie mehr als zwei Hände brauchte, wollte sie nicht, dass sich die gekaufte Ware schon vor ihrer Tür aus den nassen Tüten stahl.

„Du meine Güte.", murmelte Franzi neben ihm. Ulrik lächelte freundlich, als die neue Nachbarin in ihre Richtung sah, rot anlief und sich sofort wieder wegdrehte. Hastig versuchte sie nach ihrem Haustürschlüssel in der Hosentasche zu fischen, während ihr nicht nur die Einkäufe, sondern auch der zwischen Kinn und Schulter eingeklemmte Schirm abzuhauen drohten. „Ein kleines Häufchen Elend." Er hörte, wie bei Franzi der Beschützerinstinkt erwachte. „Halt Burgwart fest, sonst mischt der Gute sich auch noch ein, sodass sie am Ende dreimal von der Leine umwickelt zu gar nichts mehr kommt. Außerdem ist diese Katze immer noch da."

Ulrik nickte. Er hätte der neuen Nachbarin zu gern den Schirm gehalten, wusste aber, wie freudig sein Hund an Leuten, die ihm sympathisch waren, hochspringen konnte. Und das wollte er ihr ersparen.

„Na, dann bring euch beide mal ins Trockene.", Franzi strich Burgwart zwischen den Ohren und winkte lässig. „Und ich sehe, was ich für das Mädchen dort tun kann, bevor es noch elender für sie wird und sie sich vor uns gar nicht mehr auf die Straße traut." Dann war sie auch schon über die Brücke und vor dem Nachbarhaus, wo ihnen auch die jüngere Frau Wiedehopf von der Tür aus zu Hilfe kam.

Peinlich berührt zog die junge Frau, Merle Hagedorn, wie er sie sich Franzi vorstellen hörte, den Kopf noch weiter zwischen die Schultern. Dann trat er durch die Tür, um den halb durchweichten Burgwart endlich aus dem Regen zu ziehen und der jungen Frau nicht das Gefühl zu geben, dass er sie, von ihrem Elend gut unterhalten, begaffte.

Sacht aber stetig trommelten die Regentropfen gegen das Fenster, während der Wind nach wie vor heulend um die Ecken zog. Merle schauderte unter ihrer warmen Bettdecke, die sie sich bäuchlings auf ihrem Bett liegend, um den durchgefrorenen Körper geschlungen hatte. Der deftige Eintopf, den Adele ihr in unbezwingbarer Menge vorgesetzt hatte, hatte wirklich ihr Inneres gewärmt. Und nach einem Tag wie heute war die Fürsorge und das Abendessen mit den Tanten wirklich Balsam für die Seele. Jetzt genoss sie die Wärme ihrer weichen Daunendecke, die ihr endlich auch bis hinunter in die eisigen Zehen kroch und sie wie ein schützender Mantel umgab. Die kleine Nachttischlampe, die auf dem Boden gleich neben dem niedrigen Bett stand, warf ihr spärliches warmes Licht in den kleinen Raum, den sie hier unter dem Dach bewohnte. Das freiliegende Gebälk nutzte sie als Regale, den früheren Nachttisch als Ablage für ihre kleine tragbare Kochplatte, denn sie wollte nicht immer unten kochen und den beiden Schwestern Wiedehopf Umstände bereiten. An die Holzbalken gelehnt stapelten sich Bücher und noch zur Hälfte beladene Umzugskartons. Ansonsten konnte sie noch einen runden Rattansessel ihr Eigen nennen, sowie einen Schreibtisch, ein niedriges Schränkchen und zwei Stühle.

Die Worte, die sie las, wollten sich einfach nicht greifen lassen, sondern rieselten durch ihre ratternden Gedanken wie Sand. Also klappte sie das Buch über die Sagen und Mythen des Harzes, das sie im Buchladen gekauft hatte, zu und schob es zu den anderen. Die Ereignisse an diesem ersten Arbeitstag waren noch so präsent, dass sie sich auf nichts anderes konzentrieren konnte.

Frau Ehwelt hatte ihr nicht gekündigt, aber Merle ahnte, dass es nur eine Frage der Zeit war, wenn sie weiterhin solche Leistungen erbrachte. Einige Kunden waren schwierig gewesen, da sie immer nur die Dinge aus dem Schaufenster hatten ansehen wollen, obwohl sie die auch noch in vielfältiger Ausführung in den Regalen hatten. Ihre beiden kleinen Unfälle hatte Merle vor ihrer Chefin nicht mehr angesprochen, und war froh, dass sie schließlich trotz gebrochenen Englisch und unzureichender Erklärung bei wirklich kniffligen Fragen, einige Sachen verkauft hatte. Die Schwestern Wiedehopf waren großartig, wenn auch etwas anstrengend, da sie sich scheinbar auf die Fahne geschrieben hatten, Merle etwas aufzupäppeln. Ihr Plan sah vor, ab jetzt immer für sie mitzukochen, was sie in den Zwang versetzte, sehr pünktlich Schluss zu machen und ohne Umwege direkt zu ihrem Haus zu eilen. Morgen, so hatte sie sich vorgenommen, wollte sie den Beiden eine Kleinigkeit aus der Stadt mitbringen, als kleines Dankeschön für den herzlichen Empfang. Einer der wenigen Lichtblicke an diesem Tag war Esther, die Merle wirklich mochte. Sie hoffte, dass der Eindruck, den sie bei der Frau hinterlassen hatte, nicht zu schlimm war. Viel schlimmer war das, was ihre Nachbarn von ihr denken mussten, nachdem sie Merle heute in völligem Durcheinander und in totaler Auflösung erlebt hatten. Franziska Hoffmann schien ganz nett zu sein, sehr zupackend, wie sie Merle die Einkaufstüten abgenommen und gewartet hatte, dass Adele sie entgegen nahm, nachdem ihre Schwester Merle bereits den Schirm entwendet und das Buch vor dem Regen in Sicherheit gebracht hatte. Das Mitleid in Franziskas Blick hatte sich tief in Merles Verstand gegraben. So etwas wollte sie in fremden Augen nicht sehen. Was der Kerl von gegenüber dachte, der sie erst so warm angelächelt und sich dann so schnell verzogen hatte, konnte sie nur vermuten. Aber eigentlich war es besser, dass er in dem Chaos, das so plötzlich um ihre graue unscheinbare Person betrieben worden war, nicht auch noch mitgemischt hatte. Und sein großer, wenn auch – zumindest auf den ersten Blick – freundlicher Hund war Merle auch nicht so ganz geheuer. Auch in seinen Augen glaubte sie, diesen Ausdruck gesehen zu haben. Und das, obwohl sie sich so sehr wünschte, ein nettes Verhältnis zu ihren Nachbarn zu haben.

Franziska hatte sie abends noch auf ein Bier in die Kneipe eingeladen, damit sie ihr näheres Umfeld, mit dem sie sich und Ulrik – ihren Nachbar? – meinte, schon einmal kennenlernen konnte. Merle hatte es abgesagt, ohne überhaupt einmal darüber nachzudenken. Es war ihr so peinlich den beiden noch einmal gegenüberzutreten, dass sie sich vornahm, ihnen ab jetzt ein bisschen aus dem Weg zu gehen.

Sie seufzte und vergrub ihr Gesicht im Kissen, als das Kreischen von draußen an ihre Ohren drang. Gequält hob sie den Kopf und spähte über den Rand des kupferfarben karierten Bezuges hinweg aus dem Fenster. Undeutlich war ein schwarzer Schemen hinter der Glasscheibe zu erkennen, der sich kaum vom tiefen Graublau des Nachthimmels abhob. Grüne Augen starrten ins Innere des Dachgeschosses, geradewegs auf Merles Gesicht gerichtet. Sie schauderte.

„Nicht du schon wieder", flüsterte sie halb in ihr Kissen. „Schwarze Katzen bringen Unglück. Und bei mir läuft es zurzeit nicht sehr gut. Glaubst du also, ich kann noch mehr davon gebrauchen?"

Der Schemen rührte sich nicht, sondern fixierte sie weiter mit schräg gelegtem Kopf. Er starrte ihr bis auf die Tiefen ihrer Seele, tastete sie mit seinem grünen Blick ab, bis ihm nichts mehr verborgen blieb.

Endlich konnte Merle sich rühren.

Hastig knipste sie das Licht der kleinen Lampe aus und zog sich das Kissen über den Kopf. „Lasst mich in Ruhe, bitte", flüsterte sie in die Matratze und meinte damit alle Quälgeister und Dämonen, die ihr das Leben schwer machten.

KAPITEL 2

Merle stürzte in die Tiefe. Sie fiel durch die Luft, Meter um Meter, und als sie glaubte endlich aufzuschlagen, kam sie schwer aber federnd auf. Ein kurzer Schmerz zog ihr durch die Glieder, störte sie aber nicht weiter. Weg, nur weg. Wovor sie gerade floh, wusste sie nicht, sah nur, dass sie rannte, sah, wie Goslars Straßenzüge an ihr vorbeizogen, während sie selbst über die roten Ziegel balancierte. Rote Ziegel? Auf allen Vieren lief sie über den Dachfirst und sprang, bis sie auf dem nächsten landete. In der Altstadt gingen viele Dächer ineinander über, waren die meisten gut über Regenrinnen zu erreichen. Erneut machte sie einen gewaltigen Satz auf einen nur wenige Meter entfernt stehenden Baum, wo sie hektisch Halt zu finden versuchte. Glücklicherweise bot die dicke knorrige Rinde des Lindenbaumes genug Ritzen, in die sie ihre Krallen graben konnte. Die letzten Meter abwärts bewältigte sie springend. Sie buckelte, als das Kreischen irgendwo hinter ihr anhob.

Und wieder rannte sie, vorbei an Häusern, Zäunen und Autos. In den Gassen sah sie Nebel aufziehen, sah, wie er von weiter vorn auf sie zu kroch. Schnell wich sie aus, sprang um die Ecke und landete direkt in dem grauen Dunst, der das Pflaster hier bereits überzog. Eine Gestalt erhob sich daraus, nur zwei Schritte von ihr entfernt und seltsam verzerrt. Alles an der Person schien in Bewegung, waberte und kroch wie der Nebel selbst.

Merle versuchte zurück zu weichen, denn die Gestalt machte ihr Angst. Sie sollte nicht hier sein, nicht in den Straßen, nicht an diesem Ort. Doch ihre grauen Pfoten waren plötzlich wie angenagelt. Und als sich dieses durchscheinend und doch gleichzeitig präsente Etwas herab beugte und fransige Finger nach ihr griffen, konnte Merle nur heiser schreien.

Keuchend fuhr Merle hoch. Ihr Herz schlug heftig gegen ihre Rippen und die Lungen waren so eng, dass sie kaum Luft bekam. Hastig strich sie sich mit den Fingern über die vom Schlaf verklebten Augen und versuchte sich zu orientieren. Sie wusste nicht, wo sie war, geschweige denn, was geschehen war, und wieso es schon die gesamte Zeit über neben ihr fauchte. Merle starrte entgeistert zu ihrem Kopfkissen zurück, neben dem ein schwarzer Schemen buckelte und sie anschrie. Dann zuckte sie entsetzt zusammen. Ihr erster Reflex war, jammernd das Weite zu suchen, der Zweite, das Tier von ihrem Bett zu schubsen. Doch bevor sie eines von beiden machen konnte, setzte die Erinnerung ein und beruhigte sie, bis sie in der Lage war, sich in ihrer neuen Umgebung wieder halbwegs zurechtzufinden. Goslar,

Schwestern, Buchladen, Nachbarn, Katze.

Das Fenster schlug zu. Irgendwo im Haus klapperte etwas und Merle fröstelte. Hatte sie heute Nacht in dummem Kopf etwa vergessen das Fenster zu schließen, nachdem sie es irgendwann aufgemacht hatte, um ihrem nächtlichen und völlig durchnässten Besucher die Möglichkeit zu geben, sich zu wärmen? Sie war sich sicher gewesen, es geschlossen zu haben.

Die Katze schüttelte sich, guckte Merle einmal groß an, bevor sie sich neben ihrem Kopfkissen zusammenrollte. Auch wenn sie die Augen halb schloss, konnte Merle noch sehen, wie aufmerksam das Tier sie beobachtete.

„Eine Nacht hatte ich gesagt." Merles Worte waren so deutlich, dass sie sich selbst darüber wundern musste. Hier saß sie, mit ihren 25 Jahren und benahm sich wie ein altes Mütterchen, das in wirrem Kopf oder aus bitterer Einsamkeit mit seinen Katzen redete. Sie wurde wunderlich.

Die Schwanzspitze der Katze zuckte.

„Ich bin dann im Bad. Und wenn ich zurück bin, bist du fertig für die Welt dort draußen."

Die Katze gab sich schlafend, also sammelte Merle die Kleidungsstücke auf, die sie heute tragen wollte, und marschierte gähnend ins Bad. Kaum schloss sie die Tür hinter sich, hörte sie oben ihren Wecker klingeln. Sollte sich doch die Katze damit herumärgern.

Am beschlagenen Spiegel, nach einer ausgiebigen Dusche, blieb sie nachdenklich stehen. Mit ihrer Handfläche wischte sie zwei Streifen Wahrheit auf das Glas, die misstrauisch zu ihr heraus starrte. Ein weiterer Tag stand ihr bevor, an dem es sich mehr denn je zu beweisen galt. All die Gesichter der gestrigen Kunden und Nachbarn stürmten im Geist auf sie ein, gehässiger und mitleidiger, als sie es am Vortag waren. Da stand sie, einer Vogelscheuche nicht unähnlich, und starrte durch einen schwarzen Vorhang aus zerzaustem Haar auf ihr blasses Gesicht, das heute so leblos und fad wirkte, dass ihr schlecht wurde. Gleichzeitig überkam sie eine Wut, die sie kaum ertragen konnte. Ihr Leben war zum Haareraufen, nein, sie selbst war es. Wie sollte sie einen halbwegs guten Eindruck hinterlassen, wenn sie so war, so herumlief und sich so benahm? Am liebsten hätte Merle geschrien, doch das hätte nur die Schwestern so entsetzt, dass sie sie womöglich vor die Tür setzten. Tränen schossen ihr in die Augen, als sie die Wut zu unterdrücken versuchte. Sie hatte Angst davor, dass sich dieses stürmische Gefühl unkontrolliert Bahn brach. Doch noch schlimmer wäre es, wenn es sich in Ohnmacht und Hilflosigkeit verwandelte.

Merle merkte kaum, wie sie im Wahn nach der Schere griff und sich die schlimmsten Zottelsträhnen aus dem Gesicht schnitt, damit sie heute nicht, vom Wind als

Vorhang missbraucht, vor ihren Augen hängen und sie in peinliche Stolperfallen hineintreten lassen konnten. Und sie hörte erst damit auf, als die schwarzen Haarbüschel das Weiß des Waschbeckens völlig verbargen. Ihr Spiegelbild wirkte ganz überrascht und starrte ihr verdutzt entgegen. Doch sie empfand nur Genugtuung, solange, bis sich der Schock endlich einstellte, ganz langsam in ihren Verstand sickerte, bis sie gelähmt vor dem spiegelnden Glas stand. Was hatte sie da getan?

Die Haare standen ihr kurz vom Kopf, schwarz und wild wie ein Rabenflügel, lagen ihr fransig um den Schädel, zu kurz um den Nacken und den langen Hals zu bedecken. Na großartig. Sie hatte keine Zeit für den Friseur, und wenn sie sich im Buchladen so blicken ließ, würde Frau Ehwelt sie so nicht auf ihre Kunden loslassen wollen. Stöhnend schloss sie ihre Augen, atmete durch und verließ das Badezimmer. Es half alles nichts. Und wunderlich war noch gar kein Ausdruck.

„Verschwinde", sagte sie zur Katze, die sich frech auf ihr Kopfkissen gelegt hatte, um sie in ihrer Abwesenheit würdig zu vertreten. „Raus hier." Würde sie das Tier zum Fenster herausschmeißen, wenn es nicht von alleine ging? Gerade, als sie ihre Drohung aussprechen wollte, erhob sich die Katze. Sie dehnte sich ausgiebig, aber ohne Merle aus den Augen zu lassen, bevor sie dann auf den Boden sprang und mit zuckender Schwanzspitze um ihre Beine strich. „Nein, komm mir nicht so", meinte Merle und das Tier hielt inne. Enttäuscht lief es zur Tür und kratzte, bis Merle es in das Treppenhaus herausließ. An der Haustür warf es Merle einen beleidigten Blick zu, bevor sie ihm endlich die Tür öffnete. Auf der gegenüberliegenden Straßenseite ging die Tür ebenfalls auf, um einen schwarzen Hund und ein rothaariges, sehr maskulines Herrchen ins Freie zu lassen. Hund und Katze knurrten sich an, bevor die Katze fauchend das Weite suchte. Merle blinzelte und schloss schnell die Tür, bevor der Mann sie sehen konnte. Der Kaffeeduft wies ihr den Weg bis an Adeles Tisch, wo bereits für sie gedeckt war. Adele selbst schenkte ihr Kaffee ein, schwarz, ohne alles. Die ältere Dame musterte Merles Kopf mit einem sehr rätselhaften Blick, den Merle so gar nicht einschätzen konnte, sagte aber nichts. Hedwig kam schon nach, bevor Merle sich richtig hingesetzt und auch nur einen Bissen von ihrem heute einmal mit Wurst belegten Brot gemacht hatte. Sie blinzelte überrascht. Mit Wurst?

„Habe ich da gerade die Haustür zuschlagen gehört...?", fragte Hedwig, noch bevor sie richtig in der Küche angekommen war. „Merle, hast du den Nach...? Huch?" Ein Teil ihrer Runzeln wich, als sie bei Merles Anblick die Augen aufriss. „Oh. Was ist denn mit deinen Haaren passiert?"

„Sind der Schere zum Opfer gefallen", antwortete

Adele trocken und verdrehte über ihre Schwester die Augen.

„Ja, ganz offensichtlich." Hedwig machte zwei Schritte, um Merle besser sehen zu können. Dann setzte sie sich endlich hin. „Hmm. Ganz flott. So kommen deine Augen viel besser zur Geltung, Liebes."

Merle sagte nichts. So gleichgültig wie möglich versuchte sie, diese intensive Art von Musterung über sich ergehen zu lassen. Doch Hedwig war noch nicht fertig. Jetzt beugte sie sich über den Tisch, die Augen fest auf Merles gerichtet. „Sag mal, hast du Kontaktlinsen?"

„Was?" Merle verstand die Frage nicht. Automatisch fuhr ihre Hand hoch, um sich den Brillenbügel hochzuschieben, wo die Fingerkuppen kühl gegen die Nasenwurzel prallten. Erst jetzt begriff Merle, dass sie die Brille vergessen hatte. Was war denn heute nur los mit ihr? So ein Tollpatsch war sie doch sonst auch nicht. „Nein, ich dachte, ich hätte sie schon auf."

Die Schwestern warfen sich einen skeptischen Blick zu und schwiegen. Merle fühlte sich zunehmend unwohl. Dann hellte sich Hedwigs Gesicht plötzlich auf.

„Ich weiß, woran es liegt." Sie legte den Kopf schief und streckte den Zeigefinger aus. „Du hast gestern unsere Nachbarn kennengelernt, nicht wahr?"

Merle lief bereits rot an, bevor ihre Vermieterin überhaupt irgendwas über einen von den beiden sagen konnte.

„Und vorhin war der junge Mann von gegenüber auch...“

Hastig sprang Merle auf. So einen Quatsch wollte sie nicht hören. „Ist schon spät“, nuschelte sie und griff nach ihrer Brotscheibe. Den starken Kaffee kippte sie so schnell herunter, dass er ihr herb den Gaumen verbrannte. „Und ich muss noch meine Brille holen.“

Dann war sie schon zur Tür raus und auf der Treppe.

„Was hat sie denn?“

„Eine dumme Nuss zur Vermieterin, die ihre Nase viel zu tief in fremde Angelegenheiten steckt. Vielleicht war es ja die Nachbarin...“, hörte sie noch Adeles Stimme, bevor sie die Tür zu ihrem Dachgeschoss zuschlagen konnte.

Der gesamte Arbeitstag erschien Merle heute nebulös und unscharf. War es das Wetter, das heute grau und trüb über der Stadt hing oder ihre Stimmung, die sich nicht einmal mehr mit einem schwarzen Kaffee heben ließ?

Frau Ehwelt hatte sie heute deutlich fröhlicher gegrüßt und sie halb verwundert, halb beeindruckt gemustert. Ihre neue Frisur musste so ungewohnt an ihr wirken, dass ihre Chefin sie zwischendurch immer verstohlen beobachtete. Die Routine, die sie an ihrer früheren Stelle in Braunschweig gehabt hatte, bevor sie der alte Chef, mit leichtem Ansatz von Bierbauch und schütterem Haar, zu begrapschen begann, wollte sich hier noch nicht einstellen. Es war recht schwierig gewesen, sich nach einer völlig gescheiterten Beziehung mit einem notorischen Weiberhelden und selbst gekündigtem Job aus demütigenden Gründen ein neues Leben aufzubauen, vor allem, wenn man nach zwei Jahren Abhängigkeit vom Freund fast ohne Hab und Gut und mit einem Selbstwertgefühl, das gegen null ging, auf der Straße stand. Von ihren Eltern konnte sie nach dem Bruch – sie hatten ihren Ex-Freund zurecht gehasst – auch keine Hilfe mehr erwarten. Normalerweise kündigte sich schnell ein Heulkrampf der wirklich üblen Sorte an, wenn diese Gedanken in ihr hochkamen. Heute jedoch betrachtete Merle sie in einer Nüchternheit, die sie selbst entsetzte.

„Frau Hagedorn?" Ein weiteres Räuspern erklang. „Ist alles in Ordnung? Sie haben so abwesend aus dem Fenster gestarrt."

Merle schluckte. Und versuchte ihre Sicht scharf zu stellen. Scheinbar waren ihre Augen immer noch müde. „Ja, ich habe nur gestern die Inhaberin des *Mondscheingesüßt*-Cafés kennengelernt. Sie hat ihr Buch abgeholt und ein weiteres gekauft." Plötzliche Augenprobleme gehörten zu den Themen, die man lieber für sich behielt, bis sie abgeklärt waren.

„Frau Feuerstein ist wirklich eine beachtliche Frau.

Das Café unterhält sie erst seit zwei Jahren und hat sich damit, soweit ich weiß, einen großen Traum erfüllt. Ich hoffe sehr, dass sie uns mit dieser schönen Bereicherung noch einige Jahre erhalten bleibt." Ihr eulenhafter Blick klebte weiterhin an Merles Gesicht fest. „Trauen Sie sich auch heute zu, den Laden für einige Stunden zu übernehmen?"

Merle nickte schnell. Schließlich war die Reduzierung der Arbeitsstunden ihrer Chefin auch der Grund für die Suche nach einer Angestellten gewesen. Und eigentlich umfasste Merles Vertrag auch nur einen halben Tag.

„Sehr schön. Dann schließen Sie heute auch alleine ab?"

Erneutes Nicken.

„Gut. Also dann, Frau Hagedorn, noch frohes Schaffen. Und denken Sie zwischendurch daran zu essen und zu trinken." Frau Ehwelt lächelte mütterlich und zog ihre Jacke über. „Und wenn die Kopfschmerzen schlimmer werden sollten, rufen Sie mich bitte an. Dann übernehme ich."

„Kopfschmerzen?" Merle starrte die Frau verständnislos an.

„Mir ist schon heute Morgen aufgefallen, wie sehr Sie die Augen zusammenkneifen. Vor allem wenn sie etwas Kleines entziffern müssen."

„Ach so. Ja." Noch hatte sie keine Kopfschmerzen.

Aber wenn sie die Augen weiter so anstrengte, würde sie mit Sicherheit am Ende des Tages welche haben.

An der Tür drehte ihre Chefin sich noch einmal um. „Und, Frau Hagedorn, die Frisur ist wirklich entzückend." Dann war sie auch schon raus.

Verdutzt starrte Merle hinter ihr her, überrascht und hoch konzentriert, weil sie die Gestalt nach wenigen Schritten bereits nur noch als verschwommene Silhouette erkannte. In alter Gewohnheit zog sie die Brille von der Nase und nahm die Brillengläser in Augenschein, die jedoch sauber waren. Ziemlich verwundert stellte sie fest, dass sie ohne Brille sogar viel schärfer sah als mit. Sie seufzte und ließ sie ab. Es war nicht zu glauben, aber sie wurde verrückt. Oder wie war sonst zu erklären, dass sie sich nach über zehn Jahren mittelschwerer Kurzsichtigkeit plötzlich einbildete, von einem Tag auf den anderen keine Brille mehr zu brauchen?

Aber jetzt, als sie über ihre Augen und Kopfschmerzen im Allgemeinen nachsann, hatte sie den Eindruck, dass sich Frau Ehwelt auch nicht so ganz wohlgefühlt haben konnte. Die von der Frau aufgezählten Symptome für Kopfschmerz hatten nämlich auch auf sie selbst zugetroffen.

Die Kunden kamen und gingen, einige kauften etwas, andere wollten nur mal eben gucken oder Informationen über den Standort der öffentlichen Toiletten oder

Goslars Sehenswürdigkeiten haben. Merle, die selbst nicht ortskundig war, versuchte sich ihre Unsicherheit nicht anmerken zu lassen, indem sie den Touristen die gewünschten Türme, Museen, Bergwerke und Plätze auf dem Stadtplan zeigte. Fragte sie jemand nach echten Geheimtipps dieser Stadt, verwies sie die Fragenden immer auf Esthers Café.

Kurz vor Feierabend stattete Esther ihr einen kurzen Besuch ab, um ihr eine weiße heiße Schokolade mit Honig und Pfefferminze zu bringen, die Merle so gierig ausschlürfte, dass sie sich über sich selbst wunderte. Derweil staunte Esther über Merles neuen Stil, der ihr außerordentlich gut zu gefallen schien.

„Sag mal, wo hast du eigentlich deinen hübschen Anhänger her?", fragte Merle beiläufig und deutete mit dem Kinn auf die silberne Mondsichel, die in feinem durchbrochenem Rankmuster und mit einem hellen irisierenden Stein in der Mitte an Esthers Hals hing.

„Den Mond? Das ist ein Erbstück meiner lieben Großmutter, genauso wie einige Bücher über Kräuter und...", sie hielt inne und musterte Merle auf eine seltsame Weise. „Solche Sachen eben."

„Solche Sachen? Du meinst solche Geheimnisvollen?" Eigentlich wollte sie gar nicht weiter nachbohren, aber die plötzliche Neugier saß ihr auf einmal so fordernd im Nacken, dass sie nicht anders konnte.

„Ja. Altes Brauchtum und ..." Da war sie wieder, diese Lücke. Esther sah beiläufig zum Fenster, wo gerade ein altes Mütterchen vorüberging, den Hals gereckt und die Augen geradewegs durch das Glas und an den Büchern und Brockenhexen vorbei auf die beiden Frauen gerichtet. Merle schauderte. Vor allem als sie die Katze sah, die der Frau auf den Fuß folgte. Auf der Höhe des Ladens verharrte das dreifarbige Tier, starrte ebenfalls und setzte seinen Weg dann flink fort. Die Dreifarbigen brachten Glück. Warum hatte nicht so eine an ihrem Fenster hocken können? Andererseits, nach dem Blick, den die Katze ihr, Merle, gerade zugeworfen hatte, wollte sie gar keine Katze in ihrer Nähe haben.

Interessiert musterte Esther ihr Gesicht. Merle wurde rot, als sie es wahrnahm und schämte sich ein wenig, aus Angst, einige der Gedanken könnten sich auch darauf abgezeichnet haben. „Ähnliche Anhänger bekommst du übrigens gleich nebenan. Und wenn du die passende Dekoration für die Wohnung suchst, gibt es in der angrenzenden Straße einen hübschen Laden, der sich auf so etwas spezialisiert hat."

Sie wechselten noch einige nette Worte, bevor sich Esther verabschiedete und Merle den Laden schloss.

Paul schrie. Er kreischte die Wut auf die Welt mit schriller Stimme heraus, bis alles um ihn herum erzitterte. Bis sich die anderen vor ihm zurückzogen und ihn mit schreckgeweiteten Augen anglotzten. Und als selbst sein größter Rivale den Rückzug antrat, schrie er noch. Er schrie, dass sämtlichen Umstehenden die Haare zu Berge standen und sich selbst die Brockenhexen vor ihm fürchteten. Und er schrie so lange, bis auch die anderen wichen, die ihn mit diesen kalten Blicken beinah durchbohrten. Kamen sie zu nah, würde er sie seinen vollen Zorn spüren lassen.

Zwei Tage später erst schaffte Merle es endlich, in dem hübschen kleinen Geschäft der angrenzenden Straße auch eine Kleinigkeit für die Schwestern zu besorgen. Mittlerweile kannte sie auch die Vorlieben der Tanten etwas besser, sodass sie mit schlafwandlerischer Sicherheit das Richtige herausgriff. Hedwig sollte ein Tütchen voll feiner Trüffelpralinen erhalten und Adele einen ordentlichen Kräuterschnaps.

Außerdem holte sie sich im Laden daneben eine kleine und sehr reduziert gehaltene Holzhexe für das Fenster. Bevor sie ihre Schicht im Buchladen antreten musste, konnte sie sogar noch mit Esther in dem esoterischen Laden nach einem hübschen Anhänger stöbern und dort noch drei Pullis erwerben, die ihren, wie sie fand, ziemlich tristen grauen Kleidungsstil etwas aufpeppten. Alle drei waren schwarz mit Ziernähten in dunklen Farben, eng anliegend und mit langen sehr spitzen Kapuzen, die allesamt ein kleines Glöckchen am Ende trugen. Einen davon zog Merle nach dem Kauf sofort über und fühlte sich darin verspielt und wohl wie schon lange nicht mehr. Esther beobachtete sie neugierig und geizte nicht mit Ratschlägen. Also erstand sie auch noch eine schwarze längere Strickjacke im gleichen Stil und ein herbstlich buntes Tuch mit schwarzer Stickerei, beides ebenfalls zum gleich Anziehen. Allein der Patchouli-Geruch, der von den Sachen aufstieg, störte sie etwas. Lieber hätte sie etwas Kühles und Leichtes wie Minze daran gerochen.

Auf dem Rückweg, wie immer mit einem Kaffee aus Esthers besten Zutaten – weiß mit einer Prise Kardamom – in der einen und einem Buch in der anderen Hand, sah sie die alte Dame wieder. Wie andere Leute Tauben fütterten, hockte dieses Mütterchen auf einer Bank und fütterte Katzen. Murmelnd saß sie von fünf der Tiere umringt und verteilte Sardellen aus einer Konservendose. Die Szene war so skurril, dass Merle im ersten Moment sicher war, sie hätte es sich nur eingebildet. Noch merkwürdiger war, dass drei der Katzen, allesamt jünger und aktiver als die anderen, scheinbar auf Merle aufmerksam wurden und ihre Erscheinung zu diskutieren begannen. Merle hielt kurz inne und wiederholte diesen Gedanken, bis sie fast laut loslachte. Aber so wie die Katzen die Köpfe zusammensteckten und dabei in ihre Richtung guckten, während sie abwechselnd und sehr verhalten murrten, als hätten sie etwas zu verbergen, wirkten sie wirklich wie Klatschweiber beim Lästern. Wie aberwitzig. Dennoch machte es Merle irgendwie wütend. Ohne weiter darüber nachzudenken, senkte sie den Kopf und starrte solange böse zurück, bis die Tiere ihre Blicke abwandten und sich unschuldig gaben. Eine davon begann sich zu putzen. Pah, so ein Verlegenheitsgetue.

Sogleich fragte sie sich, ob die schwarze Katze – Merle wusste mittlerweile, dass es ein Weibchen war – sie auch heute Nacht wieder besuchen würde.

Ganz in Gedanken bog sie in ihre Straße, nur um dort wie angewurzelt stehen zu bleiben und zu beobachten, wie ihr Nachbar auf der anderen Seite gerade seinerseits das Haus verließ. Mit seinem Hund. Natürlich, die beiden traf man nie einzeln an. Unangenehm stellten sich ihr die Nackenhaare auf. Und bevor ihr heute irgendetwas Peinliches widerfahren konnte, ihr der Kaffeebecher aus den Händen fiel und Hund oder Herrchen vollsaute, drehte sie sich auf dem Absatz um und lief weiten Schrittes in die Richtung zurück, aus der sie gekommen war. Dabei hoffte sie, dass der Nachbar sie nicht gesehen hatte, denn ihr Fluchtverhalten war mindestens ebenso peinlich wie all die Situationen, die ihren Verstand gerade in endloser Abfolge quälten.

Burgwart erwartete sie mit wedelndem Schwanz, als sie aus dem Gebäude, dessen Luft von Bier und anderen alkoholischen Gerüchen geschwängert war, ins Freie traten. Nach zwei Bier und einigen Stunden lockerer Unterhaltung, die beinah im Anschreien geendet hatte, weil der Wirt die Musik stetig lauter gedreht hatte, ließen Ulrik und Franzi die Kneipe hinter sich. Es war ein netter Abend, der sogar etwas lauer war, als die vorangegangenen und zumindest trocken blieb, wenn sich auch schon die ersten dichten Wolken für die Nacht zusammenzogen. Also entschlossen Franzi und er sich dazu, noch eine Runde zu drehen, um Burgwart die Möglichkeit zum Tollen zu geben und sich selbst die, sich die Beine vor dem Zubettgehen zu vertreten. Am breiten Tor verließen sie die Innenstadt und streiften durch die Grünanlage, die sich wie ein Gürtel um den Stadtkern herumzog.

Auch heute traf Ulrik die ältere Dame mit dem West Highland White Terrier, der Burgwart wie fast jeden Abend zum Spielen bedrängte – auffordern war in seinem Fall ein zu schwaches Wort – während sie ihnen versicherte, wie lieb ihr Hund doch sonst war. Franzi gab sich freundlich, obwohl es ihr in der Wortflut, die über Tage der Einsamkeit aufgestaut worden war, unglaublich schwerfiel. So waren alle drei froh, als eine rote Katze die Aufmerksamkeit des kleinen weißen Hundes auf sich lenkte, der schließlich sein Frauchen in eine wilde

Verfolgungsjagd zwang, bei der nur er wirklich Spaß hatte.

„Apropos Katze", meinte Franzi beiläufig, als sie sich in die entgegengesetzte Richtung wieder in Bewegung setzten. „Haben Wiedehopfs wieder eine Katze, oder gehört die kleine Schwarze zu Merle?"

Ulrik zuckte mit den Schultern. Bisher waren die beiden älteren Damen von Gegenüber nicht von sehr großem Interesse für ihn gewesen. Ob sie Katzen hielten oder hassten, wusste er wirklich nicht. Und die neue Nachbarin hatte er offiziell noch nicht einmal kennengelernt. Seit Tagen sah er sie flüchtig und meist nur aus weiter Ferne. Und gestern erst hatte er beobachtet, wie sie zuvor in ihre Straße eingebogen war, um bei seinem Anblick fast panisch die Flucht zu ergreifen. Ihm war durchaus aufgefallen, dass sie sich verändert hatte. Und eigentlich hätte er gern einige Worte mit ihr gewechselt und sie einmal aus der Nähe betrachtet. Aber leider konnte sie ihn aus irgendeinem ihm unerklärlichen Grund nicht leiden. Und das war ihr gutes Recht, so schade er es fand. Oder wieso sollte sie ihn sonst so meiden?

„Hast du auch den Eindruck, dass sie uns ein bisschen aus dem Weg geht?"

„Nicht nur ein bisschen", sagte Ulrik und schob die Hände in die Hosentaschen.

„Das heißt, dass du sie seit unserem ersten

Zusammentreffen auch noch nicht gesprochen hast?"

„Ich hätte, wenn sie nicht immer vor mir fliehen würde", gab er locker zurück.

Franzi starrte ihn entgeistert an. „Wieso denn das?"

Abermals zuckte er mit den Schultern.

Irgendwo weiter vorn hörten sie wieder einen Hund bellen, wahrscheinlich den Jackrussel Terrier, dessen Herrchen lauthals betonte, dass er sicherlich nur spielen wolle, da er ja sonst eigentlich ein ganz lieber Kerl sei. Dem Gebell nach war der Hund alles andere als das und wirklich nicht zum Spielen aufgelegt. Ulrik fragte sich, wieso Hundehalter immer so einen Blödsinn behaupteten, ohne wirklich auf die Körpersprache ihrer Tiere zu achten. Automatisch lenkte er seine Schritte an der Weggabelung nach links, um dem Mann mit dem völlig unentspannten Hund auszuweichen. Mittlerweile wurde auch Burgwart zusehends unruhiger, wobei er immer mal die Schnauze reckte und in die Richtung schnüffelte, aus der jetzt das geknurrte Kläffen erschallte. Ganz offensichtlich bewegte es sich in einem Bogen auf sie zu. Bei der Baumgruppe raste auch Burgwart los. Als Ulrik ihn zurückpfiff, hielt er inne und zögerte, unentschieden, ob er dem Kläffer entgegen kommen oder besser auf sein Herrchen hören sollte. Seine Körpersprache drückte pure Ambivalenz aus, da er sich einerseits zu freuen schien und andererseits leicht gereizt wirkte. Und bevor Franzi oder Ulrik auch nur darüber nachdenken konnten, was das zu bedeuten hatte, brach eine schwarze schlanke Frauengestalt mit dem Rücken voran aus dem Gebüsch. Die Arme hatte sie abwehrend vor sich gestreckt, während sie Schritt für Schritt zurückwich. In diesem Augenblick sprang Burgwart vor und von der Seite auf sie zu. Als sie sich umdrehte, erkannte Ulrik sie schlagartig. Merle. Mit schreckgeweiteten Augen starrte sie den großen Hund an, der da plötzlich ebenfalls bellend auf sie zuflog.

„Burgwart!", rief Ulrik, doch sein Hund verweigerte jeden Gehorsam.

Der Terrier brach jetzt ebenfalls aus dem Gebüsch, um wirklich knurrend und so aggressiv kläffend, dass er kaum noch Luft bekam, auf Merle zu zu hetzen. Ulrik und Franzi waren schon zur Stelle. Grob zog Ulrik seinen eigenen Hund zurück, der gerade dabei war, sich zwischen die junge Frau und die kläffende Töle zu schieben, scheinbar um sie vor dem kleinen Biest abzuschirmen. Franzi hatte todesmutig nach dem Halsband des Terriers gegriffen, um den kleinen aber giftigen Hund ruckartig in die Höhe zu ziehen, was ihm nicht sehr viel auszumachen schien. Nach wie vor und fast geifernd vor Wut konzentrierte er sich auf Merle, die mit weit aufgerissenen Augen um sich blickte und... fauchte sie? Vom Herrchen war weit und breit nichts zu sehen.

„Das kann doch nicht wahr sein!", donnerte Franzi,

wobei ihr Blick suchend in die Freiräume des Gebüschs fuhr. „Der kann so etwas doch nicht frei herumlaufen lassen!" Dann wandte sie sich Merle zu, die noch weiter zurückgewichen war. „Keine Sorge, ich habe das Biest fest im Griff. Und bevor es noch etwas ausrichten kann, gehe ich es wegbringen." Sie lächelte aufmunternd und verschwand zwischen den Ästen, die vor einigen Augenblicken erst Frau und Hund ausgespien hatten. Schritte und Gebell verklangen.

„Hey, es ist alles gut. Ich habe ihn", versuchte nun Ulrik seinerseits Merle zu beschwichtigen und Burgwart zurückzuziehen, dessen Schwanz aufgeregt wedelnd gegen seine Beine schlug. Das Bellen hatte sich in ein Jaulen verwandelt.

Merle schüttelte nur mit dem Kopf, unfähig ein Wort herauszubringen. Mittlerweile lagen fünf Schritte zwischen ihnen und sie wich stetig weiter zurück. Ulrik wusste, dass sie gleich wieder flüchten würde, und konnte es ihr nicht verdenken. Denn auch wenn Burgwart einen friedlichen und ruhigen Charakter hatte, wollte er sich in diesem Moment einfach nicht davon abbringen lassen, an der Frau zu schnüffeln und sie im schlimmsten Falle mit einem freudigen Anspringen zum Spielen zu animieren. Je stärker Ulrik ihn also zurückzog, desto mehr versuchte er an sie zu gelangen, sodass seine Vorderbeine bald in der Luft hingen und er wirklich Furcht einflößend auf

Leute, die sich nicht mit Hunden auskannten, wirken musste.

„Halt' ihn zurück...", keuchte Merle. Wenigstens fauchte sie nicht mehr.

Ulrik wollte mit ihr sprechen, ihr irgendetwas sagen, damit sie nicht schon wieder vor ihm wegrannte. Denn sagte er jetzt nichts, würde sie ihn noch mehr hassen. Also redete er das, was ihm als Erstes in den Sinn sprang, noch bevor er die Worte zurückhalten konnte.

„Burgwart ist ein netter Kerl. Schau, er wedelt mit dem Schwanz und jammert, weil er eigentlich mit dir spielen will. Er scheint dich echt zu mögen."

„Ja, sicher! Und die Zähne fletschen sie, weil sie grinsen.", Merles Gelächter war so rau und gleichzeitig hochgeschraubt, dass es halb hysterisch klang. „Da falle ich nicht noch mal drauf herein. Das sagen die Leute ständig." Panisch brachte sie noch zwei weitere große Schritte zwischen sich und Ulrik, der sich am liebsten in den Hintern getreten hätte. Was faselte er denn da? „Du hältst ihn gut fest und ich gebe ihm einfach keinen weiteren Grund mehr, mich anzufallen." Ihre Worte klangen zu schwer, als dass sie sich nur auf diesen Abend beziehen konnten.

„Hey, nein. Warte mal...", versuchte Ulrik auf sie einzureden. Gab es denn keine Möglichkeit sie nicht in einer völlig blöden Situation zu erwischen? Doch Merle drehte sich bereits um.

„Merle, warte, willst du nicht noch auf einen Kaffee ins *Mondscheingesüßt?*", rief Franzi der jungen Frau zu, die bereits querfeldein abkürzend auf die Altstadt zuhielt und kurze Zeit später verschwunden war.

„Was war denn das?", fragte Franzi kopfschüttelnd und streichelte Burgwart, den Ulrik langsam losließ, zwischen den Ohren. „Mancher Hundehalter scheint seinen Köter auch nicht zu kennen. Arme Merle. Die wird jetzt einen Schrecken fürs Leben haben."

„Ja. Ich denke das war es dann mit dem Kennenlernen meiner neuen Nachbarin. Nach dieser Sache wird sie erst recht kein Wort mehr mit mir reden wollen." Das Bedauern in seiner Stimme wunderte ihn kaum. Zumindest hatte er sie heute einmal aus der Nähe sehen und sich davon überzeugen können, dass sie wirklich so hübsch war, wie er bereits nach dem ersten Zusammentreffen mit ihr gedacht hatte, auch wenn ihr zu dem Zeitpunkt die Haare die Hälfte des Gesichtes verdeckt hatten. Ihre großen grasgrünen Augen hatten ihn beeindruckt.

Franzi warf ihm einen merkwürdigen Seitenblick zu. „Ja, zu schade."

Jedes einzelne Haar schien Merle plötzlich zu Berge zu stehen. Mittlerweile bebte ihr Körper so stark, dass sie seine Bewegungen kaum noch kontrollieren konnte.

Ihre Zähne klapperten so laut, dass sie darüber den eigenen Herzschlag, der ihr in den Ohren dröhnte, beinah überhörte. Ihr Herz pochte wild. Die Angst, die ihr eiskalt wie ein Alb im Nacken saß, schrie ihr zu, dass sie verfolgt wurde, beobachtet und angestarrt. Also blickte sie sich ständig um. Doch da war nichts hinter ihr, kein Hund, kein Hundehalter und auch keine Katze. Und dennoch glaubte sie, die Schritte in den Gassen hallen zu hören. Es waren bestimmt ihre Eigenen. Und die Panik war normal, nachdem dieser Köter sie so angefallen hatte und später auch der große Schwarze wie der Höllenhund persönlich hinzugekommen war. Und ihre Nachbarn, immer wieder ihre Nachbarn, in den merkwürdigsten und peinlichsten Situationen. Wieso konnte sie nicht mal einem davon völlig normal begegnen? Wieso mussten sie so einen schlechten Eindruck von ihr bekommen?

Sie fröstelte und schlang die Arme noch enger um den Körper. Wann war es plötzlich so kalt geworden? Es fühlte sich an, als sei die Temperatur schlagartig um 10 Grad gesunken. Die Gänsehaut an ihren Armen war schon beinah unerträglich. Sie hatte Angst, pure blanke Angst. Der Zwang sich umzudrehen nahm zu, gefolgt von der Furcht wirklich etwas hinter sich zu erblicken. Etwas. Beinah hätte sie hysterisch aufgelacht.

„Merle, es geht auf Halloween zu, also siehst du schon Gespenster. So eine hohle Nuss!", schalt sie sich flüsternd und hoffte, dass ihre laut ausgesprochenen Gedanken sie beruhigten, doch das taten sie nicht. Die Laterne, die sie eben passierte, begann zu flackern. Die Nächste, auf die sie gerade zusteuerte, sprang mit einem Knall aus. Merle blieb beinah das Herz stehen. In der Bewegung erstarrt stand sie in der Gasse, während ihr der kalte Schweiß ausbrach. Ihr Atem ging mittlerweile so schnell und flach, dass ihr beinah schwarz vor Augen wurde.

„Jetzt beruhige dich endlich. Die Glühbirnen sind vielleicht nicht mehr die neuesten."

Hexen überall, höhnten ihre Gedanken. Hexen, Teufel und Dämonen.

Endlich hob sich ihr Fuß. Dann beschleunigte sie ihre Schritte, bis sie beinah rannte. Schon konnte sie ihre Straße vor sich sehen, in die diese hier mündete. Sie war bald zu Hause.

Sie tadelte sich diesen merkwürdigen nächtlichen Streifzug überhaupt unternommen zu haben, was eigentlich gar nicht ihre Art war, als ein niedriger Schemen sich so plötzlich vor ihr erhob, dass sie beinah über die eigenen Füße stürzte. Die dreifarbige Katze buckelte in ihrem Angesicht. Dann öffnete sie das Maul und fauchte. Entsetzt starrte Merle auf das Tier herab, unfähig sich auch nur zu rühren. Indes steigerte sich das Fauchen zu einem Kreischen, so unangenehm und erschütternd, dass es Merle durch Mark und Bein fuhr.

„Lass mich in Ruhe...", ihre eigene Stimme war so zittrig und verzweifelt, dass sie sich selbst nicht wieder erkannte. „Was ist nur los mit euch?"

Tränen schossen ihr in die Augen. Die Panik trieb sie voran. Mit einem Satz setzte sie über das Tier hinweg und rannte auf ihr Haus, ihre Zuflucht zu, an dessen Tür ein bekannter schwarzer Schemen hockte.

„Nein...", jammerte sie, als sie sich näherte. Zwei Schritte von der Tür entfernt begann auch die schwarze Katze zu buckeln und zu fauchen. Das war der Augenblick, in dem Merle heulend zusammenbrach. Weinend kauerte sie sich an der Tür zusammen, wo sie von starren grünen Augen aufmerksam gemustert wurde. Einige Augenblicke später miaute es neben ihr. Als sie den Blick hob, sah sie das rabenschwarze Tier ihr seine Nase entgegenstrecken. Sanft stupste es Merles an, bevor es seine Stirn an ihrer rieb. Und endlich konnte Merle sich kraftlos aufrichten und ins Haus ziehen, die schwarze Katze schnurrend auf den Fersen.

Samstag und Sonntag hatte Merle frei. Für den Erstgenannten war es heute eine Ausnahme, da Merle am Anfang der Woche deutlich mehr Stunden gemacht hatte, als vertraglich festgelegt, sie diese zwar für sich als Einarbeitung verbuchte, Frau Ehwelt sie ihr aber dennoch freigab. Und sonntags hatten die Geschäfte nun mal zu, außer, es gab etwas Besonderes. Anfangs hatte Merle sich gefreut, denn sie wollte endlich zur Ruhe kommen und die Zeit nutzen, fertig auszupacken. Doch nach dem Frühstück schon merkte sie, wie erdrückend sie es empfand, in dem winzigen Zimmer festzusitzen, da sie sich nach dem gestrigen Zusammentreffen mit den Nachbarn und dem merkwürdigen Verhalten der Goslarer Tierwelt gar nicht mehr aus dem Haus traute.

Dabei war Merle ihr bisheriges Leben davon überzeugt gewesen, einen guten Draht zu Tieren zu besitzen und sogar ein Hundetyp zu sein. Seit sie denken konnte, war sie mit Hunden zusammen gewesen, war praktisch mit ihnen aufgewachsen, denn ihre Eltern hatten erst einen alten Labrador besessen, der nach seinem Ableben durch einen mittelgroßen Mischling – keiner wusste so genau, wie viele Rassen wirklich in ihm zusammengekommen waren, aber jeder hatte den Verdacht gehabt, dass Spitz und Terrier oder zumindest Dackel auf jeden Fall von der Partie sein mussten – ersetzt worden war. Den Labrador hatte sie als Kleinkind wirklich geliebt. Und er sie, wie viele Fotos aus Kindertagen bewiesen, die sie im Hundekörbchen schlafend und an den Hund angelehnt, oder von diesem abgeleckt zeigten. Der Mischling war ihr zu quirlig gewesen. Aber dass Hunde sie so ausbellten, ja sie sogar ansprangen und angriffen, war ihr völlig neu. Mit Katzen war sie eigentlich nie wirklich warm geworden. Deshalb wunderte sie sich umso mehr, dass die schwarze zugelaufene Katze, die nachts scheinbar gar nicht mehr weichen wollte, ihr jetzt auf Schritt und Tritt folgte. Ließ sie das Tier, so begleitete es sie tagsüber wirklich überall hin, um all ihr Tun mit den durchdringenden grünen Augen zu betrachten und es mit Murren zu kommentieren.

Jetzt hatte die Katze sich in ihrem Schoß zusammengerollt und schlummerte genüsslich, während Merle sie knapp vor den Ohren zu kraulen hatte. Tat sie es nicht, erstarb das gleichmäßige tiefe Schnurren augenblicklich und wich einem Murren, das so anklagend war, dass Merle sie doch weiter liebkoste. Ab und an öffnete sich ein grüner Schlitz, um nach dem Rechten zu sehen. Seltsam in diesen Kontakt versunken betrachtete Merle die Katze, während die Zeiger der antiken Wanduhr stetig weiterwanderten. Was hätte sie sonst auch währenddessen tun können?

„Und wie heißt deine Schöne?" Hedwigs Stimme riss nicht nur Merle aus diesem schläfrigen Augenblick. Eines der Ohren zuckte verdächtig.

„Ich weiß es nicht", gab sie über sich selbst verwundert zurück. Als Kind war sie sehr schnell damit gewesen, Namen zu verteilen, sodass der Kastanienbaum in ihrem Garten bald „Horst" und der Labrador „Pommes" hieß. Bei dem Mischling war die Namenswahl schon in einem etwas reiferen Zustand erfolgt, sodass er es mit „Goethe" gar nicht so schlecht erwischt hatte. „Ein gewöhnlicher Katzenname wie Uschi" - die Katze schüttelte sich wie zufällig beim Klang des Wortes - „oder so, schien mir zu unpassend. Im Katzennamenvergeben bin ich nicht sehr gut. Ich wollte ihr einfach keinen... unterstellen."

„Na, es muss ja nicht so einer sein...", setzte Hedwig an und beobachtete, wie sich das Tier erhob und ordentlich streckte. Dabei bohrte es seine Krallen abwechselnd durch den schwarzen Stoff der Strumpfhose und direkt in Merles Beine. Merle zuckte. Dann endlich sprang die Katze runter und sah sich aufmerksam um.

„Lasst sie mir bloß nicht in die Küche", donnerte Adele aus ebendieser. Der schwere Geruch von dunklen Holunderbeeren zog durch ihre Wohnräume.

Doch die Katze schien kein Interesse an etwas Schmackhaftem zu haben, sondern steuerte auf das Bücherregal zu.

„Oh, sieh mal einer an. Dem Fräulein ist eher nach guter Lektüre", scherzte Hedwig und erhob sich ebenfalls vom Sofa. Merle verfolgte die Szene aufmerksam und etwas ungläubig, während Gänsehaut ihre Arme herauf kroch. Diese Katze tat so geheimnisvoll und verständig, als würde sie jedes einzelne gesprochene Wort begreifen.

„Was soll es sein?", fragte Hedwig, die sich sehr amüsieren musste, überhöflich und machte eine einladende Geste mit der Hand. „Hier haben wir den „Faust"... oder soll es eher eines von Schillers Werken sein?"

Aufmerksam über die Bücher schauend hockte sich das Tier vor das Regal. Schließlich deutete sie mit der Vorderpfote zuckend, als würde sie sich gleich zu putzen beginnen, grob in die Richtung eines Buchrückens, oder, weil es so ungenau war, zwischen zwei davon.

„Hmm.", Hedwig runzelte die Stirn und trieb das Spielchen weiter. „Da haben wir die Edda und die Griechen. Probieren wir es erst mit den Griechen." Sie ging neben der Katze in die Hocke und zog das Buch heraus. Dann blätterte sie darin, bis sie, zufällig oder nicht, eine Seite aufschlug und das Buch offen vor die Katze legte.

Neugierig bog die Katze den Kopf darüber. Merle hätte beinah laut losgelacht, denn es wirkte, als würde das Tier wirklich lesen.

Als es mit der gleichen Pfote mitten auf die Seite tapste, nickte Hedwig lächelnd. Ihr Gesicht war eine Landkarte voll Stolz.

„Cassandra, wie die Seherin. Ich habe es schon geahnt", verkündete sie. Adele war hinzugekommen und verfolgte das Schauspiel von Türrahmen aus, die Arme vor Brust und geblümter Schürze verschränkt.

Merle war völlig verblüfft. „Cassandra", wiederholte

sie, als die Katze ihr am Bein empor und wieder auf den Schoß zurück kletterte. „Habt ihr die Namen eurer Katzen immer auf diese Art herausgefunden?"

„Ja, das habe ich auch bei den anderen gemacht", berichtete Hedwig belustigt.

„Aber bilde dir bloß nichts darauf ein", meinte Adele grimmig. „Die anderen beiden haben nämlich solange bestimmte Bücher vorgesetzt bekommen, bis sie über Biegen und Brechen „Mephistopheles" und „Werther" hießen. Wenn du mich fragst, hatte der eine dabei aber eher auf „Und" und der Zweite auf „Vielleicht" getippt."

„Ach, Adele, sei doch nicht so", sagte Hedwig und zog eine faltige Schnute. „Cassandra muss man lassen, dass sie sich ihren Namen wirklich selbst und ganz ohne Zwang gefunden hat. Eine wirklich schlaue Katze."

Da bedachte ebendiese die Frau mit einem vorwurfsvollen Blick, wie sie überhaupt daran gezweifelt haben konnte.

Es war das erste Mal, dass Merle den Garten der Schwestern betrat. Beide hatten ihr nahegelegt, ihn jederzeit und völlig nach Belieben zu nutzen und die ganzen großartigen Sachen darin zu ernten, wenn sie Bedarf hatte. Da ihre biologischen Kenntnisse sehr eingeschränkt bis nicht vorhanden waren, konnte Merle überhaupt keine Aussage darüber treffen, was hier hinten überhaupt wuchs. Wildromantisch war mittlerweile wohl die gängige Bezeichnung für diesen Gartenstil. Merle hätte ihn eher als urig und total verwildert bezeichnet. Und sie liebte das kleine Stückchen gepflastertes Areal, das durch hohe undurchsichtige Holzzäune vom Nachbargrundstück und der Straße abgeschirmt war und zwischen dessen Ritzen irgendwelche Kräuter wuchsen. Die Blumenkästen waren so stark bevölkert, dass sie praktisch nicht zu sehen waren. Und wo der ausladende Hollerstrauch seine Wurzeln vergrub, konnte Merle nicht einmal erahnen. Dieses Jahr trug er seine schwarzen Beeren bis spät in den Herbst hinein. Und so war es eine Frage der Zeit, bis der erste Frost zuschlug und all diese heilsamen Früchte unbrauchbar machte. Adele hatte ihr nicht nur einige Gläschen Hollergelee und -Sirup sowie -Schnaps angeboten, sondern auch, sie gleich im Kochen der Sachen und sonstiger Verwendung von Holunder zu unterrichten. Merle hatte zugesagt. Heute staunte sie über die liebevolle Pflege dieses grünen wilden Reiches, die man ihm kaum ansah, außer man wusste von dem kleinen von Adele angelegten Komposthaufen, der sich hinter einigen geflochtenen Brombeerranken verbarg. Merle wollte nicht darüber nachdenken, wie Adeles Hände nach dieser Arbeit ausgesehen hatten.

Bedächtig packte sie die Hollerabfälle auf den Haufen und sah sich im Gärtlein um. Ein Kraut zog ihre

Aufmerksamkeit besonders auf sich. Etwas unscheinbar und in der fortgeschrittenen Jahreszeit schon halb vertrocknet, duckte es sich unter einige dickere Äste – eine Totholzecke, die Adele eigens für die überwinternden Tiere wie Igel und dergleichen eingerichtet hatte. Die Blüten leuchteten ihr lila entgegen und verströmten einen kühlen und gleichzeitig heimeligen Duft. Merle zupfte sich ein kleines Stängelchen davon ab, um es sich genüsslich unter die Nase zu halten und es sanft mit den Fingerkuppen zu betasten. Die silbriggrünen Blätter fühlten sich weich zwischen ihren Fingern an und verströmten den gleichen intensiven Duft wie die Blüten. Merle zog ihn tief ein und schloss die Augen. Ein bisschen erinnerte er sie an den Geruch von Pfefferminze, nur dass er leichter und kühler war und etwas so beruhigendes an sich hatte, dass Merle ihn sich am liebsten gleich unter die Nase gebunden hätte.

So versunken stand sie eine ganze Weile da, bis der Wind auffrischte. Denn dieser trug einen anderen Geruch, der ihre Sinne sofort schärfte. Ruckartig riss Merle die Augen wieder auf und sah in jene Richtung, aus der dieser Hauch an sie herangetragen wurde, nämlich geradewegs auf die Pflanzen, die den Holzzaun verbargen. Auf der Straße musste die Quelle dieses paradiesischen Geruches liegen. Merle konnte diesen Duft wirklich nicht näher einordnen, denn er war sehr vieles zugleich, warm, schwer, anregend und so betörend, dass sie ihm überhaupt nicht widerstehen konnte. Die Gedanken drehten sich plötzlich nur noch darum, seine Quelle zu finden, bis sie ganz abrissen. Wie im Wahn stürzte Merle wieder in die Küche der Schwestern und durch die Wohnräume hindurch, bis sie endlich an der Haustür angelangt war. Als ihr diese etwas zu- und nachriefen, konnte sie sie nur ignorieren, so versessen war sie darauf, den Duft zu verfolgen. Mit starrem Blick aus weit aufgerissenen Augen und stark geblähten Nasenflügeln sprang sie auf die Straße heraus und lief, dem Wasserlauf folgend, hinab. Die Quelle der Aufregung musste sich dem Geruch nach mit jedem Schritt erheblich nähern, also suchten ihre Augen die Umgebung ab, ohne wirklich etwas zu sehen. Vielmehr war es so, als würde das Gehirn das Gesehene nicht recht verarbeiten, weil es mit dem Schwelgen in dieser neuartigen Geruchserfahrung völlig überfordert war. So nahm Merle nur die Brücke zum Trollmönch wahr, an der ein Mann sich über seinen Rucksack beugte, die Frau, die mit ihren Einkäufen beladen aus Richtung Marktplatz kam und das Auto, das gerade in diese Straße einbog. Fast schon rannte sie auf den Mann zu und beinah an ihm vorbei, bis ihr Geruchssinn sie so stark zurückriss, dass sie stolperte. Sie taumelte, fiel aber nicht, sondern klammerte sich nur am Stein der Brücke fest, die Augen starr auf den Kerl fixiert, der sich jetzt verwundert aufrichtete. Ulrik, schrie ihr Verstand. Ohne seinen Hund hatte sie ihn kaum wiedererkannt. Noch ehe sie sich beherrschen konnte, machte sie einen Schritt auf ihn zu, die Nase schnüffelnd erhoben. Wie war es möglich, dass er so roch? In seiner Nähe war der Duft so stark, dass ihr beinah schwindelig wurde.

„Merle?", fragte er und beobachtete sie dabei, wie sie nur noch wenige Zentimeter von seiner Jacke entfernt die Luft durch die Nase sog. „Ist... alles in Ordnung?"

Es war peinlich, unglaublich peinlich, aber sie konnte es nicht mehr ändern.

Zum ersten Mal sah sie ihn richtig an. Und dieses Anblicken musste ihn... überraschen, denn er reagierte halb verdutzt und dann beinah verlegen. Röte schoss ihm in die hohen Wangen. Er war wirklich ein maskulines Herrchen, mittelgroß, breitschultrig, mit starken Armen und wilden kupferroten Haaren, die ihm mittellang wie eine Mähne um den Kopf lagen. Ein Hauch von Sommersprossen lag über dem kantigen Gesicht mit ausgeprägter Nase und eckigem Kinn, auf dem etwas mehr als ein Dreitagebart spross. Seine Augen waren hellbraun. Er roch tatsächlich gut, aber das, was seinen Eigengeruch überlagerte, sich damit vermischte, war mehr als das, es war betörend und... sexy. Merle war zu wirr und erregt davon, um rot zu werden.

„Was ist das?", keuchte sie und stecke ihre Nase direkt

in seine Jacke. Er zuckte erstaunt, wich aber nicht zurück.

„Äh, was? Meine Jacke?"

Nein, schrie es in ihrem Kopf. Nicht die verdammte künstliche Jacke, die aus völlig synthetischen wasserabweisenden Fasern gefertigt nach chemisch behandeltem Fabrikat stank, sondern das, was unter der Jacke auf Brusthöhe diesen heftigen, alles überflutenden Geruch abgab.

„Nein, darunter", hörte sie sich selbst mit einer Stimme raunen, die sie noch nie zuvor gehört hatte.

„Oh.", er lächelte. „Du musst die Baldriantinktur meinen, die mir dummerweise ausgelaufen ist. Meine ganze Strickjacke muss sich damit vollgesogen haben."

„Baldriantinktur", wiederholte Merle fast ekstatisch.

„Ja, äh...", sie merkte, dass ihr Verhalten und ihr Blick ihn völlig nervös und irgendetwas anderes machten, aber sie konnte nichts dagegen tun, sondern ihm nur immer weiter auf die Pelle rücken. Mittlerweile trennte sie noch nicht mal mehr eine Handbreit Luft voneinander. „Die benutzen wir, also die Biologen, als Lockstoffe für Luchse und Wildkatzen." Jetzt grinste er breit. „Bist du etwa eine, eine Wildkatze meine ich?"

Sie ignorierte die letzte Frage. „Lockstoff", wiederholte sie nur und war kaum in der Lage sich zu fragen, weshalb dieses Zeug so eine Wirkung auf sie hatte. Am liebsten hätte sie ihm diese wetterabweisende Jacke vom Leib gerissen, um ihre Nase an die besagte Strickschicht darunter zu legen und wer weiß was noch damit tun zu können. Von irgendwo her hörte sie aufgeregtes Murren. Ihr Blick klärte sich augenblicklich, als sie zwei Katzen auf Ulrik zu rennen sah. Ihre Schwänze hatten sie der vollen Länge nach in die Höhe gestreckt.

„Funktioniert bei allen Katzen, wie man sieht.", versuchte Ulrik seine Verlegenheit betont locker zu kaschieren.

Merle hörte kaum darauf, sondern starrte die beiden Tiere nur böse an. Es war ihr Nachbar, ihre Jacke.

„Evi und Celina. Nachbarkatzen", stellte er ihr die Rothaarige und die Dreifarbige vor, die jetzt in einem Schritt Entfernung verharrten und gereizt miauten. Ihnen war deutlich anzusehen, dass sie Merle nicht über den Weg trauten und noch nicht recht wussten, ob sie die Auseinandersetzung scheuen oder lieber mit der Duftquelle, Ulrik, schmusen wollten. Und eben das musste Merle ihm ersparen. Sicherlich machte es ihm nichts aus, wenn zwei kleine Katzen sich an ihm rieben. Tat es aber seine verrückte und zu völlig peinlichen Situationen tendierende Nachbarin, würde er wahrscheinlich schreiend Reißaus nehmen. Also sagte sie das, was ihr als Erstes in den Kopf sprang.

„Mir ist kalt, gibst du mir deine Jacke?", fragte sie fast atemlos.

„Was?" Er war von ihrer plötzlichen unverblümten Art überfordert. „Die hier?"

„Nein", antwortete Merle und zog am Reißverschluss des künstlichen Dinges, bis sie das Paradies darunter freilegte. „Die." Ihre Stimme war so erstickt, dass er sie kaum verstand. Die Wolke, die ihr jetzt entgegenschlug, war so intensiv, dass sie fast taumelte.

„Baldriantinktur", wiederholte sie mit halb verdrehten Augen, während ihre Nasenspitze die grau melierte Wolle berührte.

„Ja...äh. Zur Kartierung von Wildkatzen." Tatsächlich zog er seine Jacke aus. Es konnte Merle nicht schnell genug gehen. Am liebsten hätte sie ihm selbst beide Stoffschichten herunter gerissen. Heute war es verglichen mit den letzten Tagen recht kühl und sie trug nach ihrem überstürzten Aufbruch nur ihre schwarze Strumpfhose und ein dünnes kurzes Strickkleid in der gleichen Farbe darüber, sodass sie wirklich fröstelte. Und wenn er nicht endlich diese Strickjacke auszog, würde sie anfangen, sich an ihm zu reiben, um wieder warm zu werden.

Ein Hauch von schlechtem Gewissen streifte ihren Verstand, als sie sah, dass er darunter nur ein olivfarbenes T-Shirt trug, das seine Muskeln betörend betonte. Gänsehaut überzog seine Arme und ließ ihn frösteln. Merle schloss die Augen, um nicht völlig wahnsinnig zu werden. Als sie spürte, wie in diesem Augenblick der

Unachtsamkeit die zwei Katzen und noch eine Dritte um Ulriks Beine zu streichen begannen, musste sie das Fauchen unterdrücken. Als sie ihre Augen öffnete, war Ulrik gerade dabei, ihr mit unsicherem Blick seine Jacke um die Schultern zu legen.

„Was machst du überhaupt hier draußen?", fragte er, doch sie antwortete nicht. Die Wahrheit würde sie in seinen Augen noch verrückter erscheinen lassen. Sei Blick war forschend und fest auf ihre Augen gerichtet. Eigentlich sagte sie überhaupt nichts mehr, sondern zog sich die Jacke nur fest um die Schultern und vor die Nase, um einen kräftigen Zug zu nehmen. Der grobe Stoff war noch herrlich warm von Ulriks Körper und roch nach ihm.

Zeit zu gehen, schrie ihr Verstand, während sie leicht gereizt die dritte Katze – eine kleine getigerte mit unterschiedlich gefärbten Augen und von Ulrik mit Feli angesprochen – mit dem Fuß von sich schob. Wenn auch nur eine von denen jetzt auf die Idee kam, sie anzuspringen oder an ihr hochzuklettern, würde sie zum brüllenden Berserker mutieren.

„Ich bin übrigens der Ulrik..."

„Ich weiß", fuhr sie ihm mit geschlossenen Augen genießend ins Wort.

„Merle, wegen gestern..."

Endlich waren ihre Füße in der Lage sich zu bewegen.

Mit großen Schritten lief sie wieder zurück, bloß weg von Ulrik und diesen Katzen, die sie im kreischenden Schwarm verfolgten.

„Nein, bitte, warte doch mal...", hörte sie ihn hinter sich rufen. Mit seiner Strickjacke um ihren Körper war es nicht schwer, ihn zu ignorieren. Besser, sie brachte das duftende Teil in Sicherheit, bevor er seine Nettigkeit bereute und es zurückverlangen konnte. Als ihr nur einige Schritte vor ihrem Haus entfernt ein großer grauer Kartäuser vor die Füße sprang, fauchte Merle und buckelte. Und endlich, endlich erreichte sie ihre Haustür, die sie so fliegenden Schrittes passierte, als sei der Leibhaftige persönlich hinter ihr her.

Paul hatte mitbekommen, welchen Tumult der Kerl in seinen Straßen ausgelöst hatte. Und die Nachwirkungen, die es auf die anderen hatte, spürte er so deutlich, dass die Wut wieder in ihm hochkochte. Sie gehörte ihm. Sie alle gehörten ihm. Und andere Kerle konnte er gar nicht leiden. Also legte er eine tote Ratte mit hängendem Gedärm vor der Tür des Rothaarigen ab. Eine deutlichere Warnung konnte er nicht kriegen. Und damit musste er sich begnügen, sonst würde Paul ihm beim nächsten Mal sein Gesicht entstellen. Und die anderen, die sollten sich lieber von ihm und seinem Mädchen fernhalten, wenn Paul so böse war.

Obwohl Merle sich strikt verboten hatte, weitere Streifzüge durch Goslar bei Nacht zu unternehmen, zog es sie zu dieser fortgeschrittenen samtschwarzen Stunde wieder hinaus. Der Kälte und dem Nebel hatte sie Ulriks Strickjacke entgegenzusetzen, die sie kaum noch weglegen konnte und sich auch jetzt übergestreift hatte. In seinen Geruch gehüllt fühlte sie sich seltsam sicher und geborgen. Heute zog es sie in die verwinkelten Straßen der Altstadt, die sie so auf eigene Faust erkundete.

Sie war noch nicht weit gekommen, als sich das Gefühl beobachtet zu werden wieder einstellte und sich sämtliche Haare aufrichteten. Sie spürte die Temperatur fallen und klapperte mit den Zähnen, obwohl kein Wind ging. Daher wirkte es umso unheimlicher, als der kriechende Nebel vor ihr zu wabern und fransen begann. Merles Herz beschleunigte, bis es rasend gegen ihre Rippen schlug. Ihr Atem stockte, als ein hässliches Murren aus einer Seitengasse ertönte. Ein niedriger Schemen pflügte durch die hellen Nebelschlieren, die gespenstisch über den Boden zogen, den Rücken so buckelig rund, dass er sich nur langsam Zentimeter um Zentimeter zu ihr vorschieben konnte.

Dort, wo der Nebel in Bewegung geriet, begann das Licht der Laterne zu flackern. Und die Temperatur stürzte tiefer, je näher diese merkwürdige Luftverwirbelung kam. Schritte hörte sie diesmal nicht, der Nebel schien sie zu schlucken.

Wie angewurzelt stand Merle mitten in der Gasse, unfähig sich zu rühren und buckelte selbst. Die düstere Szenerie wirkte surreal wie einem Gruselfilm entnommen. Und das einzig Lebendige war die Katze, die da von der Seite kreischend auf sie zukam, vor der sie mindestens genauso viel Angst hatte, wie vor dem, was da körperlos auf sie zurollte. Als das unheimliche Tier in den flackernden Lichtkegel trat, konnte Merle ihn endlich sehen. Der Kater war riesig und massig, grob schwarzgrau gestreift und hatte nur ein halbes Ohr. Auf der gleichen Seite des Kopfes lief eine hässliche dicke Narbe davon herab, passierte das milchige Auge und verschwand irgendwo am Kinn. Sein Blick war so durchtrieben und fies, dass Merle schluckte. So einem Vieh wollte sie noch nicht einmal tags begegnen, vor allem jetzt, da alle Tiere dieser Stadt sich ihr gegenüber so merkwürdig benahmen.

Erste Nebelfransen griffen nach ihren Füßen, kräuselten umschlingend an ihren Stiefeln empor. Merle stieß einen kurzen spitzen Schrei aus und versuchte dann die Zähne zusammenzubeißen. Eiskalte körperlose Finger streiften ihren Nacken und ließen sie heftig zusammenfahren.

Der Kater schrie sie an. Und an ihr vorbei, dorthin, wo der Nebel sich so eigentümlich verdichtete. Er buckelte mit voll aufgerichtetem Fell. Sein Blick war starr und das Gellen der rauen Stimme so durchdringend, dass es Merle kalt durch den Verstand schnitt. Irgendwo in weiterer Ferne wurde das Kreischen von einer anderen Katze aufgenommen, wie ein Echo, das sich fortsetzte. Allein dieses Geräusch jagte Merle mehrere Schauer über den Rücken.

Die Nebelfinger ließen plötzlich von ihr ab und zerfaserten sich, um in normalem Verhalten wieder über das Pflaster zu kriechen. Merle stand starr vor Schreck und fror.

Erst als der Kater ihr näher kam und seine Stirn über ihren Stiefel schob, rührte sie sich wieder. Noch kaum bei Verstand blickte sie zu ihm herab und beobachtete ihn dabei, wie er mit tiefer Stimme murrend an ihren Beinen entlang strich. Nur wenige Augenblicke später dann rieb er sich so intensiv an ihren Waden und Schienbeinen, dass Merle die Röte in die Wangen schoss.

„Hey, was wird das?", keuchte sie, als sie von einem Schock in den nächsten stürzte. Dass der Kater sie so brünstig anbaggerte, machte ihr wirklich zu schaffen. „Das reicht, ja? Nur weil du das... ich weiß nicht was... Gespenst vielleicht,", sie hörte selbst, wie dumm das klang, „vertrieben hast, heißt das noch nicht, dass du mich... jetzt begatten kannst."

Doch der Kater ließ nicht locker. Mittlerweile lehnte er

sich mit seinem gesamten Gewicht gegen sie, markierte sie und schnurrte so auffordernd, dass Merle fast verlegen wurde.

„Du spinnst ja wohl", sagte sie jetzt etwas lauter und deutlicher. Doch er machte nur weiter.

„Ich bin dir für deine Hilfe wirklich dankbar. Aber ich bin keine Katze. Also lass mich in Ruhe!" Die letzten Worte donnerten auf den Kater herab, bis er in seinem Gebaren innehielt und sie unbeeindruckt, ja fast übellaunig anstarrte. Er nahm sie nicht für voll. Merle wurde wütend.

„Ich will mich nicht mit dir paaren, also hau endlich ab!", rief Merle und starrte ihn so durchdringend an, dass er von ihr abließ. Als er nicht weichen wollte, musste sie schon beinah hinterher treten. Jetzt fuhr er die Krallen aus, hieb jedoch nicht nach ihr. In seinem gesunden Auge stand der Ausdruck heftigsten Stolzbruches und reinen Hasses. Dann stolzierte er von dannen, nicht ohne sich grimmig murrend über sie aufzuregen.

Merle atmete durch und lenkte ihren Blick erst von ihm, als er im Nebel verschwunden war. Dann spähte sie in die Fenster über sich, sicher, dass sie mit diesem gemeinsamen Geschrei halb Goslar aufgeweckt haben mussten. Eine weitere peinliche Situation. Beinah erwartete sie schon, Ulrik irgendwo stehen und sie beobachten zu sehen. Doch anstelle dieses maskulinen

Männchens war da nur die alte Katzenfrau, das runzelige wundersame Mütterchen, dass sie vom Ende der Gasse her, von mehreren Katzen umringt, betrachtete.

KAPITEL 3

Die Hände tief in den Hosentaschen vergraben stand Ulrik vor der Tür der Schwestern Wiedehopf. Franzi hatte bereits geklingelt. Es gab kein Zurück mehr. Seit Franzi mit dem verpackten Kuchen – vorhin im *Mondscheingesüßt* gekauft – vor seiner Tür gestanden, und ihn praktisch dazu gezwungen hatte, sich bei seiner neuen Nachbarin für Burgwarts Verhalten von Freitagnacht zu entschuldigen, versuchte er sich die passenden Worte im Geist zurechtzulegen. Wie begann man ein Gespräch mit einer umwerfenden Frau, die einem entweder nur in für sie peinlichen Situationen, in Fluchtversuchen oder merkwürdigen Katzenmomenten begegnete?

Seine Gedanken fanden ein jähes Ende, als die Tür sich endlich öffnete. Eine runzelige Frau Wiedehopf sah neugierig zu ihnen heraus, den Blick der blitzenden Augen von einem zum anderen fliegend.

„Oh, sieh mal an, die jungen Nachbarn", rief sie lauter als nötig, und grinste breit. „Ihr wollt sicherlich zu Merle. Ah, und über den Kuchen wird sie sich bestimmt freuen. Ihr könnt ja dann tauschen, oder so." Schließlich winkte sie die beiden herein, nicht ohne sie ein weiteres Mal von oben bis unten zu mustern, und Ulrik hinter Franzis

Rücken zuzuzwinkern. Er lächelte nur freundlich.

„Das Mädchen ist in der Küche, zusammen mit meiner Schwester Adele. Dort brauen sie murmelnd ihr Allerlei im Hexenkessel, müsst ihr wissen." Sie kicherte wie ein junges Mädchen. „Merle, Liebes, Besuch für dich!", rief sie Richtung Küche, während sie sie einlud, auf dem Sofa Platz zu nehmen. Sie selbst ließ sich schnell in den Sessel fallen, – aber erst als sie die schwarze schlummernde Katze daraus entfernt hatte – bevor Merle, schwarz und schmal, wie immer in letzter Zeit, im Türrahmen erscheinen konnte.

„Schau, wer da ist." Frau Wiedehopf zwinkerte abermals, diesmal vielsagend.

Merle selbst lief bei Ulriks Anblick rot an, bevor sie ihren grasgrünen Blick auf ihre Filzpantoffeln heftete. „Hallo", sagte sie atemlos, räusperte sich und wiederholte das Wort.

Während Frau Wiedehopf sich als Zeugin dieses Zusammentreffens gut unterhielt, starrte Franzi verwundert von Merle zu Ulrik und wieder zurück. Von der gestrigen Jackenklauattacke hatte er ihr noch nicht erzählt. Und er war sicherlich nicht hier hergekommen, um diese zurückzufordern. Sollte sie das Kleidungsstück ruhig noch eine Zeit behalten, denn irgendwie schmeichelte ihm ihr Interesse daran auch. Allein der Gedanke, wie sie ihn beschnuppert und ihre Nase fast an seiner Brust gerieben hatte, ließ ihn erröten. Ihr ekstatischer Blick hatte ihn bis in seine Träume verfolgt. Unweigerlich fragte er sich, was sie wohl mit ihm angestellt hätte, wenn die Tinktur auch die Stoffschicht und seine Haut darunter getränkt hätte. So ein rolliges Verhalten kannte er sonst nur von Katzen. Insgesamt verhielt sie sich in letzter Zeit recht katzenhaft, dachte er an das Fauchen zurück, dass er gestern miterlebt hatte, als sie auf den Kartäuser, der wahrscheinlich ebenfalls an seine Strickjacke wollte, getroffen war. So hatte er sie in den ersten Tagen hier gar nicht eingeschätzt, denn da hatte sie farblos und grau gewirkt. Aber süß.

„Hallo", sagte er und hielt seinen Blick fest auf sie gerichtet.

„Ja, genau, hallo erst mal.", Franzi ergriff das Wort, bevor die Situation wieder peinlich werden konnte. „Wir wollten dich mal so ganz offiziell hier im wunderbaren Goslar und vor allem in dieser Straße willkommen heißen, und hoffen, dass du nicht allzu schnell von hier flüchtest." Sie strahlte.

„Das hatte ich eigentlich auch nicht vor", entgegnete Merle und machte einen Schritt ins Zimmer, um Adele den Türrahmen freizumachen. Mit ihr strömte auch der süße schwere Geruch von Holler und Eberesche ins Wohnzimmer.

„Oh, gut. Ich hatte nämlich schon meine Sorgen nach

der letzten... nun ja, Auseinandersetzung mit dem giftigen Kläffer.“

„Und dem von Ulrik“, setzte Merle hinzu und fixierte sie beide so streng, dass er zuckte.

„Burgwart ist nicht so“, antworteten Franzi und er fast synchron, was Merle ein schiefes Lächeln entlockte. „Also hör zu,“, übernahm Franzi wieder das Wort, „Burgwart ist völlig ruhig und friedlich. Und er scheint einen Narren an dir gefressen zu haben. Auch wenn es nicht so ausgesehen hat, hat er dich vor diesem vorlauten Köter beschützt. Er ist wirklich quasi eine Seele von Hund.“ Sie nickte bekräftigend. „Für Burgwart... und Ulrik“, sagte sie mit Seitenblick auf ihren Kumpel - „würde ich beide meiner Hände ins Feuer legen.“

„Jeweils oder für jeden eine?“ Die grünen Augen von Katze und Frau blitzten. Mittlerweile strich das Tier um Merles Beine, bis sie es auf die Arme nahm. Kaum dass sie es hinter den Ohren kraulte, begann es zu schnurren.

„Beide für jeden und noch mehr, wenn ich welche hätte.“ Franzi grinste. Entschuldigung angenommen. „Und, willst du uns deine Katze nicht vorstellen?“

„Sie ist nicht meine Katze“, meinte Merle und betrachtete versunken das schwarze Bündel auf dem Arm. „Wir wohnen einfach nur zusammen. Ihr Name scheint Cassandra zu sein.“

Es klang merkwürdig, wie sie das sagte. Und sie

musste es in diesem Augenblick selbst gemerkt haben, denn sie biss sich auf die Lippe.

„Ist schon gut. Es braucht dir nicht peinlich zu sein." Ulrik hatte das dringende Bedürfnis ihr zu Hilfe zu kommen. „Ich kenne hier in der Nachbarschaft auch jede Katze mit Vornamen. Und die wilden im Wald spreche ich auch lieber namentlich an, als sie mit Nummern und Kürzeln zu titulieren."

„Ja, Biologen." Franzi grinste und zeigte sich selbst einen Vogel. „Haben alle eine kleine Schraube locker."

„Alle Katzen?" Merle starrte ihn irgendwie ängstlich an.

„Ja." Er sah die Frage auf ihrem Gesicht, noch bevor sie sie stellte. Entsprechend schnell antwortete er darauf. „Der Graue war Mikesch."

„Ah. Gut. Kennst du auch diesen...", jetzt wurde sie rot, „Kater, der so h... so entstellt ist?", und schließlich verlegen. Scheinbar musste er sie irgendwie angegraben haben.

„Paule? Der hat Burgwart auch schon ziemlich zugesetzt. Das Vieh ist durchtrieben und benimmt sich gerne mal garstig. Pass mit ihm einfach ein bisschen auf, vor allem, wenn er wieder seine Launen hat."

Merle nickte. Stille.

Unschlüssig starrten die „jungen Leute" sich an. Dann ergriff Frau Wiedehopf das Wort.

„Merle, Liebes, du stehst ja da wie bestellt und nicht abgeholt. Setz dich doch zu den anderen jungen Leuten." Sie zwinkerte und fügte noch hinzu: „Die rücken auch bestimmt ein Stückchen, damit zwischen ihnen ein Platz für deinen schmalen Hintern frei wird."

Ulrik musste sich schon sehr beherrschen, dass ihm das Gesicht nicht entglitt. Er wusste nicht, wie Merle das mit diesen Damen aushielt, die ihm das Gefühl gaben ein hormongesteuerter Teenager zu sein, der ihrer Hilfe beim Flirten bedurfte. Allerdings musste es seiner Nachbarin ähnlich gehen, interpretierte man ihre Röte richtig. Trotzdem folgten alle drei dieser frechen Aufforderung, bis Merle endlich zwischen ihnen saß.

„Und jetzt, wo du deinen Willen gekriegt hast, Hedwig, sei so gut und biete den Gästen was zu essen und zu trinken an." Adele musterte ihre Schwester grimmig. „Der Kuchen ist fast fertig, und den Kaffee kannst du mal eben in der Küche kochen."

„Die bringen einen wirklich dazu, sich wieder wie 13 zu fühlen", knirschte Franzi, nachdem sie ihren Kuchen zum Auspacken und in Stücke Schneiden an Hedwig weitergegeben hatte und diese endlich mit ihrer Schwester in der Küche verschwunden war.

Misstrauisch starrte Cassandra zu Ulrik herüber. Ganz offensichtlich fühlte sie sich unwohl in seiner Gegenwart.

„Mag sein, aber sie sind auch wirklich lieb. Zumindest

haben sie mich hier sehr herzlich aufgenommen und kümmern sich allerliebst um mich. Adele lässt es sich nicht ausreden mir morgens das Frühstück hinzustellen und nach der Arbeit für mich mit zu kochen." Das Tier auf ihrem Schoß streckte sich, wobei es Merle seine Krallen schmerzhaft ins Bein grub. Dann schnupperte es in Ulriks Richtung und sprang vom Sofa, um in zwei Sätzen das Zimmer zu durchqueren und auf die Sitzfläche des Sessels zu klettern. Merle strich sich abwesend über die schmerzenden Oberschenkel unter der schwarzen eng anliegenden Hose.

Franzi sah Merle beeindruckt an. „Na, das ist Service. Trotzdem ist der Verlust jeglicher Privatsphäre aber schon ein hoher Preis dafür."

„Nein, so sind sie nicht." Merle schüttelte entschieden den Kopf. „Sie ziehen sich schon zurück, wenn es darauf ankommt."

„Ja, und spitzen ihre Ohren umso mehr, damit ihnen trotzdem nichts entgeht", murmelte Ulrik und grinste unschuldig, als sie ihn böse ansah.

„Also, wo arbeitest du?", fragte Franzi.

„In der *Büchereule*. Aber wahrscheinlich nicht mehr lange, so wie ich mich bisher angestellt habe. Frau Ehwelt guckt manchmal ziemlich verkniffen, das wird nichts Gutes zu bedeuten haben. Und ihr?"

„Wir gehören beide zu denen mit den lockeren

Schrauben. Ich für meinen Teil bin Nationalparkführerin und arbeite als Ranger im Harz. Irgendwer muss den Leuten schließlich die Schönheit der Landschaft zeigen und ihnen klarmachen, dass das Gebirge mehr als nur runzelige Besen fliegende Vetteln zu bieten hat."

„Aber der Volksglaube ist das, was die Leute hierher zieht. Der Harz ist so sagenumwoben, dass jeder ein Stück der Magie erleben möchte. Ich denke, dass die Landschaft zum großen Teil zu seinem geheimnisvollen Ruf beigetragen hat."

„Sicherlich, aber vor lauter düsteren Sagengestalten will niemand mehr die biologischen und geologischen Besonderheiten sehen. Das ist doch schade."

Halb verlegen, halb nachdenklich sah Merle zur Seite. Wahrscheinlich befürchtete sie, Franzi irgendwie beleidigt zu haben.

„Und ich habe dir schon gesagt, was ich mache: Wildkatzen kartieren." Ulrik konnte sich das Grinsen nicht verkneifen. Merles Wangen färbten sich rosa.

„Ja, ich habe schon gemerkt, dass du eine Affinität zu Katzen hast, obwohl du eigentlich der Hundetyp bist." Ihre grünen Augen blitzten unter halb geschlossenen Lidern. Ulrik sog die Luft ein.

„Sind doch ganz faszinierende Tiere, meinst du nicht?" Aus dem Augenwinkel sah er, wie Franzi zu zappeln begann. Also ruderte er etwas zurück, um wieder in unverfängliche Gefilde zu gelangen. „Also eigentlich kartiere ich nur nebenbei. Ansonsten schreibe ich Artikel für Fachzeitschriften um mich über Wasser zu halten, während ich an meiner Doktorarbeit herumbastele."

„Und was bedeutet „Kartieren"?"

„Es meint in dem Falle nur, dass die Ausbreitung des Tieres anhand von Kontakten gemessen wird. Das läuft bei jedem Tier unterschiedlich. Je scheuer das Tier, desto ausgeklügelter die Maßnahmen."

„Und bei den Katzen sind es Lockstoffe?"

Er nickte, und hatte wieder ihr Verhalten vom Vortag vor Augen. „Baldrian hat eine ausgesprochen starke Wirkung auf Katzen, weil es im Geruch ihren Pheromonen nicht unähnlich ist."

„Oh." Jetzt sah sie weg. „Und wieso ausgerechnet Wildkatzen?", fügte sie nach einer Weile hinzu.

„Weil sie gerade auf dem Vormarsch sind."

„Und wie kommt Burgwart damit klar, wenn du so riechst?"

„Ganz gut." Er zwinkerte ihr zu. „Auch er scheint Katzen zu mögen."

In der Küche klapperte es verdächtig laut. Das war Franzis Stichwort. „Wir haben dir übrigens eine von Esthers beliebtesten Torten mitgebracht, Brombeer-Vanille-Torte mit Rosen-Rosmarin-Sahne. Ich hoffe, du magst Sahnetorte?"

„Ich liebe Sahne", antwortete Merle mit genießerischem Blick und stutzte. Kurz wirkte sie so verwirrt, dass Ulrik sich gut ausmalen konnte, wie sie sich vor einiger Zeit noch hätte bei dem bloßen Gedanken an dieses süße fluffige Zeug schütteln können.

Ein weiteres Klappern drang aus der Küche, bevor sich die Tür öffnete. Eine bis über beide Ohren grinsende Hedwig kam ins Wohnzimmer, wobei sie ein mit Kuchen, Torte und Kaffee vollgestelltes Tablett balancierte. Ihre Schwester kam dirigierend gleich hinten drein.

„Das passt ja hervorragend zu unserem Holler-Ebereschen-Kuchen. So herb und süß, wie der ist, ist da für jeden Geschmack etwas dabei", trällerte Hedwig und stellte das Tablett ab.

Unzählige Düfte mischten sich, bis Ulriks Magen knurrte. Der Gedanke etwas zu essen, war zu verlockend, vor allem, wenn so reichlich davon da war. Sein Frühstück war heute Morgen sehr karg ausgefallen, nachdem er die tote und ziemlich stinkende Ratte vor seiner Wohnungstür gefunden hatte. Zwar hatte er als Biologe starke Nerven, doch war ihm, nachdem Burgwart den Kadaver durch die halbe Wohnung geschleppt und sich in seinem hängenden Gedärm gewälzt hatte, bis die blutigen Brocken in seinem langen Fell hingen, der Appetit ordentlich vergangen. Was immer das zu bedeuten hatte, es überschattete seinen Tag, bis zu diesem Moment.

Mit jeder Minute fragte Merle sich mehr, was heute eigentlich nur mit den Kunden los war. Jeder Zweite, der die *Büchereule* betrat und etwas kaufen wollte, verlangte nach Büchern von den oberen Regalbrettern. Merle war mit ihren 1,70 Metern schon kein Zwerg, musste sich aber doch jedes Mal lang strecken, um mit den Fingerspitzen an die aneinandergereihten Buchrücken zu kommen. Plötzlich schienen sämtliche Werke über die Geologie Goslars und des Harzes sehr gefragt, und es waren gleich zwei Wanderer da, die nach den umliegenden Bergwerken Auskunft erbaten. Merle verwies sie allesamt an das Welt-und Kulturerbe Rammelsberg und das zugehörige Besucherbergwerk, das sich mit dieser Thematik auseinandersetzte. Natürlich verkaufte sie auch den einen oder anderen Führer zu diesem Fachgebiet. Noch war ihr nicht, wie bereits den halben Tag gefürchtet, wieder eines der Bücher um die Ohren geflogen. Doch als der Vierte eine Stunde vor Feierabend etwas in dieser Richtung haben wollte, und sie wieder einmal nach den passenden Büchern tastete, ergriffen Zufall und Schwerkraft Besitz vom Nachbarwerk und schleuderten es neben Merle in die Tiefe. Leicht schreckhaft sprang Merle zur Seite, das bestellte Buch des Kunden an der Brust bergend, während ihre andere Hand in schneller Reaktion nach dem fallenden Objekt fischte. Ihre Finger fassten es zwischen den Buchseiten, als es sich im Fall auftat, als wolle es mit seinen Klappen und Seiten flattern, und bewahrten es in einer ungewohnt eleganten Bewegung vor dem Aufprall. Der Kunde staunte nicht schlecht, als sie äußerlich völlig souverän das gewünschte Werk abzog und ihm aushändigte. Was sie aufgefangen hatte, wagte sie erst zu betrachten, als er den Laden verließ. Ein Wort fing ihre Aufmerksamkeit, noch bevor sie es zuklappen konnte.

Katzenkraut.

Was sich hinter dieser Bezeichnung verbarg, fand Merle heraus, als sie es interessiert, ja fast hypnotisiert überflog. Das Kraut, das da in Bild und Wort zu sehen war und mit diesem alten Namen tituliert wurde, war die Katzenmelisse, die dem gemeinen Volk auch besser als Katzenminze bekannt war und von den Botanikern Nepeta cataria gerufen wurde. Und die Katzenminze war genau das, was Merle sich jeden Morgen, bevor sie zur Arbeit ging, Stängelchen- oder blattweise in Adeles Garten abzupfte, um sie sich irgendwo an die Kleidung zu stecken oder so griffbereit zu haben, dass sie es jederzeit zum Beschnüffeln herausziehen konnte. Meistens hatte es auch in Stressmomenten eine so beruhigende Wirkung auf sie, dass sie selbst im schlimmsten Andrang immer ruhiger und gelassener wurde. Mittlerweile verfolgte sie der Geruch des Kräutleins – Katzenminze, was für ein schöner Name – sogar bis ins Bett, wenn sie sich Nacht für Nacht bei nur angelehntem Fenster, damit Cassandra kommen und gehen konnte, wie es ihr beliebte, tief in Ulriks Jacke verbarg, wo sie erst einen tiefen Zug von dem Kraut tat und dann ihre Nase in den groben duftenden Stoff versenkte.

Das Glöckchen bimmelte über der Tür und kündigte weitere Besucher an, sodass Merle gezwungen war, das Buch unverrichteter Dinge wieder zuzuklappen und Fragen und Wünschen nachzukommen. Dennoch glaubte sie, ein ungefähres Gefühl zu diesem Kraut entwickelt zu haben und intuitiv zu ahnen, welche großartigen Wunder es an Mensch und Tier vollbringen konnte.

Erst am Donnerstag kam Merle dazu, Esther nach den Kräutern zu befragen.

Pünktlich am Mittwoch hatte Frau Ehwelt sie darum gebeten, ihre Schichten zu tauschen. Angeblich wolle sie die Arbeit in den Nachmittagsstunden deshalb übernehmen, weil es ihr gesundheitlich nicht sehr gut ging und sie einen neuen Rhythmus ausprobieren wollte. Merle hingegen befürchtete, dass es in den morgendlichen Stunden einfach weniger Andrang gab, dafür aber mehr der unliebsamen Arbeiten, wie dem Einsortieren eingetroffener Ware, Buchführung und Ähnlichem. So war der Mittwoch etwas chaotisch abgelaufen. Merle, die sich vom Morgenmenschen zur Nachteule entwickelte, musste jetzt zwar früher raus und war länger müde, konnte aber pünktlich um 13.30 Uhr mit ihren Tanten essen und hatte die Nachmittags- und Abendstunden zur freien Verfügung. Gähnend schleppte sie sich gegen drei Uhr nachmittags ins *Mondscheingesüßt*, um einige Worte mit Esther zu wechseln.

„Und, hat die Brombeertorte geschmeckt?", fragte die Frau mit dem fuchsroten Haar und der grünen, in allen Farbnuancen schattierten urigen Bekleidung, als Merle zur Tür herein kam.

Merle blieb verdutzt stehen.

„Franziska hatte mir gesagt, dass er für ihre neue Nachbarin ist. Ihrer Beschreibung nach konnte es sich dabei nur um dich handeln." Sie grinste frech. „Jetzt schau nicht so. Sie hat nichts Schlimmes über dich gesagt, sogar ganz im Gegenteil. Hmm, gehört er zu dir?" Fragend sah sie aus der verglasten Tür nach draußen und deutete mit dem Kinn auf einen Kater, dessen hübschhässlicher Anblick Merle die Schamesröte ins Gesicht trieb. Er musste sie wieder einmal verfolgt haben, und das so unauffällig, dass es ihr völlig entgangen war.

„Paul? Nein, ehrlich gesagt nicht. Aber irgendwie scheint er trotzdem an mir zu hängen."

„Ja, ganz offensichtlich."

Wahrscheinlich trieb sich Cassandra deswegen so

selten in ihrer Nähe herum. Merle hatte eine ungefähre Vorstellung davon, welchen Rang Paul in diesem Revier innehatte, und wie beliebt er damit bei den Katzen der Umgebung war.

Seufzend saugte sie Geruch und Atmosphäre des Cafés auf, wobei sie, wie immer wenn sie hier eintrat, die Augen kurz schloss und die Umgebung auf sich wirken ließ. Esthers Café war wirklich etwas ganz besonderes. Es hatte nicht nur die außergewöhnlichsten Torten und hervorragendste Kuchen, die einfallsreichsten Trinkschokoladen und Milchkaffees, sondern war auch in seiner Inneneinrichtung ganz und gar originell. Wahrscheinlich war der gemeinsame Nenner der unterschiedlich zusammen gewürfelten Möbelstücke antik und gemütlich, vielleicht aber auch urig oder „Vintage", wie das neue Modewort dafür besagen würde. Die Sessel und Tische waren stilistisch nach Sitzgruppen sortiert und entsprachen in sich kleinen Inseln in den unterschiedlichen Einrichtungsstilen der Vergangenheit. So standen zum Beispiel im vorderen Bereich Stühle mit hohen Lehnen aus der Zeit der Weimarer Republik, die nach hinten hin von Sesseln und Teetischchen aus älteren Epochen abgelöst wurden. Esther hatte ihr bei ihrem ersten Besuch verraten, wie schwer es gewesen war, die Möbelteile auf Flohmärkten, in Haushaltsauflösungen und als Dachbodenfunde zusammenzusuchen, und das sie dafür nicht nur die helfenden Hände und suchenden Augen ihrer zwei Cousinen, die ebenfalls bei ihr arbeiteten und dafür sorgten, dass auch Esther mal freihatte, sondern auch die ihrer Mutter und Großmutter bedurft hatte. Merle war der festen Überzeugung, dass sich der Aufwand wirklich gelohnt hatte, da dieses Café mit all seiner Vielfalt wirklich einzigartig war.

Um diese Uhrzeit war das Café schon recht gut besucht, sodass nur noch drei Tische frei waren. Es war das erste Mal, dass sie mehr als fünf Minuten Zeit hatte, sich hier aufzuhalten, also steuerte sie einen Zweiertisch an, der in der hinteren Ecke stand. Selbst wenn das Café menschenleer gewesen wäre, hätte sie diesen Tisch, der ständig ihre Aufmerksamkeit auf sich zog, angepeilt, da er sie irgendwie magisch anzuziehen schien. Die Sitzgruppe wirkte mit ihren schmalen aber hohen Sesseln und dem dunklen kleinen Holztisch auf hohem ebenfalls schmalen Fuß recht elegant und seltsam verspielt, da sämtliche Füße verschnörkelt eingedreht waren. Obwohl niemand daran saß, wirkte der Tisch immer gedeckt. Und das war so einladend, dass Merle nicht widerstehen konnte.

„Nein, nicht an den", bestimmt hielt Esther sie am Oberarm fest, bevor sie Merle auf einen der anderen freien Tische zuschob.

„Wieso, ist der für jemanden reserviert?", fragte Merle, wobei sie mit großen Augen über die Schulter zu ihm zurück starrte.

Esther zuckte die Schultern und grinste geheimnistuerisch. „Könnte man so sagen. Also, Merle, was treibt dich her? Oder hast du heute frei? Um die Uhrzeit musst du doch sonst arbeiten."

Merle winkte ab und setzte sich. „Frau Ehwelt und ich haben die Schichten getauscht. Noch kein Grund zur Sorge, hoffe ich. Und was deine Frage betrifft: eine heiße weiße Schokolade. Kannst du sie für mich auch mit Katzenminze machen?"

Verblüfft schaute Esther sie an, bevor sie den Blick halb nachdenklich, halb verklärt auf einen unbestimmten Punkt an der Decke richtete. Als sie sich wieder Merle zuwandte, brannte Begeisterung in ihrem Blick. „Aber sicher. Das ist auch eine spannende Kombination. Wieso bin ich noch nicht darauf gekommen... Katzenminze." Neugierig sah sie zu Merle herüber. „Und wie bist du auf dieses Kraut gestoßen?" Sie ließ sich in den Sessel gegenüber von Merle fallen. Ihre bernsteinfarbenen Augen hakten sich fest genug in Merles Blick um ihr jedes kleinste Geheimnis entlocken zu können, oder es ihr im schlimmsten Fall von der Seele zu tasten.

„Ich bin im Garten meiner Vermieterin darüber gestolpert und habe mich sozusagen auf den ersten Blick verliebt. Cassandra, die schwarze Katze, die bei mir wohnt, ist auch ganz verrückt danach."

„Und das zu Recht. Weißt du, der Name Katzenminze kommt nicht von ungefähr. Katzen lieben dieses Kraut. Wenn du willst, dass sie sich rundum glücklich fühlt, legst du ihr die getrockneten Pflanzenteile in ihr Katzenspielzeug."

Merle nickte. „Ja, so etwas habe ich mir schon gedacht. Kürzlich erst habe ich es, ganz zufällig, in einem Buch entdeckt, als Katzenkraut. Stimmt es, dass es beruhigend ist und bei Spannungskopfschmerz wirkt?", fragte sie vorsichtig. Leider war sie im Buch nicht bis zu den Wirkungen vorgedrungen, aber sie musste einfach wissen, ob ihr Gefühl sie trog.

Esther nickte. „Und wie. Es passt hervorragend in jeden Schlaftee. Meine Großmutter mütterlicherseits schwört bis heute darauf, und nicht nur, weil es ausgleichend ist und die Nerven beruhigt, sondern auch Katzenverbündete anlockt. In gewissen Kreisen..." Ihre Augen verengten sich.

Merle beugte sich weiter vor. „Esther, mach doch nicht immer so eine Heimlichtuerei." Sie konnte sich das Grinsen nicht verkneifen.

„Also gut, aber du bist selbst schuld, wenn du mich danach für bescheuert hältst. Schließlich wolltest du es unbedingt wissen. Also in Hexenkreisen..."

„Hexenkreisen?", wiederholte Merle etwas atemlos. „Du bist eine Hexe?"

Esther nickte.

„Wer hätte das gedacht", kommentierte Merle mit übertriebener Betonung.

„Pass bloß auf", drohte ihr Esther mit ausgestrecktem Zeigefinger. „Hier im Harz wird man schneller zur Hexe, als man „Goslar", sagen kann." Ihr Blick war so hintergründig, dass er mehr als nur amüsiert war.

Merle kicherte, und Esther ebenfalls.

„Also, in gewissen Kreisen hat die Katzenminze den Ruf...", nahm Merle den Faden wieder auf.

„... Katzenverbündete anzulocken. Du weißt doch bestimmt aus den ganzen Brockengeschichten, dass jede Hexe ihren Verbündeten hat. Lesende schwarze Katzen, die den wilden Weibern ihre Magie verleihen, ihnen zu Diensten sind und so weiter. Nun, nicht alles entspricht der Realität, aber tatsächlich kannst du auf ganz magische Weise über das Katzenkraut mit Katzen in Verbindung treten. Es vereinfacht den Kontakt zu diesen Tieren."

„Aha." Merle wusste noch nicht so ganz, was sie davon halten sollte. „Wie Baldrian?" Sie konnte nicht verhindern, beim Gedanken an dieses Kraut wieder rot zu werden, da sich auch Ulrik unweigerlich mit hineinschlich.

„Klar. Wusstest du nicht, dass der Baldrian mancherorts ebenfalls die Bezeichnung Katzenkraut trug? Oder Katzenbaldrian?"

„Oh, ja. Das würde passen."

„So, und jetzt erzähl mir mal die Geschichte zu dem Kraut, die dir gerade die Röte bis zu den Haarwurzeln ins Gesicht treibt." Esther hatte sich ebenfalls verschwörerisch vorgebeugt. Merle stöhnte. Schließlich gab sie nach und berichtete Esther in fünf Sätzen und ausgewählten Worten, was sich mit ihrem Nachbar zugetragen hatte.

Ihre Freundin musste sich die Hände vor den Mund pressen, um nicht lauthals zu lachen. Fast bildeten sich Lachtränen in ihren Augenwinkeln, als sie sich dazu hinreißen ließ, zu kichern. „Ja, das ist sehr gut. Ich kann mir vorstellen, wie irritiert der liebe Ulrik war. Aber mach dir nichts draus. Der ist Biologe und kann so ein Katzenverhalten bestimmt gut ab."

„Ja, und seine Jacke will er auch bestimmt bald zurück...", murmelte Merle übertrieben verzweifelt, obwohl sie es auch ein bisschen empfand.

Esther tätschelte ihr den Oberarm und wollte etwas sagen, als sich die Tür öffnete und zwei Gäste aus dem Nieselregen in die warme Stube einließ. „Ich muss da mal hin", sagte sie und erhob sich lächelnd. „Außerdem wartest du ja auch schon sehnsüchtig auf deine Katzenminze-Schokolade."

Strahlend wandte sie sich den Gästen zu und dirigierte sie an den letzten freien Tisch, bevor sie auch nur auf den Gedanken kommen konnten, sich an den Ecktisch zu setzen.

Verwundert sah Merle hinüber und kniff die Augen zu Schlitzen. Für einen kurzen Moment hatte sie etwas glauben lassen dort... ja was eigentlich? Jemanden sitzen zu sehen? Merle fasste sich kopfschüttelnd an die Stirn. Sie verlor den Verstand. So einfach war das. Dennoch konnte sie nicht anders als verstohlen hinüber zu spähen. Hatte sich dort nicht etwas im Glas der Vase auf dem kleinen Tisch gespiegelt? Sie versuchte genauer hinzusehen, konnte diesmal jedoch nichts ausmachen.

Hinter ihr unterhielten sich drei Wanderer über den Bergbau und die hiesigen Bergwerke. Einen Tisch weiter spielte ein älterer Gast mit seinem Zuckertütchen. Tanzend ließ er es über seine Finger wandern, und schon war Merles Aufmerksamkeit auf das bunte Spielzeug gerichtet. Solange, bis eine heiße Schokolade vor ihrer Nase stand und sie mit ihrem leichten lilafarbenen Duft umschmeichelte. Genüsslich sog Merle die Luft durch die Nase.

„Ich werde sie mit ins Sortiment nehmen", verkündete Esther strahlend und wollte noch etwas sagen, als einer der Männer sie ansprach.

Interessiert verfolgte Merle das Gespräch, das sie da zwischen ihrer Freundin und den Touristen zum Thema Bergbau entwickelte. Zwei der Wanderer redeten auf Esther ein und fragten ihr abwechselnd Löcher in den Bauch, während der dritte dabei aufgeregt auf einen Zeitungsartikel tippte. Langsam konnte Merle das plötzliche Interesse um die Bergwerke deuten, als sie erkannte, dass das Thema schon seit Tagen in den Zeitungen diskutiert wurde. Scheinbar hatten Wanderer vor einigen Tagen einen Stollen im Wald entdeckt, der sofort an die Öffentlichkeit gezerrt wurde. An Merle, die keine Zeitung bekam und weder Radio noch Fernseher besaß, war der Fund und die damit einhergehenden Folgen entsprechend vorübergegangen. Auch Esther konnte den Männern nur wenig weiterhelfen, besonders, als sie die Frau nach der genauen Stelle des Fundes ausfragten, mit der Absicht sie auf ihrer Wanderkarte zu markieren. Ihre eindringlichen Warnungen vor einem noch nicht richtig erschlossenen Ort schlugen sie leichtfertig mit Aufzählungen, wie viele einschlägige Wandererfahrungen sie bereits gesammelt hätten, in den Wind. Schließlich gab Esther es irgendwann auf und entschuldigte sich lächelnd damit, bei anderen Gästen nach dem Rechten sehen zu müssen.

Merle blieb ihren Gedanken überlassen am Tisch zurück, darauf lauschend, was die Männer hinter ihr noch über die waldige Umgebung Goslars sagten. Dabei fixierten ihre Augen den verschwommenen Fleck auf der bauchigen Vase am Ecktisch, in dem sie glaubte, ein verzerrtes markantes Antlitz mit düsterem Blick sich spiegeln gesehen zu haben.

Es war ein windiger Freitagabend, den Merle auf einem Streifzug mit Cassandra genoss. Nach kurzem Einvernehmen wählten sie die Parkanlagen um Goslar, weit genug von den Straßen der Innenstadt, in denen Paul und Mikesch ihr Unwesen trieben und gerne Streit anzettelten. Das ständige heisere Gekreische Paules, gleich ob nah oder weiter weg, ging nicht nur Merle seit Tagen auf die Nerven. Irgendwie trieb es ihr auch ständig Gänsehaut über die Arme und weckte eine merkwürdige Angst vor der plötzlichen Kälte in ihr, die ihr jetzt manchmal mit eisigen Fingern in den Nacken griff oder sie morgens vor dem Aufwachen in ihrer Dachkammer aufsuchte und von Cassandra weg gekreischt werden musste.

Jetzt trippelte das schwarze Tier elegant neben ihr her, kletterte in Bäume und zwang sich durch Sträucher, wobei die grünen leuchtenden Augen unablässig die Umgebung nach Abenteuer oder Gefahr absuchten. Ab und zu kam der grüne bohrende Blick auf Merle zur Ruhe. Und dann war sie da, diese Kommunikation, die der Worte nicht bedurfte, da sie sie ohnehin nur unzureichend wiedergeben könnten.

Merles Sinne waren extrem geschärft, ihr Schritt

ungewohnt leicht. Und manchmal ertappte sie sich selbst bei dem Gedanken, hinter der Katze her durch das Gebüsch zu kriechen und nach Mäusen zu schnuppern. Es war bereits lange dunkel, denn sie unternahmen ihren Streifzug in den späten Abendstunden. Schritt für Schritt liefen sie über die Wege, kreuz und quer über die Grünanlage, gedankenlos und völlig im Erkunden eingetaucht, bis Merle den Blick auf Cassandra senkte. Grüne Augen.

Und dann drangen die Sinneseindrücke nur so auf Merle ein. In der Ferne hörte sie Hundegebell, das ihr so laut in den Ohren hallte, dass diese beinah schmerzten. Sie selbst rannte, flog nur so über das bereits herbstlich trockene Gras hinweg, das ihre Füße kitzelte, und von dem allerlei Gerüche zu der nur wenige Handbreit darüber befindenden Nase aufstiegen. Die Mäusefährte war noch frisch, aber auch die der anderen Katzen, die erst vor einigen Minuten hier entlang gekommen sein mussten. Rotes Fell, gestreiftes Fell und unterschiedliche Augen, weißes Fell und noch eines, das bunt gefleckt wirkte. Sie kannte sie alle. Am Himmel kreisten einige Fledermäuse, schnell noch auf Beutezug, bevor der Regen, den sie zu deutlich roch, einsetzen würde. Und die letzten Insekten flogen tief. So tief, dass sie selbst in die Höhe springen und mit ihrer schwarzen Pfote danach schlagen konnte. Ihrer Pfote! Der plötzliche Gedanke riss sie aus dem Spiel. Starr spähte sie zu dem Körper herüber, der da dunkel und der Länge nach auf der Wiese lag, das Gesicht unter dem schwarzen kurzen Haar gen Boden gerichtet. Der Schock über ihren eigenen leblosen Körper durchschnitt Merles Gedanken mit scharfer Klinge und riss sie schmerzhaft zurück.

Der dumpfe Schmerz in Gesicht, Brust und Bauch rann langsam und zäh durch ihren Körper und sickerte Stückchen für Stückchen in ihren Verstand, bis sie die Augen, ihre eigenen Augen, endlich aufschlagen und die Finger mühsam bewegen konnte. Ihr Atem ging stoßweise und viel zu schnell.

„Ganz ruhig, Kind", hörte sie eine raue aber melodische Stimme an ihrem Ohr. Es klang wie ein beschwörender Singsang. „Im ersten Moment ist es immer am heftigsten. Du musst einfach ganz ruhig atmen."

Sanft fuhr ihr eine Hand über die Schulter.

Obwohl Merle am liebsten aufgesprungen wäre, die Hand verstört abgeschüttelt hätte und schreiend weggerannt wäre, musste sie den Rat beherzigen. Es fiel ihr wirklich schwer, sich überhaupt zu bewegen, denn ihre Gliedmaßen schienen plötzlich wie mit Blei gefüllt und seltsam unecht. Ihr eigener Körper fühlte sich ungelenk und zu groß, zu lang an. Endlich schaffte sie es, sich so weit in die Höhe zu stemmen, dass sie leichter atmen und sich zumindest hinsetzen konnte. Die alte Frau half ihr dabei.

Obwohl sie wusste, was sie sehen würde, schaute sie dennoch zu der Katzenfrau empor, die sie da so hilfsbereit stützte. Vier Katzen hockten um sie herum und schauten neugierig zu. Cassandra war an ihrer Seite, die grünen Augen starr auf die Katzenfrau gerichtet. Und diese kam Merle wirklich gruselig vor. Auf den ersten Blick schien es ein freundliches Mütterchen zu sein, das leicht gebeugt, in Grautöne gehüllt, vor ihr hockte. Das graue Haar trug sie kurz, wie Merle selbst. Die schelmischen Augen in dem faltigen Gesicht mit spitzem kleinem Kinn waren so blau, dass sie leuchteten, und das Grinsen auf den Lippen so breit, dass sie wie die Grinsekatze persönlich wirkte. Merle fuhr verstört zurück.

„Ich tue dir nichts, Mädchen. Es ist alles gut. Also, ein, aus, ein, aus..."

„Wer bist du?", Merle keuchte beim Sprechen.

„Felicitas Schwarz", antwortete die Frau und starrte durchdringend. „Aber wolltest du nicht eher fragen, was das eigentlich gerade war?"

„Vielleicht."

„Vielleicht, hmm", wiederholte sie und grinste noch breiter. Sie legte den Kopf schief. „Du hast dir gerade das Bewusstsein einer Katze geliehen. Ich sehe, dass du mir nicht glaubst. Aber wie erklärst du dir sonst, dass du aus Cassandras Augen gesehen hast?"

„Cassandra, woher weißt du, wie sie heißt?"

„Sie hat es mir vor einem Jahr selbst gesagt."

Merle starrte sie an. Diese Frau musste ernsthaft gestört sein. Oder sie selbst war es. Aber einer von ihnen beiden war es mit Sicherheit. Hatte nicht Hedwig der schwarzen Katze ihren Namen gegeben? Woher also konnte diese fremde Person ihn wissen? Unwillkürlich rutschte Merle einen Schritt zurück. Die Katzenfrau seufzte und rollte einmal mit den Augen.

„Du gestehst dir die Magie noch nicht zu, habe ich recht?"

„Welche Magie?"

„Die, die dich umgibt. Die, die dir schon lange innewohnt. Und die, von der Goslar und der Harz erfüllt sind."

„Sicher", raunte Merle und versuchte wegzusehen, bloß weg von diesen hypnotischen Augen. Sobald sie sich wieder halbwegs bewegen konnte, würde sie die Flucht ergreifen. Und sich danach bis in alle Ewigkeit vor Goslars Schrecken in ihrer Dachstube einsperren, jawohl.

„Hast du noch nicht darauf gehört, was Cassandra dir zu sagen hat?"

Merle versuchte nicht zu reagieren, musste aber doch den Kopf schütteln. „Wovon redest du?"

„Du fürchtest dich vor mir, weil du die Magie in dir

selbst nicht anerkennen willst, sie so vehement abstreitest, als würde dein Leben davon abhängen. Und das tut es auch." Sie neigte den Kopf in die andere Richtung, ohne Merle dabei aus den Augen zu lassen. Nach wie vor stand das Grinsen auf ihrem Gesicht. „Und dabei sind wir beide uns so ähnlich. Ich bin eine Katzenfrau, und du bist auch eine. So einfach ist es, und so schwer gleichermaßen."

„Du bist höchstens verrückt." Jetzt war es raus. Und mit den Worten fühlte Merle, wie sie angriffslustig wurde.

„Und du bist es auch, wenn du jetzt plötzlich Geister siehst, Katzenkräuter liebst, nach Milchprodukten und Fisch gierst, Katzen anfauchst und dir die Augen der Tiere leihst. Oder aber, du bist eine Heckensitzerin, ein wildes Weib, das auf der Schwelle steht und mit seinen Katzenverbündeten in der Lage ist, die Dinge zu sehen, die sich in den Schleiern oder gar dahinter befinden und normalen Menschen für immer verborgen bleiben. Na? Was ist dir lieber, verrückt zu sein oder vielleicht magische Fähigkeiten zu haben?"

„Eine Heckensitzerin?"

Die Alte nickte langsam. „Solche Frauen hatten schon immer viele Bezeichnungen. Seherin, Tunritha, Heckensitzerin, Hagazussa, Alruna, Völva, selbst Hexe, wenn du damit mehr anfangen kannst. Aber so wie wir beide sind nur die wenigsten."

„Das heißt, dass wir beide echte Hexen sind und

die anderen, die sich so bezeichnen, auf dem Holzweg wandeln?" Zynismus triefte aus ihren Worten.

„Ach nein, Mädchen. Es gibt viele Hexen und besondere Weiber, wilde Weiber. Aber nur wenige sind unter ihnen, die ich jetzt der Einfachheit halber mal... Katzenhexe nenne. Die Frauen, die ihre magischen Fähigkeiten mit ihren Verbündeten teilen, die von diesen Familiaren angeleitet werden, oder durch die dieses Hexennaturell überhaupt erst erwacht."

Merle schüttelte den Kopf. Alles in ihr schrie „Lüge" und doch hatte sie Angst davor, dass dieses Katzenmütterchen dort irgendwie die Wahrheit sagte.

„Es geht auf die Ahnenzeit zu, die das junge Volk „Halloween" nennt. Und danach kommt der graue November. Meinst du, es trifft dich leichter, wenn du all die Dinge hier draußen ignorierst, und hoffst, dass sie auf leisen Nebelsohlen an dir vorüberziehen?" Sie lachte ein Lachen, das schnurrend klang. „Mitnichten. Sie spüren deine Fähigkeiten, werden von ihnen wie einem Leuchtfeuer angelockt. Und spüren sie deine Verwundbarkeit, schleichen sie sich an dich heran und erschrecken dich, bis dir alle Haare zu Berge stehen."

„Wen meinst du damit?"

„Diejenigen, die dir begegnet sind, kurz bevor Paul dich zu seinem Weibchen auserkoren hat. Geister, Kind."

Merle schluckte. Sie hatte die Kälte nicht so

bezeichnen wollen, aus Angst, dass sie sie mit diesem Wort aus ihrer Einbildung in die Realität rückte und ihr dann nichts anderes übrig blieb, als daran zu glauben. Und so fühlte es sich auch jetzt an. Die Bestätigung ihrer Angst erschütterte ihre Grundmauern so stark, dass sie hilflos und verletzlich zusammensank.

„Besser, du nimmst deine Fähigkeiten an und baust sie ein bisschen aus. Dann hast du in der fortschreitenden Ahnenzeit dem wachsenden Schrecken etwas entgegenzusetzen." Felicitas Augen leuchteten, als ihr Blick Merles Seele durchdrang. „Und wenn du dich zu sehr fürchtest, dann lerne von deiner Verbündeten. Sie lehrt dich, was zu tun ist." Wieder rollten ihre Augen irre, wobei das Grinsen an den Mundwinkeln zuckte. „Ansonsten beschaffst du dir am besten einen Drudenfuß, du weißt schon, den Stern im Kreis. Aber achte darauf, dass die Zacken hochstehen. Ich weiß, einige besonders Schlaue erzählen, dass es das Zeichen des Teufels ist. Nun, an den glaube ich nicht, muss ich dir gestehen. Aber wenn du genau hinsiehst, siehst du den Kopf einer Katze darin, die Ohren hoch aufgestellt und die Schnurrhaare an den Seiten zugespitzt, den Mund offen und das Kinn schreiend abgesenkt, um das Böse von dir fernzuhalten. Es ist ein altes Schutzzeichen und wurde von weisen Weibern schon damals in das Holz der Wiegen geritzt, um die Kinder vor Alben und Geistern zu schützen.

Und lass dir eins sagen, selbst Kirchenleute haben es sich riesig auf einige Gotteshäuser malen lassen." Sie zwinkerte, was mit ihrem starren Blick völlig irre wirkte. „Bei dem ganzen Gerede von ihrem Teufel wussten die schon, warum."

Ulrik war bereits auf dem Rückweg, als der Regen plötzlich aber nicht unerwartet einsetzte. Er selbst zog sich die Kapuze über und hielt sein Tempo. Seinem Neufundländer machte das Wasser von oben ebenfalls nichts aus. Im Gegensatz zu den Katzen, die in alle Richtungen auseinander stoben, als der schwarze Hund halb freudig, halb spielerisch knurrend draufzusprang. Die alte Frau in der Mitte buckelte kurz und gab ihm dann von den Sardellen, als er ihr die Hand ableckte. Ulrik selbst nickte sie nur kurz zum Gruße zu, bevor sie ihre Schritte dann doch schneller als zuvor an ihnen vorbei lenkte. Ihre Augen hatten aufgeleuchtet und bei seinem eigenen Grüßen aufgeblitzt. In sicherer Entfernung hinter ihnen kamen die Katzen – die weiße Nell war dabei, was für ein seltener Anblick – wieder zusammen, und so konnte das Spielchen für Burgwart von vorne losgehen. Ulrik pfiff ihn zurück, bevor der Hund das Katzenmütterchen in der Mitte erreichen konnte. Unbeeindruckt verlagerte der große Hund sich darauf Evi hinterherzujagen, was natürlich viel spannender war, als bei Herrchen nebenher zu trotten.

Der Regen wurde stärker und der Wind frischte auf. Genau das richtige Wetter für Ulrik, der es gern stürmisch und windig hatte. Aber weniger angenehm für Merle, die der Guss von oben scheinbar überrascht hatte. Zitternd stand sie unter einem niedrigen Baum, der ihr nur unzureichend Schutz vor dem vom Himmel fallenden Wasser bot, besonders nachdem ihm der Wind so unerbittlich Blatt um Blatt von den Zweigen riss. Cassandra hockte neben ihr, dicht an den schwarzen weichen Stiefel gedrängt. Sie wiederum hatte Ulrik bereits gesehen, nicht so Merle, die seltsam abwesend in den Himmel blickte. Kurz streckte sie die Hand nach oben aus und fuhr zusammen, als die Tropfen ihre Haut trafen. Bei jedem kleinsten Kontakt mit dem Wasser schüttelte sie die betroffene Körperpartie, und das wirklich in der gleichen Manier, wie die neben ihr ausharrende Cassandra. Ihrem schwarzen Mantel mit den dunkelroten und violetten Nähten nach hatte sie nicht mit dem Regen gerechnet.

Eigentlich gab Ulrik sich gar keine Mühe leise zu sein. Dennoch nahm sie erst Notiz von ihm, als er einen Schritt hinter ihr stand und seine wasserabweisende Jacke über sie beide hielt. Merle zuckte zusammen und starrte ihn aus großen Augen an. Cassandras Blick ruhte aufmerksam auf seinem Gesicht, bis Burgwart zu ihnen herüber kam, denn da hielt die Katze es für sicherer, Merle in die Arme zu springen. Leicht panisch wich Merle zurück, als Burgwart ihren Bauch beschnüffelte. Schließlich leckte er auch ihre Hand. Merle konnte Cassandra gerade noch rechtzeitig hochreißen, bevor diese mit scharfen Krallen nach der Hundenase hieb.

„Hey, du wirst ja ganz nass", meinte Ulrik und lächelte.

„Ja, ich... dachte, ich würde noch vor dem Regen zu Hause sein, aber dann ist mir... etwas dazwischen gekommen."

Sie wirkte so unglücklich und elend, dass Ulrik ihr sofort näher kommen wollte. Vielleicht um sie in die Arme zu schließen und zu trösten, oder sie zu wärmen, denn sie würde bald durchfrieren, so wie sie zitterte.

„Merle, ist alles in Ordnung mit dir?"

Sie nickte tapfer, wobei sie sich auf die Lippe biss. Scheinbar wollte sie ihm nicht erzählen, was vorgefallen war. Also versuchte er auch nicht weiter nachzubohren.

„Komm, ich bringe dich... euch nach Hause. Wahrscheinlich hat es keinen Sinn hier weiter abzuwarten, denn zumindest das Wetter wird diesen Abend auch nicht mehr besser."

Abermals nickte sie.

„Gut. Willst du meine Jacke haben?"

Er sah deutlich, wie ihr die Röte ins Gesicht stieg. „Nein, sonst wirst du ganz nass. Dann riskiere ich nur, dass Franzi mich umbringt, weil ich schuld bin, dass du krank wirst."

„Ach, von dem bisschen Wasser doch nicht." Total übertrieben. Er musste lachen und über sich selbst den Kopf schütteln. „Zu dick aufgetragen, was?"

Diesmal brauchte sie nicht zu nicken, denn das Blitzen in ihren Augen hatte er schon längst gesehen.

„Du bist jetzt also auch noch plötzlich wasserscheu?", neckte er sie und freute sich, als er ihre zuckenden Mundwinkel sah. Mittlerweile hatte sich auch Cassandra auf ihrem Arm genug beruhigt, um Burgwart neugierig von oben herab zu mustern. Langsam nahmen sie ihren Weg auf, jeder auf Schrittlänge und Tempo des anderen achtend.

„Ja. Und bald hänge ich an Felicitas und bettele maunzend um eine Sardelle."

„Felicitas? Ist das die Katzendame?"

Merle nickte, lächelte aber nicht.

„Hmm, schnurrst du dann auch, wenn man dich unter dem Kinn krault?" Es war raus, bevor er es zurückhalten konnte. Beinah erwartete er, dass sie zurückwich und fauchend die Flucht antrat, nicht aber, dass sie ihn nur mit forschen Augen und vor Belustigung zuckenden Mundwinkeln betrachtete.

„Huh. Was soll ich darauf antworten? Wenn ich sage „vielleicht", denkst du, dass ich dich neugierig machen will. Und „finde es heraus" interpretierst du als Einladung. Wie wäre es damit: Ich weiß es nicht, kann es mir aber nach den letzten Verhaltensweisen denken?"

„Na, das hast du aber gut umgangen. Wie soll ich jetzt also deine Antwort interpretieren? Ich verbuche sie einfach als sachliche, nüchterne Fakten, ja?"

„Ja. Für alles andere kenne ich dich noch nicht lang genug." Ihr Lächeln war so offen, dass er es ohne nachzudenken erwiderte. Außerdem ermutigte es ihn.

„Das lässt sich ändern... wenn du willst." Auch nach dem Kuchenessen bei ihren Tanten hatte sich wenig geändert. Selbst wenn sie jetzt nicht vor ihm floh oder ihn mied, sah er sie nach wie vor doch immer nur von ferne und meist zum knappen Gruß. Und er musste zugeben, dass ihm das nicht mehr reichte.

„Du hältst mich jetzt für wahnsinnig, weil ich plötzlich zur Katze mutiere, oder?" Unsicherheit schlich sich in ihre Stimme.

„Wieso sollte ich? Höchstens für ein bisschen wunderlich und sonderbar." Er lachte. Und sie lachte auch, als sie die Ironie in seiner Stimme erkannte. Mit einem flinken Satz setzte sie über die Pfütze, die sich wie ein kleiner See Tropfen um Tropfen sammelte. Er selbst trat voll hinein. Von oben rann Wasser in seinen Schuh, aber es war ihm egal, solange er nur dabei zusehen konnte, wie Merle neben ihm über einen schmalen

Bordstein balancierte und um die Pfützen tänzelte. Ganz offensichtlich fühlte sie sich wohl unter seiner Jacke – und bei ihm.

„Ich meine es ernst."

„Ach so. Ja dann. Nein, es macht mir nichts aus. Tust du das denn?"

„Was? Zur Katze mutieren?", Merle lachte freudlos. „Irgendwie schon." Der Wind zog um die Ecken und sie drückte sich tiefer unter die Jacke. Er spürte ihre Wärme deutlich durch die zwei Stoffschichten, die ihn von ihr und ihrer Kleidung trennten.

Dann bogen sie in ihre Straße. Burgwart lief schon einmal vor und kam wieder zurück, als es ihm allein doch etwas zu langweilig wurde. Ganz sentimental presste er sich mit der Flanke an Merles Hüfte. Merle, die weder mit dieser Geste, noch mit den Mengen von Wasser, die sich da vom Fell in den Stoff ihres Mantels sogen, gerechnet hatte, drückte sich an Ulrik. Ihre Augen sahen grün und riesig im Schatten der Jacke zu ihm herauf.

An ihrer Tür hielten sie an. Ihre Blicke waren nach wie vor ineinander gehakt. Cassandra murrte leise und rümpfte die Nase, als der Wind feine Tropfen zu ihr herüber trug.

„Danke, für das halbwegs trocken heimbringen", sagte Merle so leise, dass es im Trommeln und Plätschern des Regens beinahe unterging.

„Kein Problem. Ich helfe gern mit meinen Jacken aus."

„Ja, ich werde mich dann in den nächsten Tagen mal erkenntlich zeigen." Sie sagte nicht, dass sie ihm seine Jacke wieder geben wollte. Er fragte sich, was sie zu Hause damit anstellte, und ob es auch nur ansatzweise dem entsprach, was sich in seiner Vorstellung dazu abspielte. Wahrscheinlich roch das alte Ding mittlerweile stärker nach Merle, als nach ihm. Sollte er sie ungewaschen zurückfordern? Der Gedanke amüsierte ihn.

„Gut, du weißt, wo du mich findest."

Sie nickte, dann drehte sie sich um und machte sich an der Haustür zu schaffen. Für einen Augenblick sah er ihren Nacken. Wenn sie zur Katze mutierte, wozu wurde er dann, wenn er ihr knurrend in den Nacken biss? Sie lächelte ihm halb unschuldig, halb durchtrieben zu. Dann schloss sich die Tür vor seiner Nase. Und Burgwart begann zu jammern.

„Du hast gehört, was sie gesagt hat. Also sei ein Mann und benimm dich auch so", schalt er den Hund in spielerischem Tonfall und ging nach Hause.

Paul war außer sich. Trotz der Warnung hatte der Hundemann sein Katzenmädchen angebalzt. Er roch genau, was sie dabei empfunden hatte. Außerdem hing nach wie vor sein Geruch an ihr. Und das war völlig widerwärtig.

Schlimmer als das war jedoch, dass sie sich um sein Katzenmädchen scharrten, sie immer weiter bedrängten, bis sie vor ihnen flüchtete. Paul spürte, wie die dunkle Zeit heranrückte, wie die stillste Stunde und der graue Moment immer näher kamen. Er sah, wie lang die Schatten waren und immer weiter wuchsen. Und es gefiel ihm ganz und gar nicht, dass das Katzenmädchen es nicht verstand. Am Ende würden auch seine Kräfte nicht ausreichen, sie von ihr fernzuhalten.

KAPITEL 4

Merle gähnte so herzhaft, dass ihr Kiefer knackte. Beim nächsten Mal würde er bestimmt brechen, jetzt, als er beim gefühlten 965 Mal fast schon dauerbelastet wurde. Es war Samstagmorgen und Merle stand hinter der Ladentheke. Zäh zogen sich die Minuten dahin, während die Besuchermassen durch Goslar zogen und nach spannenden Fotomotiven Ausschau hielten. Einige davon betraten auch den Laden, um sich eine Brockenhexe, ein Hexenbuch oder einen Stadtführer zu besorgen. Mancher fragte, ob es auch in diesem Jahr Halloween-Veranstaltungen in der Innenstadt geben würde. Merle bejahte, denn sie hatte die Plakate, die an einigen ausgewählten Ecken hingen, bereits gesehen. Jetzt, da sie jeden Tag und noch viel lieber nachts ihre Streifzüge mit Cassandra unternahm, entging ihr kaum noch etwas. Die zeigte ihr die schönsten, aber auch die spannendsten Ecken.

Am liebsten hätte Merle sich in eine dunkle Ecke zwischen den Regalen verzogen und sich kurz zum Dösen eingerollt. Vielleicht sollte sie bei Frau Ehwelt mal anregen eine gemütliche Sitzgruppe einzurichten, die die Kunden zum Innehalten und Stöbern animierte? Sie rieb sich gerade die Augen, als zwei Mädchen die

Büchereule betraten. Ihr angeregtes Gespräch erstarb, sobald sie die Tür passierten. Neugierig und leicht skeptisch betrachteten sie Merle hinter der Theke, wo sie ganz offensichtlich Frau Ehwelt erwartet hatten. Dann grüßten sie grinsend und nahmen ihr Gespräch wieder auf. Merle, die ihre Neugier in letzter Zeit überhaupt nicht mehr zu zügeln vermochte, konnte zumindest einige Fetzen davon auffangen und sich anhand derer den Rest zusammenreimen. Sie unterhielten sich über Esoterik, so viel stand fest, und gebrauchten dabei ständig das Wort „Divination". So unauffällig wie möglich versuchte Merle das auf ihrem Laptop einzugeben und staunte nicht schlecht, als sie dahinter kam, dass die Mädels da von Wahrsagerei sprachen. Dabei warfen sie Merle so auffordernde Seitenblicke zu, als würden sie erwarten, dass sie ihre besten Tipps und Tricks plötzlich zum Besten gab. So einen Eindruck hinterließ sie mittlerweile also? Wirkte sie auf ihr Umfeld wie eine geheimnisvolle Hexe, oder wie ein ungepflegtes wildes Weib? Wahrscheinlich trug sie nur Cassandras düstere Ausstrahlung wie einen Mantel, sodass die Leute das in ihr sahen, was sie sehen wollten.

Merle sah in diesem Augenblick zwei schwarz gekleidete Mädels irgendwo zwischen 15 und 18 Jahren, die ihre großen Pentagramme um den Hals so offensichtlich zur Schau trugen, dass jeder sie sofort in die richtige Schublade stecken musste. Beide hatten lange Haare, wenn auch von unterschiedlicher Farbe und Frisur. Die eine trug einen hübschen langen schwarzen Rock, die andere eine geringelte Strumpfhose zu Punkstiefeln. Merle mochte sie auf Anhieb.

Zielstrebig steuerten sie auf Merle zu. Die mit der Strumpfhose räusperte sich, bevor sie Merle direkt ansprach. „Hallo. Wir wollten mal fragen, ob ihr hier auch Ouija-Bretter führt? Eine Freundin von uns hat bald Geburtstag, und da hatten wir uns gedacht, dass es doch ganz lustig wäre, ihr so eines zu schenken, jetzt wo es auf Samhain zugeht und die Schleier dünner werden..." Samhain, das würde Merle auch gleich mal im Internet suchen. „Ist ja im Skorpion geboren und hat damit so ausgeprägte düstere Seiten."

Merle wartete noch einen Moment, in der Hoffnung, das Mädchen würde ihr noch einen Hinweis dazu geben, was denn jetzt ein Ouija-Brett überhaupt war. Aber das tat sie nicht, sondern sah Merle nur erwartungsvoll an.

„Nein, ich wüsste nicht, dass wir so etwas hier führen. Scheint ja schon was Spezielleres zu sein", antwortete sie den beiden, die wissend nickten. „Ich kann ja mal schauen, ob wir es bestellen können." Nach einigen Klicks war sie schon schlauer. Tatsächlich gab es ein Einsteiger-Set zu diesem Thema, das ein Anleitungsbuch und ein ausklappbares Ouija-Brett enthielt, alles in ein hübsches Kästchen verpackt und mit billigem violetten Samt ausgekleidet. Die Mädels waren begeistert. Also bestellte Merle eines davon.

„Der Lieferant hat es auf Lager. Am Montag könnte es schon da sein", verkündete sie und erntete ein Strahlen.

„Das wäre großartig. Eigentlich hat sie am Samstag Geburtstag, wollte aber am Freitag bereits reinfeiern, mit übernachten und Hexenkram und so", sagte jetzt die zweite und versuchte ihre letzten Worte mit einem besonders geheimnisvollen Blick dramatisch zu unterstreichen.

Merle lächelte offen. Sie bewunderte die beiden für ihren Mut, den sie in diesem Alter nicht besessen hatte.

„Ja, und wenn das klappt, können wir es ja zur großen Halloween-Party mitnehmen", meinte die andere und grinste breit.

„Gut. Sagt mir eine von euch beiden noch, auf welchen Namen ich das für euch zurücklegen soll?"

„Klar", meinte wieder die mit der Strumpfhose. „Brauer. Ich bin Lena Brauer und das ist Claudia Korwig. Und du, bist du neu hier?"

„Ja, kann man so sagen. Ich habe Anfang Oktober hier angefangen." Die beiden nickten lächelnd oder aufmunternd. Also setzte Merle noch hinzu: „Ich bin Merle Hagedorn."

„Hu, das ist aber ein kraftvoller Nachname. Da steckt

die Hagazussa ja praktisch schon drin."

Da war es wieder, das Wort, das auch Felicitas gebraucht hatte. Merle schauderte. Sie sagte nichts.

„Dann sehen wir uns Montag, wenn wir Freistunde haben", sagte Lena. „Ach, und für alle Fälle gebe ich dir noch Adresse und Telefonnummer, falls es Montag noch nicht da ist."

Merle nickte ergeben und schrieb die Personalien auf.

Dann verabschiedeten sich die beiden und verließen den Laden, um auf dem Schuhhof in den herabfallenden wirbelnden gelben Lindenblättern zu tanzen. Der Anblick war so schön und ausgelassen, dass Merle sich kaum losreißen konnte.

Schwarz und still hockte Cassandra auf der runden Bank, die einmal um den Baum herum führte, und wartete, bis Merles Schicht endete. Scheinbar wollte sie sie nach Hause begleiten.

Franzi ging draußen vorüber und winkte. Ihren Handzeichen nach wollte sie später noch einmal reinkommen, musste aber jetzt erst weiter. Gut, dann würde Merle sie heute noch wegen des Kneipenbesuches fragen, den sie ihren beiden Nachbarn noch schuldete.

Bis dahin aber wollte sie sich an den Laptop setzen und in die Welt der Esoterik eintauchen, um in Erfahrung zu bringen, was Divination war, was es mit Samhain auf sich hatte und wozu man Ouija-Bretter verwendete.

Die dunklen Ränder um die Augen gaben Franzi eine übernächtigte müde Ausstrahlung. Kraftlos hing sie auf dem Stuhl und fuhr sich alle paar Minuten durch die Haare.

„Ich bin so müde", jammerte sie über ihr Bierglas hinweg. „Und kann trotzdem nicht schlafen."

Merle hatte sie nach ihrem Wohlbefinden befragt, weil sie sich ehrlich um Franzi sorgte. Ulrik wusste, was Franzi gerade so zu schaffen machte, aber es war an ihr, es Merle zu erzählen.

„Es ist gerade einfach etwas stressig, das ist alles", sagte Franzi mit rauer Stimme und zuckte mit den Schultern. Ulrik sah die brennende Neugier in Merles grünen Augen, doch die junge Frau blieb still. Stattdessen begann sie etwas verlegen mit der Kuppe des Zeigefingers Muster auf ihr beschlagenes Glas voll Apfelschorle zu zeichnen. Ihrem Katzennaturell entsprechend machte sie einen Bogen um alkoholische Getränke.

„Franzi, ich wollte dich noch was fragen. Neulich sprachen ein paar Touristen die Inhaberin vom *Mondscheingesüßt* auf einen neuen Fund im Wald an. Scheinbar ging es da um einen Gang, der erst kürzlich von Wanderern entdeckt wurde. Und weil auch mich jetzt immer häufiger Leute darauf ansprechen, wollte ich fragen, ob du dazu vielleicht irgendwas weißt."

Genau ins Schwarze. Während Franzi gequält aufstöhnte und die Hände vor das Gesicht schlug, lächelte Ulrik Merle halb entschuldigend, halb aufmunternd zu. Sie hatte es nicht wissen können.

„Das ist genau das Thema, das mir so zu schaffen macht", seufzte sie und verdrehte die Augen. „Wahrscheinlich weißt du, dass der Bergbau im Harz von einiger Bedeutung war. Die Bergbautätigkeit hier um Goslar geht sogar bis auf das 3. Jahrhundert zurück, wie einige archäologische Funde aus den 80ern nahelegen. Schon immer wurden die Erze gefördert. Neben verschiedenen Mineralien waren es Blei, Kupfer, Silber, später auch Gold und Zink, daher der Reichtum des alten Goslars. Der Oberharz war das wichtigste Bergbaugebiet in Deutschland, bei mehr als 1000jähriger Nutzung kein Wunder, dass gelegentlich alte Tunnel und Gruben entdeckt werden. Schließlich mussten ja wegen erschöpfter Erzadern und Unfällen auch immer wieder neue gegraben werden. Und jetzt hat das Wetter mal wieder was freigelegt. Die Wanderer, die es gefunden haben, wären selbst beinah in der Grube verunfallt. Und das war natürlich ein gefundenes Fressen für die Presse, die das Ganze bereist in die Öffentlichkeit bringt, noch bevor irgendwas abgesichert oder geschlossen wird."

„Ja, Esther hatte die Männer auch eingehend davor gewarnt, aber die mit ihren „einschlägigen

Wandererfahrungen" wollten eben nichts davon hören."

„Sie unterschätzen das Gelände und die Tatsache, dass das Wetter schließlich noch weitere Löcher freilegen könnte, da das Gelände ja noch nicht gesichert worden ist. Am besten also weist du sie auf die Gefahren hin. Was anderes kannst du praktisch nicht machen." Sie sah zu Ulrik herüber. „Mich fragen die Leute auch schon jeden Tag, ob der Ort zu besichtigen wäre." Erschöpft sah sie von einem zum anderen. „Schlimmer aber sind die Hobbyarchäologen, die jetzt durch die Wälder stapfen, die Wanderwege verlassen, weil sie ihre große Chance wittern und Großes zu entdecken hoffen. Ihr könnt euch vorstellen, wer sich damit gerade herumärgern darf."

„Kein Wunder, dass du seit Ende September praktisch kein Auge mehr zu tust", warf er ein und versuchte sie nicht zu mitleidig zu betrachten. Trotzdem knuffte sie ihn in den Oberarm für diesen Kommentar.

„Du kannst seit etwa drei Wochen nicht mehr richtig schlafen?" Merles große Augen füllten sich wieder mit echter Sorge.

„Ja, schließlich muss sich jederzeit abrufbar sein, sollte doch etwas passieren. Nicht offiziell, inoffiziell aber schon. Und das putscht mich total hoch."

„Hast du es denn mal mit Baldrian probiert?" Sobald Merle die Frage über die Lippen gekommen war, hielt sie inne, um sich auf ebenjene zu beißen. Der Seitenblick, den Ulrik erntete, war so verlegen, dass er grinsen musste.

„Nein, wieso? Hat Ulrik irgendwelche einschlägigen Erfahrungen dazu?" Franzi wurde neugierig.

„Nur die Erkenntnis, dass nicht nur die Wildkatzen auf die Lockstoffe reagieren, sondern es auch jede Katze in unserer Umgebung tut."

Merle versuchte es zu ignorieren. „Mag sein, dass das Zeug auf Katzen anregend wirkt. Für Menschen ist es aber beruhigend und ausgleichend. Es fördert den Schlaf und hilft bei Stress, sogar, wenn du dich besser konzentrieren willst."

„Aha. Und wie verwende ich das? Brauche ich da Ulriks Baldriantinktur?"

„Äh, die kannst du nicht haben, die ist nämlich nach ihrem letzten Einsatz auf meiner Strickjacke gelandet. Und bisher hatte ich noch nicht die Möglichkeit sie raus zu waschen, da die Jacke gerade...", er konnte nicht verhindern, dass sein Blick, gespielt unschuldig und auf jeden Fall amüsiert, zu Merle flog, die ihrerseits noch röter wurde. „...unterwegs ist."

„So so. Ja, wieso nicht." Franzi blickte immer noch forschend zwischen ihnen hin und her. Merle ihrerseits starrte aus dem Fenster, wo ein schwarzer Schatten in der Dunkelheit der Nacht, an der Wand des gegenüberliegenden Hauses entlang strich.

An diesem Sonntag hatte selbst Adele die Füße auf dem Sofa hochgelegt und keinen Finger in ihrem Garten krumm gemacht. Und das lag nicht an dem Tag selbst, sondern, wie Hedwig ihr erklärte, am Schwarzmond. Zu Neumond hielt man lieber die Füße still und überließ Tag und Nacht den geheimnisvollen Kräften, die sich in der Dunkelheit sammelten, um chaotisch zu wirken. Was genau sie damit meinte, führte sie nicht aus, aber das musste sie auch nicht. Denn das Bild herumspukender Gespenster sprang Merle von ganz allein in den Verstand. Schwarzmond war eine starke Zeit, in der sich der Laie von Magie fernhielt und lieber entspannte.

Merle fühlte sich ganz verwegen, bei dem Gedanken, dass das, was sie da ausprobieren wollte, ja eigentlich ganz gut in diesen Geistermond passte. Vor den Schwestern aber sagte sie nichts, trank nur ruhig ihren Milchkaffee aus und begab sich in ihre Dachkammer.

Die Neugier, die Lena und Claudia in ihr geweckt hatten, gärte so lange in Merle, bis sie ihr endlich nachgab. Knisternd breitete Merle das große braun marmorierte Papier aus dem Schreibwarenladen um die Ecke vor sich aus und schrieb mit dunkler Tinte Buchstaben darauf. Unter die schnörkeligen Buchstaben setzte sie, unter Cassandras wachem Blick, noch die Zahlen – von 0 bis 9 – sowie ein „Ja" und ein „Nein". Skeptisch betrachtete sie ihr Werk.

„Meinst du, es funktioniert?", fragte sie Cassandra so leise, dass ihre Stimme wie das Papier unter ihren Fingern knisterte. Beinah missbilligend klang Cassandras Murren. Seit die Mädchen ihre Bestellung in der *Büchereule* aufgegeben hatten, war diese Katze angespannt, beinahe verkrampft, ihr Blick düster und unmöglich zu deuten. Was Merle hier vorhatte, konnte sie nicht gutheißen. Und doch konnte Merle nicht anders. Den Zwang, der sie dazu trieb, verstand sie kaum, spürte nur, wie sich die Kälte um sie herum verdichtete. Vielleicht konnte sie diesem Spuk so ein Ende bereiten.

Grasgrüne Augen starrten Merle beschwörend an, während das Murren schon beinah anklagend kam.

„Hör zu, Cassandra: Ich muss es einfach probieren. Ich weiß doch auch nicht weshalb. Also, entweder hilfst du mir oder du gehst." Merles Augen funkelten finster.

Cassandra fauchte sie kurz böse an, blieb aber.

Merle schloss die Augen und atmete tief durch. Beinah konnte sie die Kälte wieder um sich spüren. Ulriks warme Strickjacke hatte sie bereits angezogen, einerseits um sich zu wärmen und andererseits als Schutz vor dem, was da vielleicht kommen wollte. Dann drehte sie das Glas, das sie in ihren zittrigen Händen hielt, und stellte es kopfüber auf das improvisierte Brett.

Im Grunde genommen waren Gläserrücken und die Handhabung des Hexenbrettes ja miteinander verwandt, bloß, dass Erstes in der Gruppe betrieben wurde und das Ouija-Brett auch gut von einer Person allein bedient werden konnte. Ihre Recherche hatte ergeben, dass dieses „Spiel" höchst umstritten war und die Meinungen weit auseinandergingen. Die einen glaubten fest darüber mit Geistern und „anderen paranormalen Präsenzen" - was sollte das bitte sein? - in Kontakt treten zu können, während die anderen es wissenschaftlich zu erklären versuchten, indem sie emotional ausgelöste Muskelkontraktionen als Erklärung dafür heranzogen. Wenn es wirklich so biologisch war, wie viele taten, war es ja ungefährlich. Merle durfte einfach nicht zu viel erwarten.

Nach einem letzten entschlossenen Blick auf ihre Katze schloss Merle abermals die Augen und konzentrierte sich. Was wollte sie hier eigentlich? Mit einem Geist sprechen?

Irgendwo draußen hörte sie eine Katze kreischen und musste den Mund zusammenkneifen. Ihre Augenbrauen senkten sich grimmig herab. Nicht jetzt, Paul, sagten ihre Gedanken. Doch er schrie nicht grundlos. Irgendwo knallte eine Tür. Fensterläden zitterten. Gegen ihre geschlossenen Augenlider konnte sie die Kerzenflamme flackern sehen, obwohl kein Windhauch ging. Oder doch? Entsprang das kühle Streifen ihrer Handfläche nur ihrer Einbildung? Starr vor Schreck riss Merle die Augen auf. Und dann ging die Bewegung los. Das Glas begann, langsam über das Papier zu gleiten. Beinah hätte Merle aufgeschrien, denn sie wusste mit Sicherheit, dass sie das Glas, auf dem ihre Zeigefingerkuppen ruhten, nicht bewegte, doch sie konnte sich vor Angst nicht mehr rühren. Aus dem Augenwinkel sah sie Cassandra buckeln, hörte sie leise fauchen. Bohrend musste sie Merle anstarren, oder spähte sie knapp an ihr vorbei?

Auf einem Buchstaben erstarrte das Glas.

L

Merle hatte noch nicht mal eine Frage gestellt. Oder doch? Kreiste nicht schon seit Tagen die Frage in ihren Gedanken, was sie eigentlich von ihr wollten?

O

Ihre Zähne begangen zu klappern. Obwohl sie mehrere wärmende Schichten und Ulriks Jacke trug, fraß sich die Kälte eisig durch den Stoff.

R

Das Glas fuhr weiter, und Merle konnte nichts anderes tun, als seinen Weg zu verfolgen.

E

Jeder Psychologe würde sie mit diesem Geisteszustand einweisen lassen.

N

Ein Name.

Z

Ja, ein Name, kein Kauderwelsch, wie sie es vielleicht

erwartet hatte. Was immer da am Glas schob, hieß Lorenz. Nichts bewegte sich. Stille. Merles eigene Atemzüge hallten ihr dröhnend im Ohr. Was sollte sie jetzt machen?

„Was willst du von mir?", presste sie mühsam zwischen den klappernden Zähnen hervor. Doch das Glas hatte seinen Weg wieder aufgenommen, noch bevor sie ihre Frage vollständig gestellt hatte.

T

Gebannt verfolgte Merle die Fahrt.

O

Pures Entsetzen befiel sie, denn sie ahnte, was er schreiben wollte, noch bevor das Glas sich wieder Richtung T wandte.

T

Stille. Selbst Cassandra fauchte nicht mehr. Stattdessen hatte sie den Hals gereckt und verfolgte den Weg des Glases. Es sah aus, als würde sie lesen. Dann reckte sie den Kopf, um die paranormale Präsenz anzustarren. Ihr Fell war aufgestellt, die grünen Augen zu Schlitzen verengt.

Merles Herz pochte so stark, dass sie glaubte, gleich ohnmächtig werden zu müssen. Sie öffnete den Mund, um ihre Worte zu wiederholen, als das Glas sich wieder zu bewegen begann.

L – U – D – W – I – G

Pause. Ludwig. Waren es jetzt zwei Geister?

T – O – T

Nein. Einer war schon zu viel. Wie sollte sie da mit zwei klarkommen.

„Sag mir, was du willst?" Ihre zitternden Worte waren so verzerrt, dass Merle sie selbst kaum verstand. Doch er schrieb weiter, ohne sie ausreden zu lassen.

T – O – T

„Bitte, sag mir, was du von mir willst...", sie hörte selbst, wie ihre Stimme brach. Merle bekam kaum noch Luft. Schwärze bewegte sich von den Rändern her auf Ihr Sichtfeld zu. Sie wollte sich keine Angst von ihm machen lassen, aber das, was sie empfand, hatte den Rahmen von Angst bereits lange gesprengt. Pauls Kreischen war jetzt lauter.

Und die Temperatur fiel. Ein weiteres T – O – T tanzte unter ihren Fingerspitzen über das Blatt. Merle konnte nicht einmal schreien. Sie war vor Panik wie gelähmt.

Die Kälte wurde immer eisiger. Mit jedem Atemzug kamen ihr feine Kondenswölkchen aus dem Mund. Die Scheibe am Fenster beschlug von innen, sodass Paul draußen nur noch als Silhouette erkennbar war. Mit plötzlicher Sicherheit wusste Merle, dass Lorenz, oder wer immer der Geist war, verärgert über sie sein musste. Seine Wut war eisig und schneidend kalt und nahm zu.

Cassandra buckelte noch stärker. Dann fauchte sie.

Ruckartig, als hätte sie sich verbrannt, riss Merle ihre

Finger vom Glas. Die eisige Kälte schien sich durch ihre Kuppen bis zum Knochen durchgefressen zu haben.

Dann verlor sie die Nerven und rannte los. Die Tür krachte hinter ihr, die Stufen flogen unter ihr hinweg. Die Filzpantoffeln sogen sich augenblicklich voll Wasser, als Merle in die Nacht hinauslief. Cassandra wie einen schwarzen Schatten dicht auf den Fersen, stürzte sie durch die nächtlichen Gassen, unfähig auch nur einen Gedanken zu denken. Sie wusste nicht wohin, nur weg, weit weg und das schnell genug, dass die eisigen Finger nicht nach ihrem Nacken greifen konnten. Keuchend überquerte sie den düsteren Marktplatz, auf den sich zu dieser fortgeschrittenen Stunde nur noch wenige dunkle Gestalten wagten. Diese wankten so leblos und unnatürlich auf sie zu, dass Merle beinah aufjaulte. Nebel bildete sich in den Ecken und floss über den Asphalt. Still ergoss er sich über ihre Füße. Endlich lief Cassandra voraus, bahnte sich den Weg durch die nächtliche Schwärze, bis sie an einem Haus anhielt, von dessen Wänden Fratzen auf den kleinen Platz herab glotzten. Merle brauchte einen Augenblick, um das schmale und von den Nachbarhäusern eingeengte Gebäude zu erkennen. Zwei weitere Atemzüge später war sie auch in der Lage den Klingelknopf zu betätigen. Feuerstein. Und dann noch zwei Mal, bis in einem der Fenster über dem Café ein Licht aufflackerte.

„Esther, bitte. Mach auf", flüsterte Merle, bevor sich die Tür öffnete. Das bernsteinbraune Auge hinter dem schmalen dunklen Spalt blickte müde zu ihr heraus. Dann fiel die Holztür wieder ins Schloss, nur um nach dem Rasseln einer zurückgeschobenen Kette vollends auf zu fliegen.

„Merle?", fragte eine zutiefst verstörte Esther und strich Merle über den Rücken, als diese sich ihr schluchzend in die Arme warf. „Was ist mit dir? Was ist denn bloß passiert?" Mit festem Griff zog sie Merle ins Innere und schloss die Tür hinter ihnen. Erst, als Merle das Schloss auch wirklich zuschnappen hörte, wurde sie ruhiger. Auf den ersten Treppenstufen schon begann sie haltlos zu schluchzen, sodass ihre Sicht völlig verschwommen war, als sie vor Esthers Tür ankamen. Eigentlich hatte Merle noch nicht einmal gewusst, wo Esther wohnte, und dankte Cassandra einmal mehr im Stillen, dass sie so die Führung übernommen hatte. Jetzt drückte sich die Katze an Merles Bein, selbst erschrocken aber ruhig genug Merle mit dieser Geste zu zeigen, dass sie an ihrer Seite war, für sie da war. Das trieb Merle noch mehr Tränen in die Augen.

Wortlos schob Esther sie auf ihr Sofa und zog ihr die nassen Pantoffeln von den Füßen, ehe Merle sich wehren konnte. Als sie den Mund auftat, um etwas zu sagen, legte ihr Esther bereits eine warme kupferrote Decke mit teichgrünem Karomuster um die Schultern. Cassandra rollte sich zitternd auf ihrem Schoß zusammen.

„So, und während du jetzt ein paar Mal tief durchatmest, hole ich dir etwas für die Nerven."

Keinen Alkohol, wollte Merle keuchen, doch es kam kein Wort über ihre Lippen. Zu zugeschnürt war ihr Hals, zu flach ihre Atmung. Ihre klammen Finger vergruben sich Halt suchend in Cassandras Fell, unter dem sie lebendige Wärme spürten. Erst nach und nach öffnete sich Merles Brustkorb, um die Lungen richtig mit Luft zu füllen, bis sie ganz, ganz langsam wieder zur Ruhe kam. Jetzt war sie genug bei Verstand ihre Umgebung wahrzunehmen. Leise begann das Flämmchen der Neugier in ihrem Inneren zu brennen. Verstohlen blickte sie sich in Esthers Wohnung um. Die Häuser in der Innenstadt waren urig und klein, und so dicht aneinandergedrängt, dass nur selten Platz für Gärten oder Balkone war. Dieses Haus hier war eines der winzigsten darunter, hatte seine kleinen schmalen Fenster nur nach vorne und nach hinten heraus, und war im Inneren so niedrig und schief, wie man es von einem alten Haus in dem eine Hexe wohnte, erwartete. Und genauso war auch die Inneneinrichtung. Ähnlich wie im Café wirkten die Möbelstücke auch hier zusammengewürfelt und ergaben stilistische Inseln. Das Fehlen des Gartens kompensierte Esther, in dem sie gern mit Naturmaterial dekorierte, das in Form von

Rinden-Ast-Baumfrucht-Mobiles in den Fenstern hing oder als freigelegte und leicht bearbeitete Baumwurzeln zwischen den unzähligen Blumentöpfen stand, in denen nicht nur die klassischen Zimmerpflanzen wuchsen, sondern in deren Erde sich auch Moos angesiedelt und sich Klee und manchmal sogar Pilze ausgebreitet hatten. Nur essbar schienen die Letzten nicht. Esther besaß nicht viele Schränke, aber dafür umso mehr Regale, in denen die Bücher nicht nur nebeneinanderstanden, sondern sich auch übereinanderstapelten. Die Atmosphäre hier war so anheimelnd und urig, dass Merle sich auf Anhieb wohlfühlte und sich schließlich ganz entspannte. Cassandras regelmäßiges Schnurren tat sein Übriges hinzu.

Gedankenverloren betrachtete sie gerade den Kristall, den Esther als Buchstütze zweckentfremdet hatte, mit all seinen durchsichtigen Spitzen und Kanten, als die Gastgeberin mit einer dampfenden Tasse eintrat.

„Hier, trink das erst einmal. Und dann erzählst du mir in Ruhe, was vorgefallen ist." Den Blick fest auf Merle zog sie sich den runden Rattansessel heran und setzte sich mit angezogenen Beinen auf das weiche ebenfalls karierte Kissen.

Vorsichtig schnupperte Merle an dem Trank, den Esther ihr hinhielt. Es roch nach warmer Milch mit Honig und Katzenminze, vielleicht auch noch etwas anderem, dass sie nicht ganz einordnen konnte. Sofort fühlte sie sich besser, obwohl sie noch keinen Schluck genommen hatte. Und wie es roch, so schmeckte es dann auch, herrlich, warm und wie Balsam für ihre Seele.

„Du bist eine Hexe."

Esther betrachtete sie ernst, vielleicht ein bisschen misstrauisch, was jedoch sofort verflog. „Ja, und eine geborene Hexe noch dazu. Meine Großmutter meint, dass es in unserer Familie in der weiblichen Linie weitergegeben wird. Ehrlich gesagt gibt es aber auch wirklich nur selten Jungs. Alle Mädchen haben ihren Mädchennamen bisher behalten. Und ich weiß eines sicher, sollte ich jemals meine große Liebe treffen und heiraten, wird er derjenige sein, der meinen Namen annimmt oder eben seinen behält." Sie lächelte aufmunternd. „Also, was willst du wissen?"

„Ob du mich für verrückt erklärst oder verurteilst, weil ich vorhin auf einem improvisierten Ouija-Brett mit meinem Glas Kontakt zu den Geistern aufgenommen habe?"

Esther klappte die Kinnlade herunter. „Zu Schwarzmond, an dem die Geister tanzen? Das ist keine gute Idee gewesen."

Merle nickte niedergeschlagen. „Ich wollte, dass sie mich in Ruhe lassen."

„Und das sagst du ihnen, wenn sie am stärksten sind

und vielleicht den größten Unfug im Kopf haben? Merle, das ist schon ein starkes Stück. Hat dich denn Cassandra nicht gewarnt?"

„Doch, aber..." wieder stiegen ihr die Tränen in die Augen. „Ich weiß ja auch nicht... ich dachte nur..."

„Och, Merle", kam Esther ihr sofort zu Hilfe und nahm sie in die Arme. Sachte strich sie ihr über den Kopf. „Was hast du dir nur dabei gedacht so etwas ganz alleine zu machen, hmm?"

Stockend berichtete Merle, was sich in ihrer Kammer zugetragen hatte. Nicht einmal fiel ihr Esther ins Wort, sondern lauschte die ganze Zeit über aufmerksam. Nur ab und zu runzelte sie ihre Stirn, behielt ihre Gedanken aber für sich.

„Willst du heute Nacht hierbleiben?", war das Erste, was sie zu dem Bericht zu sagen hatte.

Merle nickte erleichtert. Sie hätte sich nicht getraut, selbst danach zu fragen. Dann sah sie niedergeschlagen auf ihre in die warme Decke eingepackten Füße.

„Ach, mach dir darüber keine Gedanken. Du kannst ein Paar meiner Schuhe haben. Irgendeines wird dir sicherlich passen." Dann erhob sie sich und ging an einen mit Eichel- und Kastanienschmuck dekorierten Schrank, wo sie etwas in der obersten Schublade kramte. „Hier, das ziehst du dir über, bis du ein Eigenes hast."

Merle starrte auf das Amulett herab, das Esther in ihre

ausgestreckte Hand legte.

„Ein Drudenfuß?", vergewisserte sie sich und fuhr mit der Spitze ihres Zeigefingers Stern und Kreis nach. „Eine ältere Frau meinte, dass es der Kopf einer schreienden Katze ist, die alles Übel von seinem Träger abhält."

„Eine Katze? Na, ich weiß ja nicht.", entgegnete Esther skeptisch. „Aber ein Schutzamulett ist es in jedem Fall. Und ein wirksames noch dazu. So eines solltest du um diese Jahreszeit wirklich um den Hals haben. Man weiß schließlich nie, wie bunt die Geister es zur Ahnenzeit noch treiben."

Merle saß im *Mondscheingesüßt* und fröstelte. Es war Dienstag Nachmittag, noch länger würde sie die Rückkehr in ihre eigenen vier Wände nicht mehr hinauszögern können. Sie hatte von Sonntag auf Montag bei Esther auf dem Sofa geschlafen und war dann morgens, wie angekündigt, in den Schuhen ihrer Freundin zur Arbeit gegangen. Die derben Stiefel aus braunem Leder, mit großen Schnallen besetzt, trug sie auch jetzt, nachdem sie das Sofa für eine zweite Nacht beansprucht hatte. Die Zeit bei Esther baute sie auf und gab ihr Halt, die Gespräche, in denen sie sich gegenseitig aus ihrem Leben erzählten und Erfahrungen tauschten, munterten sie soweit auf, dass sie wieder in ihren Alltag zurückkehren konnte. Natürlich hatte Esther ihr Hilfe im Umgang mit dem Geist angeboten. Aber allein der Gedanke an eine mögliche Konfrontation machte Merle so hilflos, dass sie jedes Mal wie gelähmt da hocken und auf den Boden starren konnte. Also sprach Esther es nicht mehr an. Dennoch wusste Merle, dass sie sich sehr bald darum kümmern musste.

Ihre Schicht am Montagmorgen war ermüdend und anstrengend gewesen. Schlimmer aber war das Gespräch mit Lena und Claudia, die ihr „Ouija für Einsteiger" abgeholt hatten. Merle hatte wirklich versucht es ihnen auszureden, hatte ihnen die Gefahren aufgezählt und ihnen sogar die biologischen Hintergründe als letztes Ass im Ärmel aufgeführt. Doch sie wollten nichts davon hören. Als sie sich schließlich abwandten, sah Merle Claudia sogar mit den Augen rollen. Typisch Erwachsene, hatte diese mimische Entgleisung bestimmt aussagen sollen. Seitdem hatte Merle ein schlechtes Gewissen. Hätte das Auftischen einer Lüge sie vom Kauf abgehalten? Bestimmt, aber sie hätte damit auch zwei gute Kunden vergrault. Es auf den Lieferanten abzuschieben war auch nicht ihr Stil, da sie ihn nicht hineinreißen wollte. Was aber würde passieren, wenn die Mädels bei ihrer spaßigen Befragung vielleicht ähnliche Ergebnisse heraus bekamen? Wenn sich auch bei ihnen ein Geist einnistete?

Dass Lorenz das getan hatte, wusste sie, als sie ihre

Tanten zum Mittagessen aufsuchte. Selbst von der Straße aus hatte sie gesehen, dass die Fenster in der Dachkammer deutlich beschlagen waren. Hedwig und Adele hatten sie kaum aus den Augen gelassen, als sie sich beinah atemlos die Klöße in den Mund geschaufelt hatte. In den Wohnräumen der Schwestern Wiedehopf war nichts davon zu spüren, doch mit jeder Treppenstufe, die Merle in die Höhe gegangen war, hatte sie die Präsenz des Geistes stärker wahrgenommen und war schließlich doch wieder umgekehrt. Beinahe flüchtend hatte Ulrik, aus dem Wald zurückkehrend, sie gesehen. Er hatte sie von Weitem gegrüßt, eine unausgesprochene Frage auf den Lippen, doch sie war schon weg gestürmt.

Und jetzt, am Dienstag, saß sie steif auf einem Stuhl am anderen Ende des Raumes, und beobachtete den Geistertisch in der Ecke, während sie im Kopf durchging, wie sie dem Problem am besten beikommen sollte, ohne irgendwen mit hineinzuziehen. Esther ihrerseits behielt sie gut im Auge, obwohl sie heute eine Menge zu tun hatte, da das miese Wetter draußen die Leute scharenweise in die Gemütlichkeit des Cafés trieb und ihre Cousine, die heute Schicht hätte, wegen Krankheit ausgefallen war. So hatte sie auch kaum Zeit sich mal zu Merle an den Tisch zu setzen.

Noch nicht mal von der Katzenminzen-Schokolade wollte sich ihr aufgewühltes Gemüt heute beruhigen lassen. Und auch die Worte aus dem Buch, dass sie gerade las, wollten sie nicht recht ablenken. Vielleicht konnte sie sich aber auch deshalb nicht konzentrieren, weil sie um den Geist am Ecktisch wusste. Allein einen solchen in ihrer Nähe zu haben, machte sie nervös. Und heute war sie sich sicher, die Spiegelung in der Vase richtig gesehen und gedeutet zu haben. Mit den anrückenden Abendstunden hatte das Licht gewechselt, sodass die Innenbeleuchtung stärker war und so auch besser von glatten und narbigen Glasflächen zurückgeworfen wurde. Merle legte ihren Kopf schief und kniff die Augen noch etwas mehr zusammen, um die verzerrte Gestalt, die da und doch nicht da war, besser ausmachen zu können. Es war, als versuchte man, ein klares Bild durch Wellen schlagendes Wasser zu sehen. Sie hätte nicht gewusst, ob sie den unklaren Schemen auf dem Glas als durchsichtig, milchig, unscharf oder irgendwie wabernd und fransig bezeichnen sollte. Und je mehr sie hinsah, desto stärker zerfaserte sich das Bild, desto schneller schlug ihr Herz, bis sie wieder den kalten Griff der Panik um ihren Brustkorb spürte. Sie versuchte wegzusehen, aus Angst, er könne durch ihr Starren auf sie aufmerksam werden, und konnte den Blick doch nicht abwenden, so hypnotisch wirkte das Flackern seiner fragmentierten Erscheinung.

Esther verschwand in der Küche. Und nur wenige Minuten später kam ein Pärchen zur Tür herein, frisch verliebt und miteinander Schabernack treibend. Lachend zogen sie sich gegenseitig an den nassen Jacken, wobei er sich wie ein Hund schüttelte und sämtliche Tropfen auf sie und andere Gäste schleuderte. Sie kicherte und klimperte halb verlegen mit den Wimpern, woraufhin er sie an sich zog und ihr Gesicht an seine nasse Brust presste, bis sie spielerisch kreischend zu lachen begann. Merle beobachtete dieses Spiel mit einem Anflug von Neid, der sich in Neugier verwandelte, als die beiden den Ecktisch ansteuerten. Vielleicht sollte sie Esther holen oder die Leute daran hindern, sich an den reservierten Tisch, der in keinster Weise als solcher ausgezeichnet war, zu setzen. Stattdessen aber fragte sie sich immer mehr, ob überhaupt etwas passieren würde.

So wählten die beiden ihre Plätze, er dort, wo der Geist saß und sie gegenüber. Selbst von hier konnte Merle erkennen, wie schwer es ihm fiel eine bequeme Haltung in dem Sessel einzunehmen, ganz so, als würde ihn immer eine Feder oder Ecke in dem antiken Möbelstück stören. Seine Freundin rieb sich abwesend über die Oberarme, wobei sie nach einer Speisekarte Ausschau hielt, die Esther nur auf alle anderen Tische verteilt hatte. Er strich sich mehrfach nervös durch die Haare und sah sich ständig um, als sei er auf der Flucht. Dann zog sie sich den Kragen ihres Rollkragenpullovers über das Kinn, was er wohl seltsam kommentierte, da sie ihm einen bitterbösen Blick zu warf. Sofort war die Leichtigkeit ihrer Zweisamkeit verflogen. Nur wenige Momente später rieb auch er sich über die Arme, wobei er leicht gereizt nach der Bedienung Ausschau hielt. Derweil spielte sie nervös an der Tischdekoration, die ihr prompt aus den Händen glitt und unter den Tisch rollte. Beim Versuch sie aufzuheben, schlug sie sich den Kopf an der Tischkante an. Nach wie vor war die verzerrte Silhouette für Merle in der Vase erkennbar, nur, dass sie jetzt deutlich schärfere Konturen hatte und verdichtet wirkte. Mittlerweile schlugen die Zähne der jungen Frau so laut aufeinander, dass sich der ältere Mann am Nachbartisch im Lesen seines Buches gestört fühlte und genervt hinüber blickte. Der Freund rieb sich den Nacken, wobei seine Augen so weit aufgerissen waren, dass es wirkte, als würden sie aus dem Kopf quellen. Sie begann, sich an den Fingernägeln zu kauen. Beide mussten sich mehr als nur unwohl fühlen. Die Angst, die in ihnen hochstieg, konnte Merle bis zu ihrem Tisch riechen. Von Esther war noch nichts zu sehen. In der Küche klapperte es geschäftig.

Mit lautem Poltern fiel die Vase um. Die junge Frau keifte ihren Freund an, dass er nicht so ungeschickt sein solle, ohne einen Versuch zu unternehmen, das Ding, das auf die Tischkante zurollte, festzuhalten. Der Mann verteidigte sich lautstark, dass er es nicht gewesen sei.

Als er die Vase im Flug auffing, bebte er so stark am ganzen Körper, dass Merle fürchtete, er könnte gleich vom Sessel fallen. Kalt ergoss sich das Wasser über seine Hose. Die Wolken vor ihren Mündern hoben sich deutlich gegen die freiliegenden dunklen Balken der Gefache ab. Mittlerweile begannen auch die Leute an den Nachbartischen zu zittern. Einige Blicke flogen zu den Fenstern, die jedoch verschlossen waren, um das stürmische Wetter draußen auszusperren. Merle wusste, was das Frösteln bedeuten musste. Ängstlich sah sie sich nach Cassandra um, die am Eingang hinter den Kürbissen und der hüfthohen vom Wind halb zerfledderten Hexe hockte und sie ihrerseits kaum aus den Augen ließ.

Bevor die Gesten der Gäste noch fahriger werden und sie sich an der, ob geschubsten oder selbst umgestoßenen, Dekoration ernsthaft verletzen konnten, trat Esther mit zwei Tellern voll wundervoll verzierter Kürbis-Birne-Vanille-Torte heraus. Merle fing ihre Aufmerksamkeit und deutete stumm zum Ecktisch. Esther wurde bleich, lieferte aber noch schnell die beiden Tortenstücke ab, bevor sie sich den beiden neuen Gästen widmen konnte. Mit gedämpfter aber warmer Stimme versuchte Esther die völlig durchgefrorenen und beinah hysterischen Leute zu beschwichtigen, wobei sie ihnen etwas von „zugiger Ecke" und „kalten Luftströmen" erzählte. Merle fragte sich, ob der Spuk vielleicht mehr zahlende Kunden bringen als vergraulen würde, wenn man es nur richtig aufzog.

Ehe die beiden jungen Leute das Café übellaunig verlassen konnten, sprang sie bereits vom Stuhl und winkte Esther, die die Leute etwas hilflos zur Garderobe begleitete, zu.

„Ich bin sowieso gerade fertig. Sie können meinen Tisch haben", sagte sie schnell, bevor die Hilfsbereitschaft sie wieder verlassen konnte. Vielleicht war es aber auch das schlechte Gewissen Esther gegenüber, einen der besten Tische für vier Stunden blockiert zu haben, für ein Getränk, dass sie nicht einmal selbst bezahlt hatte. Esther schaute sie nur verdutzt an, als Merle ihr einen Geldschein in die Finger drückte und überstürzt aus dem Café flüchtete, nicht ohne dem Paar im Hinauseilen die heiße Schokolade und die Kürbistorte zu empfehlen. Fast anklagend wurde sie draußen von Cassandra empfangen.

Wieso waren so viele Geister in der Stadt? Konnte Merle denn jetzt nicht einmal einen Ort betreten, ohne gleich von mindestens einem von denen heimgesucht zu werden? In Ukriks Jacke und mit Esthers Drudenfuß auf der Brust fühlte sie sich stärker, aber nicht gegen das miese Wetter gewappnet, das ihr jetzt nass, windig und eiskalt in einer Front gegen das Gesicht gedrückt wurde. Kalt und spritzend brachte es sie an den Rand des Wahnsinns.

In Rekordzeit hatte sie schließlich die Strecke vom Schuhhof bis an ihr Haus bewältigt, wo sie sich jetzt wieder zweifelnd und bis auf die Grundfeste erschüttert vor der Tür vorfand. Cassandra rieb sich bebend an ihrem Bein. Wenn sie nicht gleich ins Trockene trat, würde die Katze versuchen an ihrem Bein hochzuklettern, bis sie in ihren Armen ein Versteck vor dem Sturm fand.

Merles Gedanken rasten. Eigentlich wollte sie sich dem Geist noch nicht stellen. Denn eigentlich hatte sie Esther doch um Hilfe bitten wollen, sich aber eben nicht getraut. Zitternd vergrub sie ihr Kinn in Ulriks Jacke. Ulrik. Zweifelnd sah sie zu seiner Wohnung hoch, während sich langsam die Dämmerung über Goslar legte. Sollte sie frech an seiner Tür klingeln und ihn fragen, ob er mit ihr zu Abend essen wollte? Dann könnte sie sich vielleicht noch ein paar Stunden in seiner Wohnung verkriechen und die Auseinandersetzung mit dem Geist hinauszögern. Und ein bisschen neugierig war sie schon darauf, wie er wohl wohnte.

Bevor sie eine Entscheidung fällen konnte, lehnte sich etwas mit vollem Körpergewicht von hinten an sie.

„Burgwart, runter", hörte sie Ulriks Stimme hinter sich, noch während sie zwei Schritte nach vorne taumelte. „Entschuldige, Merle. Er war schneller als ich", presste Ulrik aus zusammengebissenen Zähnen hervor, damit beschäftigt den gewaltigen Neufundländer am Halsband zurückzuhalten. „Irgendwie dreht er vor Freude immer halb durch, wenn er dich sieht."

Die Augen so weit aufgerissen, wie es bei den heftigen Sturmböen eben ging, starrte Merle auf Hund und Herrchen. Cassandra drückte sich buckelnd und fauchend gegen ihre Beine.

„Kein gutes Wetter, um Gespräche zu führen, hmm?", meinte Ulrik, ließ seinen Hund, dessen Interesse für die Katze erwacht war, los, und machte sich bereits daran, seine Jacke aufzumachen. Merle ahnte, worauf das wieder hinauslaufen würde. „Wolltest du gerade zu mir? Oder habe ich deinen sehnsüchtigen Blick auf meine Fenster falsch interpretiert?" Er zog sie auf, sie wusste es. Aber sehnsüchtig... Merle spürte, wie ihre Wangen rosa wurden. Eine bessere Gelegenheit würde nicht kommen.

„Ja, wieso eigentlich nicht?", sagte sie leichthin und versuchte zu lächeln. Ihr Gesicht entglitt und verwandelte sich in eine Grimasse.

Indessen zog Ulrik seine Jacke wie ein Regendach über sie beide. „Gut, dann komm." Gemeinsam rannten sie zur Tür des Mietshauses, Cassandra dicht auf den Fersen, die von einem neugierigen Burgwart beschnüffelt wurde. Mittlerweile war die arme Katze so nass, dass ihr völlig elend zumute war und sie sich auch gegen Burgwarts kalte Nase kaum zur Wehr setzen wollte.

Erleichtert wischte sich Merle die nassen Haare aus

der Stirn, sobald sie in das Treppenhaus traten. Ulrik geleitete sie zu seiner Wohnung. Erst in seinen vier Wänden nahmen sie ihr Gespräch wieder auf.

„Sag mal Merle, was ist eigentlich los? Ist bei dir die Heizung ausgefallen?"

„Wieso?", fragte sie atemlos und versuchte ihre Angst mit neugierigen Blicken durch die Wohnung zu überdecken. Scheinbar war Ulrik, sonst eher zupackend und offen heraus, mit einem Schuss Geradlinigkeit, doch ein ausgesprochener Chaot, was die Wohnungsgestaltung anbelangte. Oder zumindest die Ordnung, denn den Möbeln nach zu urteilen, war er doch eher praktisch und sogar handwerklich veranlagt. Einige Teile der Einrichtung waren billig erstanden, schlicht und einfach zusammengestellt und mit Möbelteilen kombiniert worden, die er selbst zusammengeschraubt haben musste. Fachbücher und Ordner waren überall zerstreut, oftmals offen, ihre markierten Seiten zur Schau stellend. Das Wohnzimmer als größter Raum, von dem die anderen Stuben eher winzig und nicht minder chaotisch abgingen, war von einer Karte dominiert, die Ulrik an der Wand befestigt hatte. Darauf abgebildet war nicht nur Goslar, sondern auch der Wald, der darum lag, an dem Ulrik mit unterschiedlichen Farben unterschiedliche Areale markiert hatte. Rote und blaue Stecknadeln mussten die Wildkatzenpopulation verdeutlichen.

Ulrik grinste und sparte sich die Entschuldigung über die Unordnung. Überhaupt wirkte er nicht nervös oder verlegen, versuchte nicht, das unter den Büchern und Zetteln vergrabene Sofa freizuräumen oder die benutzte Kaffeetasse zu verbergen.

Nebenher beobachteten sie, wie Burgwart, ein wahrer Gentleman, Cassandra mit der Nase Richtung Wohnzimmer und dort geradewegs auf sein Körbchen zu schob. Als sie sich sacht zu wehren versuchte, stupste er sie mit der Pfote stark genug an, dass sie auf das weiche Kissen in seinem Reich purzelte. Dann drapierte er sich um sie herum, um sie mit seiner rauen Zunge hingebungsvoll abzulecken. Die arme Katze, die kaum wusste, wie ihr geschah, konnte diese Trocknungsprozedur nur kläglich murrend über sich ergehen lassen.

„Weil deine Fenster schon seit Sonntagabend beschlagen sind. Montag früh glaubte ich schon, Eisblumen daran zu sehen. Außerdem warst du praktisch zwei Tage nicht mehr im Haus und scheinst es zu meiden." Er sah sie so offen forschend an, dass sie ihm nicht standhalten konnte.

Ihre Fenster. „Dir entgeht aber auch gar nichts, wie?", fragte sie gespielt geheimnisvoll, während ihr Hirn die Argumente bereits hin und her wälzte und abwog, wie viel sie ihm von den letzten Ereignissen überhaupt erzählen sollte. Und wie genau betrachtete er ihre Fenster überhaupt? „Wie oft schaust du denn zu meinen Fenstern herüber?"

Ulrik blieb ernst. Offen antwortete er: „Das kommt darauf an, wie oft ich an dich denke."

„Aha, und wie oft ist das?"

„Kann am Tag schon öfters mal vorkommen."

Sein Blick war so bohrend, dass sie sich errötend abwandte. Lieber machte sie sich an den Schuhen zu schaffen, um Wasser, Dreck und nasse Blätter nicht durch die gesamten Wohnräume zu schleppen. Ihr entging nicht, wie irritiert er die braunen Lederstiefel musterte. Seine Jacke legte sie nicht ab, obwohl der Baldriangeruch spätestens nach dieser ungewollten Wäsche fast verflogen war.

„Merle", sagte er und fasste sie am Oberarm. „Ich bin nicht doof und sehe, dass bei dir irgendwas nicht stimmt. Habt ihr dicke Luft dort drüben? Brauchst du einen Heizungsmonteur." Als sie sich weigerte ihn anzusehen, fasste er sie vorsichtig am Kinn und hob ihr Gesicht, bis ihr nichts anderes mehr übrig blieb, als sich seinem Blick auszusetzen.

„Nein, nicht so etwas. Es ist gerade alles etwas... komisch und schwierig. Aber ich bin bereits dabei, mich darum zu kümmern."

„So kompliziert, dass du jetzt Esthers Schuhe trägst?"

Sie nickte verlegen. „Ich war überstürzt aufgebrochen

und hatte nur meine Filzpantoffeln dabei. Esther hat mir ausgeholfen."

Ulrik grinste schief. „Wenigstens hattest du meine Jacke mit. Nicht auszudenken, wie nass du jetzt ohne sie wärst." Er zwinkerte übertrieben vielsagend. „Allerdings musst du damit aufpassen, was du trägst. Schnell haben die Leute sonst komische Bilder in ihren Köpfen, wenn sie dich mit meiner Jacke sehen."

„Wer, Esther und Franzi?"

„Und die Schwestern Wiedehopf. Nicht, dass irgendwelche Gerüchte über dich in Gang kommen, die du nicht willst."

„Ach, und dir wären sie egal?"

Er zuckte lässig mit den Schultern und grisnte noch etwas breiter. Dann wurde er wieder ernst. „Merle, wenn du Hilfe brauchst, dann kannst du mir jederzeit Bescheid sagen, und ich helfe dir, wo ich kann."

„Danke, Ulrik." Sie lächelte verlegen. „Das ist wirklich sehr lieb." Mehr gab es dazu im Moment nicht zu sagen.

Also wechselte er das Thema. „Franzi und ich wollten heute Abend zusammen essen gehen. Pizza oder so etwas. Hast du Lust mit zu kommen?"

Einige Stunden Aufschub und nette Gesellschaft. Merle nickte eifrig.

Ulrik wirkte erleichtert. „Gut, sehr gut. Sie wird nämlich in einer halben Stunde etwa hier sein."

Der Abend war nett. Franzi war pünktlich vor seiner Tür aufgetaucht, völlig durchgefroren, wenn auch trocken und umgezogen. In der Hand hatte sie eine Tüte voll Zeug mitgebracht und die Frage, ob sie das Weggehen des miesen Wetters wegen nicht verschieben wollten. So hatte Ulrik seine Küche an einen Haufen Zutaten und zwei begeisterte junge Frauen abtreten müssen, die in gemeinsamer Hysterie etwas Leckeres zu zaubern versuchten. Der Magie dieses Treibens zweier wilder Weiber konnte er sich nicht entziehen. Anfangs hatte er versucht mit zu helfen, Gemüse zu schneiden und Ähnliches, wo er nicht viel falsch machen konnte, bis er Merles Zauber völlig erlag und sich schließlich nur noch an das Herausgeben von Geschirr und Besteck hielt. Es war herrlich, sie in eine Tätigkeit, die ihr so viel Freude bereitete, vertieft zu sehen, ihr Lachen zu hören und ihr beim Herumalbern zu zu schauen. Seit ihre Aufmerksamkeit auf das Kochen gelenkt war, schienen Sorgen und Angst völlig von ihr abgefallen zu sein. Nur als Vorkoster wurde Ulrik noch herangezogen. Von Merle liebevoll mit einem kleinen Teelöffel gefüttert, durfte er seine Meinung zu Konsistenz und Gewürz abgegeben. Am Ende hatte es ein Fischgericht gegeben, dass zwar nicht mit Franzis Vorstellung von einer nahrhaften aber schnell und leicht zubereiteten Speise übereinstimmte, aber dennoch sehr lecker war. Selbst Burgwart und Cassandra – mittlerweile konnte man bei den beiden kaum sagen, wer der Schatten des anderen war – gingen nicht leer aus.

Nach dem Essen plauderten sie noch eine ganze Weile, wobei Franzi es sich nicht nehmen ließ, einige Späßchen auf Ulriks Kosten zu machen, nur um ihn hernach immer mit von Zwinkern begleiteten Anspielungen auf Merle zu beschwichtigen. Davon abgesehen erfuhr er aber auch einiges, teils Erfreuliches, teils Unerfreuliches aus Merles Vergangenheit, sowie den Grund dafür, dass sie jetzt in Goslar wohnte und sich kaum etwas leisten konnte. Franzi sparte nicht mit Anekdoten aus ihrem Leben, verschwieg dabei aber auch nicht die, die sie mit Ulrik erlebt hatte. Weit nach Mitternacht erst verabschiedete Franzi sich von ihnen, nicht ohne ihnen beiden – breit grinsend – noch eine besonders gute Nacht zu wünschen. Das war der Moment, in dem, kaum dass sich die Tür hinter Franzis Rücken geschlossen hatte, Merle so verstört und elend wirkte, dass er einmal mehr an diesem Abend darüber nachdachte, ihr sein Bett anzubieten. Was immer gegenüber los war, setzte ihr so stark zu, dass sie vor Angst zitterte.

„Draußen stürmt es so...", sagte sie leise und starrte aus dem Fenster in die Dunkelheit. Als er neben sie trat, erkannte er, dass sie zu ihren eigenen Fenstern herüber sah. Ihr Mund öffnete sich zu einem stummen O. „Vielleicht sollte ich mir demnächst Mal Vorhänge besorgen. Ich wusste nicht, dass du mir von hier aus in meine Schlafkammer gucken kannst."

„Ach, nur ein bisschen", erwiderte er halb belustigt. „Mehr als deinen nackten Rücken habe ich von hier noch nicht gesehen. Paul aber schon, denn der sitzt ziemlich oft auf dem Fensterbrett und starrt Löcher in deinen Hintern, oder was er sonst noch zu sehen bekommt."

„Und was hast du Sonntagabend gesehen?", forschend sah sie in seine Augen.

„Da war ich erst spät zu Hause und muss dich verpasst haben." Ebenso forschend sah er zurück. „Merle, willst du heute Nacht hierbleiben?"

Sie zögerte und schüttelte dann den Kopf. „Es wäre zu verlockend. Aber es gibt da etwas, dem ich mich irgendwie stellen muss. Und es wird nicht besser, wenn ich noch einen Tag warte." An der Garderobe streifte sie sich seine Strickjacke wie selbstverständlich über. Cassandra, schläfrig und entspannt in Burgwarts Fell gehüllt, miaute missmutig, als wolle sie die Nähe des Hundes noch länger genießen. Merle musste sich einsam fühlen.

„Du kannst hierbleiben, Kleine. Ist schon in Ordnung, ich schaffe das auch alleine", sagte sie tapfer und schluckte Kloß und Tränen herunter. Sofort war die

Katze hellwach. Starr glotzte sie zu Merle, die sich jetzt abwandte, herüber und sprang mit einem Satz aus dem Körbchen, um sich an die Fersen der jungen Frau zu heften.

„Warte, ich begleite dich bis an die Tür", meinte Ulrik und tat, was er versprach. Vor Wiedehopfs Tür angekommen stellte er sich so in den Wind, dass Merle sich in seinem Schatten von ihm verabschieden konnte.

„Danke für den Abend. Es war... wundervoll", flüsterte sie und sah ihn mit diesen riesengroßen grasgrünen Augen so flehend an, dass er angesichts dieser Zerbrechlichkeit ganz hilflos wurde.

Hinter Merle öffnete Adele die Tür. In der Dunkelheit des Flures und von nichts als dem im Sturm flackernden Licht der Straßenlaterne gespenstisch erhellt, wirkte sie noch grimmiger und strenger als jeder Kinderschreck. Die zwei Haarsträhnen, die der Wind ihr aus dem Dutt riss und vor dem Gesicht wedeln ließ, schob sie mit bestimmter Geste hinter die Ohren.

„Gut, dass du wieder da bist, Merle", sagte sie mit hartem Tonfall, wobei ihr Blick auf Merle ruhte. Diese fuhr entsetzt zusammen. „Wir haben uns schon Sorgen um dich gemacht. Danke Ihnen, Herr Lohgerber, dass Sie das Kind wieder hier absetzen." Ihr Blick streifte ihn kurz und flog wieder zu Merle herüber. „Komm rein, Merle, wir müssen uns noch über etwas unterhalten."

Fragend sah er die junge Frau vor sich an. Ein Wort und er würde mit ihr gehen und ihr Rückendeckung geben, wenn hier etwas im Argen lag. Aber sie nickte ihm nur lächelnd zu und tätschelte ihn kurz am Oberarm.

„Danke für das Heimbringen, Ulrik", flüsterte sie.

„Gerne. Wir sehen uns morgen?"

„Da werden wir uns mit Merle um etwas anderes kümmern müssen. Ich denke, Herr Lohgerber, Sie werden sich schon bis Donnerstag gedulden müssen", schaltete Adele sich ein. Dann fasste sie Merle liebevoll aber bestimmt am Unterarm und zog sie ins Innere. Noch bevor sie die Tür zu machte, hörte er sie schon die ersten Worte an Merle richten, die für ihn wie ein seltsamer Rätselspruch oder dergleichen klangen, da sie so geheimnisvoll daherkamen, dass er sie nicht verstand.

„... da hast du uns ja was eingebrockt, Kind. Offensichtlich hat sich etwas bei uns eingenistet. Und das werden wir morgen vertreiben müssen. Bis dahin kannst du auf unserem Sofa schlafen..."

Hedwig stürmte voran und die Treppe hoch. Auf ihrem Gesicht lag der Ausdruck blanker Entschlossenheit. Auch ihr Blick war lodernd davon erfüllt. Ihre Hände hatten sich um den Griff eines antiken und wohl auf dem Flohmarkt erstandenen Kupferkessels und einer Krähenfeder gekrampft, die sie wie gefährliche Waffen vor sich ausgestreckt führte. Von hinten drängte Adele mit dem Besen aus Birkenreisig, nicht minder entschlossen aber auch umso grimmiger. Dazwischen war Merle, die sich, mit ihrer Kreide und einigen Zehen Knoblauch bewaffnet, schon ein bisschen blöd bei diesem Aufmarsch vorkam. Den gesamten Nachmittag über hatten die Tanten ihr eingeschärft, was zu tun und was zu sprechen war und waren ihren Plan in sämtlichen Einzelheiten immer und immer wieder durchgegangen. Schließlich galt es einen Geist zu vertreiben, der vielleicht nicht böse war, aber der sich doch unerwünscht in Merles Kammer breitgemacht hatte und scheinbar auch erst einmal nicht weichen wollte. Hedwig hatte angeboten mit ihm zu kommunizieren, wogegen Adele sich vehement aussprach, nachdem Merle ihnen von seinen Botschaften erzählt hatte. Sie war der Auffassung, dass er schon genug Unheil angerichtet hatte und erst einmal aus dem Haus vertrieben werden musste. Wollte Hedwig dann immer noch mit ihm Kontakt aufnehmen, konnte sie es ja vom Garten aus machen.

Je höher sie stiegen, desto kälter wurde es. Keine von ihnen sprach ein Wort. Vor der Tür hielt Hedwig inne, nickte ihren Mitstreiterinnen halb verschwörerisch, halb kampfeslustig zu und riss schließlich die Tür auf. Mit der Entschlossenheit eines Panzers stürmte sie in die Kammer und pflügte durch die Kälte hindurch.

Dabei schwenkte sie den rauchenden Kessel wie die Messdiener in der Kirche, nur eben schwungvoller und keine Ecke auslassend. Merle wurde von Adele bereits hinterher geschoben, noch bevor sie kneifen oder es sich anders überlegen konnte. Dann begann die große Frau mit einer Inbrunst zu kehren, die jeder Tourist nur zu gern als Bild gebannt und mit der Überschrift „Wilde Harzer Brockenhexe" tituliert hätte. Merle selbst stand noch unentschlossen da, während sie den anderen beiden bei ihrem Geisteraustreiben zusah, und versuchte sich an den Spruch zu erinnern, den sie sich so mühsam zusammengereimt hatte – und das in wörtlichem Sinne. Hedwig war der Überzeugung, dass jeder Spruch, wenn er denn wirken sollte, gereimt sein musste. Außerdem schadete es nicht, ihn mehrfach aufzusagen, bis ihn auch wirklich jeder begriff. Da es sich allerdings um Merles Zufluchtsort handelte, der so plötzlich besetzt worden war, musste auch sie sich den dazu passenden Spruch ausdenken. Jeder von ihnen hatte dämlich geklungen.

„Merle!", rief Adele ihr zu, als die Temperatur in der Kammer schlagartig fiel.

Und Merle stammelte das erstbeste, das ihr ins Hirn sprang: „Zu dritt kehren wir aus diesem Haus die Geister, die nicht willkommen sind, heraus. Verschwinde nun von diesem Ort und nimm auch deine Freunde mit hinfort." Es klang furchtbar, aber in ihrer Angst konnte Merle sich einfach nicht mehr an den zuvor so lang ausgetüftelten und aufgeschriebenen Spruch erinnern. Die skeptischen Blicke ihrer Vermieterinnen brannten sich in ihr Gehirn und nahmen dort einen festen Platz ein, um von da aus für die unpassendsten Situationen präsent zu bleiben. Beim zweiten Wiederholen dann fielen sie mit ein, bis sie es synchron mit Merle sprachen. Sie räucherten und kehrten von hinten nach vorn, indem sie mit der dunkelsten und hintersten Ecke begannen, und sich von dort zur Tür vorarbeiteten. Schwer legte sich der Salbeigeruch, mit Wacholder und Lavendel vermischt, über ihre Stube, zog in das Holz des Daches und die freiliegenden Balken, fraß sich in das Papier ihrer Bücher und zog in die Kleidung, die aus den Kartons hervorlugte. Dabei sank die Temperatur immer weiter, bis die drei Frauen frierend schlotterten. Die Kälte verdichtete sich, bis Merle in der Spiegelung ihres Fensterglases einen Schemen zu sehen glaubte, der sich auf sie zuschob. Beinah hätte sie aufgeschrien, konnte sich aber so weit zusammenreißen, dass der Spruch, den sie da in Endlosschleife stammelte, nicht abriss. Cassandra hockte neben ihr, buckelte und kreischte aus vollem Halse, um den Geist auf Abstand zu halten. Es war nur einer, also konnte sie sich den letzten Teil ihres improvisierten Spruches schenken. Ihr Hirn, das auf Hochtouren lief, formulierte ihn um: „Wir verbannen dich von diesem Ort, verschwinde und fahre endlich hinfort."

Sie hörte, wie laut und verzerrt ihre Stimme war. Mittlerweile schrie sie fast, schrie die Worte in die Richtung, aus der der Geist sich Unheil bringend auf sie zu zu schieben versuchte. Hedwig schwenkte den Kessel höher und versuchte gleichzeitig mit der Feder den Rauch zu verteilen. Sie hatte so viel Kraut auf die glühende runde Räucherkohle gegeben, dass der Qualm nur so aus dem Kessel quoll. Als er Merle in die Nase stieg, musste sie husten. Und kaum riss ihr Spruchgestammel ab, stolperte sie auch schon über ein Buch, das keiner von ihnen an dieser Stelle hatte liegen sehen. Zufällig oder nicht musste es vom Stapel daneben gefallen sein. Merle deutete in die Richtung des Geistes, um Adele auf ihn aufmerksam zu machen, ohne dabei im Rezitieren ihrer Worte inne zu halten. Diese kehrte auch ein paar Mal durch die Luft. Dann verhedderte sie sich in Merles Schal, der einen Meter neben ihr über dem Balken gehangen hatte und ihr nun halb ins Gesicht flog, obwohl die Fenster fest verschlossen waren. Von draußen hörten sie Paul kreischen.

Mittlerweile waren Merles Finger so klamm, dass sie die Kreide und den Knoblauch kaum halten konnte. Den Knoblauch. Die Kälte griff jetzt nach ihr, streckte ihre eisigen Finger aus, die so klirrend kalt waren, dass Merle zwei Schritte davon entfernt so stark bebte, dass sie sich kaum noch koordinieren konnte. Er wollte nicht nachgeben, hielt sich mit aller Kraft fest. Ihre Zähne klapperten so heftig, dass die Worte immer undeutlicher wurden. Da warf Merle den Knoblauch, warf ihn genau an jene Stelle, an der sie den Geist über die Spiegelung zu sehen glaubte. Er versuchte, auszuweichen. Und das war der Augenblick, indem Hedwig und Adele ihn mit vereinten Kräften zur Tür beförderten. Cassandras Stimme gellte hinter ihm her. Und Merle konzentrierte sich auf das, was jetzt zu tun blieb. Sie musste alle Öffnungen, alle Schwellen vor ihm und anderen schützen, und dafür hatte sie einige Zehen Knoblauch, ein Stückchen Kreide und einen Spruch, der ihr beim besten Willen nicht mehr einfallen wollte. Also rannte sie los, hob die Knoblauchzehe, die sie eben noch so wild in den Geist geschleudert hatte, auf und legte sie ans Fenster. Kurz wanderte ihr Blick heraus, sah sie Paul auf der Straße sitzen und zu ihr hoch starren und Ulriks Silhouette von einem der gegenüberliegenden Fenster aus. Er sah direkt zu ihr herüber. Spätestens jetzt würde er sie für ernsthaft gestört halten und jegliche weiteren Begegnungen meiden. Doch jetzt war nicht der Moment darüber nachzudenken. Ihre Zeigefingerspitze ruhte auf der Knoblauchzehe, während die andere Hand die Kreide an dem dunklen Holz des Fensterrahmens ansetzte. Quietschend zog sie ihren ersten Strich und dann noch vier, bevor sie einen Kreis darum malte, alles in einer Bewegung und ohne abzusetzen.

„Mit Knoblauch und Drudenfuß versiegele ich dieses Haus, alles, was uns schaden will und unwillkommen ist bleibt heraus." Ihre Stimme klang fester. Und jetzt, als die Schwestern den Geist über die Schwelle trieben, wich auch die Kälte. Als sie beim dritten Fenster war, hörte sie einen Schrei. Dann folgte ein Poltern. Ihr Atem stockte, ihr Herz blieb fast stehen. Hedwig musste die Treppe herunter gestürzt sein. Sie hörte Adele wütend fluchen, dann ergoss sich eine Schimpftirade der übelsten Sorte über das Treppenhaus.

Als Merle atemlos im Türrahmen ankam, sah sie Hedwig am Fuß der Treppe kauern, den rauchenden Kessel so fest an die Brust drückend, dass die Knöchel weiß hervorstachen. Merle stürzte zu ihr herunter und kniete sich neben sie. Glücklicherweise war Hedwig bei Bewusstsein, stand aber ein wenig unter Schock. Dennoch rappelte sie sich auf und setzte mit Merles Hilfe ihren Weg durch die Wohnräume fort.

„Du darfst nicht aufhören, Liebes", röchelte sie Merle ins Ohr und nahm den Spruch flüsternd auf. Währenddessen schob Adele den Geist zu Haustür heraus, bevor sie mit hochrotem Kopf in die Wohnräume trat und dort das Kehren mit verbissenem Zug um den Mund fortsetzte. Cassandra folgte ihr wie ein schwarzer

Schatten und nicht minder grimmig, wenn auch ein bisschen Stolz darauf, dass sie das Schlimmste geschafft hatten.

Den Rest des Hauses auszuräuchern, auszukehren und gegen alles Unheil zu versiegeln war dagegen ein Kinderspiel, jetzt, da das Schlimmste gebannt war. Am Ende schoben sie den feinstofflichen Unrat so energisch zur Haustür heraus, dass sie beinah kreischend und lachend hinterher purzelten. Auch dort brachte Merle von außen und innen einen Drudenfuß am Holzrahmen an und malte sogar einen Dritten unter die Fußmatte, um wirklich sicherzugehen. Das Letzte, was sie taten war, den Kessel vor die Tür zu hängen.

„Zu Essen kriegen die Toten, wenn sie sich dort draußen ein bisschen beruhigt haben. Dann bin ich auch gern bereit ihnen ein Licht herauszustellen. Aber wenn sie sich so benehmen wie heute, können sie nicht verlangen, dass ich freundlich zu ihnen bin", grummelte Adele und knuffte ihre Schwester, die erst langsam wieder munter wurde, in die Seite. „Aber hier haben wir mal wieder den Beweis: Unkraut vergeht einfach nicht."

Hedwig jedoch grinste nicht. „Er hat mich geschubst", flüsterte sie und starrte auf die Straße heraus. „Ich hätte nicht gedacht, dass sie so handgreiflich werden können. Er hat mich geschubst", wiederholte sie immer wieder.

Ruhelos wie ein Geist lief Merle in ihrer Stube auf und ab. Grüne Augen fixierten sie dabei, tasteten nach ihren Gedanken und Gefühlen, bis sie offenbar wurden. Dann folgte ein missmutiges Murren.

„Cassandra, ich muss dahin! Ich muss einfach. Schließlich habe ich es doch verbockt!", Merle war kurz davor, sich die Haare zu raufen. Jetzt wollte sie nicht zum Fenster heraus sehen, wollte nicht schauen, ob sich die schwarze Silhouette Ulriks gegen das Licht hinter seinem Fenster abhob, denn sie tat es nicht, und das schon seit zwei Tagen. Es war Freitagnacht. Seit Dienstagabend hatten sie sich nicht mehr gesehen, weder flüchtig, noch von Weitem oder sonst in irgendeiner Form. Und es machte Merle wirklich traurig. Ja, sie mochte ihn, mochte ihn sogar sehr. Aber es half nichts, darüber nachzudenken. Entweder stattete sie ihm einen Besuch ab und fragte, was sein Problem sei, oder sie ließ es bleiben und kam damit klar. Und da sie in diesem Augenblick keine Entscheidung treffen wollte, konzentrierte sie sich auf ein ganz anderes Desaster.

Draußen schlug die Kirchturmuhr neun, Zeit sich auf den Weg zu machen.

Merle ging auf die Knie, hockte sich vor ihre Katze, um ihr tief in die Augen zu sehen. „Cassanrda, bitte, ich muss es versuchen. Nicht auszudenken, was passiert, wenn sich auch bei ihnen ein Geist einfindet und sie halb um den Verstand bringt. Was, wenn sie es nervlich überfordert und eine von ihnen in der Heilanstalt landet? Was, wenn sie die gleichen Probleme bekommen wie ich hatte, mit dem Unterschied, dass ihnen niemand helfen kann? Das kann ich nicht verantworten."

Die Katze schnaubte leise.

„Cassandra, du bist meine Verbündete und kennst mich am besten. Ich war doch am Mittwochabend erfolgreich, glaubst du denn nicht, dass ich das noch einmal sein kann?" Leiser fügte sie hinzu. „Du sollst doch eine Hexe aus mir machen, oder sie in mir wecken, oder wie auch immer. Da kannst du doch nicht auf halbem Weg aufhören." Sie erntete einen bösen Blick, der sie dazu ermutigte weiter zu machen. „Ich muss es versuchen. Sieh mal, zum ersten Mal habe ich das Gefühl, mein Leben halbwegs unter Kontrolle zu haben, etwas Großartiges daraus machen zu können. Hilf mir, bitte. Ich schaffe das bestimmt irgendwie. Und wenn nicht, übernimmst du die Kontrolle." Sie schob sich so nah vor ihre Katze, dass ihre Augen nur noch eine Handbreit voneinander entfernt waren und sich ihre Nasen fast berührten.

„Bitte, Casandra,", bat sie, „leihe mir deine Augen."

Widerwillig stupste Cassandra sie mit ihrer Nase an, was wohl als „Ja" zu deuten war. Merle freute sich, denn es machte sie schon neugierig diese „Fähigkeiten" einmal in Ruhe auszuprobieren zu können. Liebevoll strich sie der Katze über den Kopf, bevor sie ihr Bett ansteuerte und sich darauf ausstreckte. Auf dem Rücken zu liegen war so ungewohnt und fremd, dass es eine Weile dauerte, bis sie eine halbwegs bequeme Position gefunden hatte. Während ihrer Wälzerei gingen ihre Gedanken schon auf Reisen zu den Hexen, Heilkundigen und weisen Frauen früherer und längst vergangener Tage. Der Ausritt zum Blocksberg gehörte praktisch zu den Hexen, wie, na ja, die schwarze Katze zum Freitag, den 13. Ging das wirklich nur auf die Nachtschattengewächse in den Flugsalben zurück, dass die Frauen geglaubt hatten, nächtliche Ausflüge zu erleben, oder hatte die ein oder andere sich vielleicht die Schwingen und Augen ihres Verbündeten geliehen? Und wenn ja, arbeitete sie dann hier in moderner Zeit in hexischer Tradition, um andere vor Schaden zu bewahren? Der Gedanke ließ eine Euphorie zurück, die sich leicht bis in ihre Glieder ausbreitete.

Cassandra beugte sich über sie, den Blick schon fast ungeduldig an ihre Augen geheftet.

„Bereit", flüsterte sie und starrte in die beiden aventuringrünen Augen vor sich, bis ihre eigenen zufielen.

Ein Strom neuer Eindrücke überfrachtete ihren Verstand. Sie sah ihren eigenen Körper reglos auf dem Bett liegen, die Menschenaugen geschlossen, roch den

Geruch nach verräuchertem Krautgemisch, das noch schwer in sämtlichen Ritzen hing und durch die kleinen Fenster auch gar nicht mehr so schnell weichen würde, hörte die beiden Tanten leise in ihrem Wohnzimmer werkeln – wohl mit ihren Stricknadeln klimpern, oder dergleichen. Dann machte sie sich los, denn es galt, keine Zeit zu verlieren. Wie ein schwarzer Schatten drückte sie sich durch den Spalt der nur angelehnten Tür und flitzte die Treppe herunter, bis sie vor der Haustür angekommen war. Dort maunzte und kratzte sie so lange, bis Hedwig sie ins Freie ließ.

Der Stadtplan hatte ihr eine grobe Vorstellung dessen gegeben, wo sie hin musste, nachdem Lena ihr ihre Adresse gesagt hatte. Doch etwas ließ sie innehalten. Unschlüssig sah sie zu Ulriks Fenstern hoch, in denen ein matter Lichtschein zu sehen war. Die Neugier ergoss sich in einer Explosion über ihren Verstand und ließ sie bereits über die Brücke setzen, noch bevor sie recht wusste, was sie da gerade tat. Das Haus, in dem Ulrik wohnte, war etwas höher als die umliegenden, die Regenrinne viel zu glatt, als dass Merle sie einfach hochgekommen wäre, also musste sie sich ihren Weg über die Äste eines Strauches bahnen, von dort über die eines etwas höheren Baumes, bis sie schließlich mit einem Sprung auf dem Nachbardach war. Mit Leichtigkeit balancierte sie über den Dachfirst, bis sie auf der Höhe von Ulriks

Fenstern angelangte. Dann begann sie sich zu recken und zu strecken, um einen Blick hinein zu erhaschen. Sie sah ihn nicht auf Anhieb, sondern erst beim dritten oder vierten Versuch, und auch nur, weil er sich erhob, um sich, müde über die angestrengten Augen streichend, einen Kaffee zu holen. Wie es aussah, hatte er diese Nacht noch einiges zu tun, wollte vielleicht eine Nachtschicht einlegen. Merle balancierte noch ein Stückchen weiter, schob sich einige Schritte vor, bis sie an der Kante saß, und versuchte ihr Glück von dort. Von hier aus war der obere Rand seines Schreibtisches zu sehen, oder besser, der obere Rand der Stapelberge, die darauf lagen. Bleich und fahl leuchtete der Bildschirm seines Computers, auf dem sie ein geöffnetes schriftliches Dokument erahnte. Auf seinem Weg von Küche zu Computer kam Ulrik an den Fenstern zur Straße vorbei und warf einen flüchtigen Blick heraus. Merles Herz hätte einen Sprung gemacht, wenn es ihres und nicht das von Cassandra gewesen wäre. Da ihre Fenster aber dunkel waren, hielt er sich nicht weiter damit auf, sondern hockte sich wieder vor seinen Computer, um einige Worte auf der Tastatur zu tippen.

In dieser Sicht sprangen Merle die Einzelheiten nur so ins Auge. So sah sie auch den Zettel, der am oberen Rand seiner Tastatur angebracht war und ihn scheinbar an eine vor vier Tagen abgelaufene Frist erinnern sollte.

Vielleicht war das der Stress, der ihm in den letzten Tagen so zu setzte. Schließlich hingen seine Einnahmen an den biologischen Artikeln für die Fachzeitschriften. Merle maunzte ihm einen Gutenacht-Gruß zu und machte sich auf den Weg.

Die Nacht war zwar windig aber trocken. Mit unsichtbaren Fingern strich ihr der Wind durch das schwarze Fell, zerzauste es und umschmeichelte ihre Nase, was sie wirklich gemocht hätte, würde er nicht ständig aus der falschen Richtung wehen und gegen den Fellstrich streichen. Solange sie konnte, setzte sie ihren Weg von Dach zu Dach fort, sprang von Giebel zu Giebel, von First zu First und genoss die samtige Nacht von hier oben. Zum ersten Mal fühlte sie sich wirklich frei, ungebunden und von sämtlichen Zwängen erlöst. Es war herrlich und so erhebend, dass ihr Herz ganz leicht und ihre trippelnden Schritte beschwingt wurden. Manchmal drang leise Musik an ihre Ohren, jazzige Klänge, die jemand bei gekipptem Fenster hörte. Gesprächsfetzen machten sie neugierig. Und an einigen Ecken trug der Wind ihr köstliche Gerüche nach gebratenem Fleisch oder gebackenem Fisch zu, nach warmer Milch und exotischen Gewürzen. Mehrfach musste sie ihre Neugier niederkämpfen und sich beherrschen nicht einem der Gerüche nachzugehen, oder hinter den Geräuschen herzuspringen. Und einmal musste sie sich an Paul vorbei schleichen, der in einer Gasse irgendeinen ihr unbekannten Kater verdrosch. An der Straßenkreuzung musste sie einen Schritt Entfernung zu einem Baum mit einem gewagten Sprung überwältigen, um ihren Weg hinab aufzunehmen. Von hier huschte sie von Schatten zu Schatten, zwängte sich durch einiges Gesträuch, bis sie schließlich am gewünschten Ziel angekommen war.

Vor der Tür zur richtigen Adresse angekommen, brauchte Merle erst einen Moment, um zu begreifen, dass sich die bekannten Stimmen von Lena und Claudia gerade von ihr entfernten. Ohne nachzudenken, nahm sie die Verfolgung auf und setzte mit riesigen Sprüngen hinter ihnen her, bis sie ihre dunklen Silhouetten in der schmalen Gasse weiter vor sich auftauchen sah. Cassandra hatte kaum Zeit zu verschnaufen, denn die Mädels, die sich heute besonders in Schale geworfen hatten und mit ihren geflickten und fransigen dunklen Roben nach Halloween-Hexen aussahen, schienen es besonders eilig zu haben. Aufgeregt tuschelnd und kichernd rannten sie beinah durch die Gassen und kreischten spielerisch und aufgedreht auf, wenn sie eine dunkle Gestalt in der Ferne sahen. Schließlich blieben sie an einem stilvoll gepflegten Haus am Rande der Altstadt stehen und schnappten nach Luft, bevor sie an der Tür klingelten. Laute Musik dröhnte aus den oberen Fenstern und drückte mit jedem Beat so fest gegen die Scheiben, dass sie leise zitterten.

Drinnen waren Stimmen zu hören, die grölend lachten und alberten, bis sich eine daraus löste und auf die Tür zu hielt. Cassandra hockte sich in den Schatten und holte Luft, während sie dabei zusah, wie die Tür aufflog und eine weitere Hexe sichtbar wurde, die die anderen beiden lautstark willkommen hieß.

„Hey, ihr Quatschnasen. Ich habe euch schon vor einer halben Stunde erwartet", begrüßte sie diese mit zur Grimasse verzerrtem Gesicht. „Wo wart ihr denn bloß?"

„Wir mussten noch einiges vorbereiten", meinte Claudia geheimnisvoll und betonte ihre Worte mit dramatischem Augenbrauenheben, bevor sie ihre Freundin herzlich in die Arme schloss. „Wir haben noch Muffins gebacken."

„Jetzt sind wir ja da", sagte Lena und vollzog das gleiche Begrüßungsritual. „Was haben wir verpasst?"

„Ach, nicht viel. Die anderen beiden sind schon da. Und damit wir nicht allein herumhängen, haben meine Eltern schon mit uns vorgefeiert." Da war er wieder, dieser typische Tonfall, den Halbwüchsige gern gebrauchten, wenn es um ihre Eltern ging, und sie vor ihren Freunden die Unnahbaren und Genervten geben mussten, obwohl sie sich innerlich eigentlich über die elterliche Zuwendung freuten. Dann winkte das fremde Mädchen sie herein und schloss die Tür. Die Musik wurde ein bisschen leiser gedreht.

Die nächste Herausforderung für Merle war, die Meter bis zum ersten Stockwerk zu bewältigen, hinter dessen Fenstern sie die Silhouetten der fünf Jugendlichen sah. Der Standort musste gut gewählt sein, wollte sie mitbekommen, was in diesen vier Wänden ablief und gleichzeitig versteckt genug, dass sie selbst nicht leicht entdeckt wurde. Suchend ging sie das Haus ab und fand schließlich eine Weinranke, die sich nicht nur quer über die Wand des Gebäudes zog, sondern auch breit genug war, dass sie daran empor klettern und darauf entlanglaufen konnte, auch wenn ihr an der Wand entlang schleifendes Fell bald eine Nuance heller war. Blutrot schimmerten die verbliebenen Blätter des Weines in den wenigen Lichtstrahlen, die gebrochen aus den Fenstern in die Nacht fielen. Kalt und feucht strichen sie über Cassanrdras Kopf und an ihren Flanken entlang, als sie sich ihren Weg an ihnen vorüber bahnte. Von der Berührung musste Merle sich beinah schütteln, oder war es doch Cassandra, die diese so unangenehm empfand? Die Eindrücke, die dieser unbeschrittene Pfad ihr bot, waren wirklich sehr interessant, denn hier kam sie an einigen Fenstern vorbei, die ihr schon bald ein Bild davon vermittelten, wie die Leute hier wohnten, und was sie gerade machten. So zum Beispiel hatten sie einen Hund – einen hellen Labrador – der auf ihrem Sofa schlief, wenn sie es in ihrer Küche nicht mitbekamen.

Sie musste einmal um die Ecke huschen, bis sie schließlich am Fenster der Mädchen ankam. Ein Blick hinein bestätigte ihr, dass sie das Ouija-Brett noch nicht ausgepackt hatten, sondern erst einige Schmink- und Stylingtipps austauschten, sowie, ihrem halb hysterischen Gekreische nach, welcher davon bei der Männerwelt am besten ankam. Eine von ihnen gab ihr Mobiltelefon herum, damit die anderen die Bilder von irgendeinem Kerl, der ihr in irgendeiner Weise, wahrscheinlich ganz hormonell, die Röte ins Gesicht trieb und ihr irgendwie wichtig war, begaffen und kommentieren konnten. Noch eine ganze Weile sah sie ihnen bei ihrem Treiben zu, bevor ein Insekt ihre Aufmerksamkeit beanspruchte. Der Jagdtrieb brach durch und ließ sie mit der Pfote nach dem Nachtfalter fischen, der ihr immer nur um Haaresbreite entwischte. Auf der schmalen Ranke balancierend war es gar nicht so leicht, ihn zu treffen, sodass er ihr am Ende doch entfloh, indem er sich durch den Spalt des gekippten Fensters ins Innere stahl. Merle hatte sogleich ein schlechtes Gewissen dem armen Lebewesen gegenüber, das zwar mit seinem Leben aber sicherlich auch einem gewaltigen Schrecken davongekommen war. Cassandra hingegen empfand nur Frustration, dass sie ihn nicht erwischt hatte.

Irgendwann wurde die Katze schläfrig, konnte sich aber hier oben auf der Ranke schlecht lang legen und ausruhen, also lief sie ein paar Schritte zurück und sprang den letzten Meter in die Tiefe, um sich dann in einem kleinen Laubhaufen zum Dösen zu verkriechen. Ihr Schlaf war leicht genug, dass sie jedes noch so leise Geräusch wahrnahm. Das Rascheln schließlich weckte nach einer geraumen Weile ihr Interesse. Still spähte sie in die Dunkelheit der Nacht außerhalb des Haufens, wo sie einen geschäftigen Igel ihren Weg kreuzen sah. Die Muskeln zum Zerreißen gespannt und in kauernder Pirschhaltung beobachtete sie seine Bewegungen, bis sie mit einem Satz zu ihm heraussprang. Wie erwartet hielt er inne und rollte sich zusammen. Keine Chance. Aber Cassandra war zu aufgedreht, um sich davon abschrecken zu lassen.

Erst das Geläut der Kirchturmglocken konnte ihren Spieltrieb so weit durchdringen, dass ihr ihre Aufgabe wieder einfiel. Der Igel war vergessen. Stattdessen kletterte sie so schnell es ihr möglich war, zum zweiten Mal an der Ranke empor, bis sie das Fenster zum Domizil des Geburtstagskindes erreicht hatte. Dahinter sah sie das Geburtstagsmädchen lachen, während ihm die anderen nach und nach schallend lachend um den Hals fielen, ihr Wünsche und Sprüche ins Ohr sagten und mit irgendwas Prickelndem auf sie anstießen. Reihum wurden die mitgebrachten Geschenke ausgepackt, bis sie zu guter Letzt das Ouija-Paket in den Händen hielt. Ein Ausdruck völliger Verzückung krabbelte über ihr Gesicht und zog das Strahlen reinen Wahnsinns hinter sich her, es endlich ausprobieren zu wollen. Merle kannte diese verrückte Neugier und wusste nur allzu gut, was sie ihr eingebrockt hatte.

Die Jugendlichen fühlten sich nicht nur sehr sicher, sondern auch sehr hexisch, wie sie da so wie die fünf Zacken des Pentagrammes im Kreis hockten und das Set auszupacken begannen. Ihnen war deutlich anzusehen, dass die Magie dieses Gegenstandes bereits in ihnen Fuß gefasst hatte, um von dort wie eine Lawine über jede Einzelne hinweg zu rollen. Innerhalb einiger Minuten hatten sie das Buch soweit überflogen, dass sie sich im Umgang damit sicher genug glaubten, und das Brett mit dem Zeigerplättchen nur wenige Minuten später aufgebaut. Wieder steckten sie die Köpfe zusammen, murmelten etwas und taten recht magisch, bevor eine von ihnen aufstand und zum Fenster herüber schritt. Sie wolle es öffnen, damit der Geist auch hereinkommen könnte, sagte sie den anderen. Auch das Geburtstagskind tat ganz geschäftig, in dem es sich an einer Truhe in der Zimmerecke zu schaffen machte, wo es fünf violette Kerzen und ein Räucherstäbchen hervor kramte, das es an die anderen weitergab. Nur wenige Augenblicke später hockten sie in einem Kreis aus Kerzen und hielten sich an den Händen, während der Rauchfaden des billigen Patchouli-Stäbchens um ihre Nasen strich. Eine von ihnen, Claudia, begann eine Anrufung zu sprechen, in die die anderen sofort einstimmten. Merle verstand nicht ganz, worum es ging, als sie von Wächtern der Himmelsrichtungen, Sylphen und Salamandern zu reden begannen und diese um Hilfe baten, bevor sie sich dann schließlich direkt an den Geist wandten. Es verschlug ihr die Sprache, als sie Kontakt zu dem unlängst verstorbenen leiblichen Vater des Geburtstagskindes aufnahmen.

Und der Geist erschien.

Er materialisierte sich nicht in ihrem Zimmer, kam nicht in der Mitte ihres Kreises zum Vorschein, um mit irrem Blick an dem durchbohrten Holzstück zu schieben, sondern kam die Straße herab. Er kam auch nicht zufällig, sondern hielt grimmig auf das Haus zu, in dem die Mädchen der paranormalen Phänomene harrten. Und dann schritt er durch die Tür, als würden ihn weder Holz noch Stein stören, passierte er die Schwelle. Cassandra begann zu zittern, so beängstigend war seine bloße Präsenz, so kühl die Luft, wenn er in der Nähe lauerte. Nur wenige Augenblicke später trat er durch die Tür des Zimmers hindurch, um den Kreis der Mädchen anzustarren. Das war das erste Mal, dass Merle Geister in ihrem Äußeren wirklich sah, sie direkt betrachten konnte, ohne dabei auf ein von spiegelnden Flächen verzerrtes Bild angewiesen zu sein. Und sein Anblick ließ ihr den Atem stocken.

Es war nicht wie in den Horrorfilmen, in denen Geister brutal zugerichtet und scheußlich anzusehen waren oder sich in abgehackter Art fortbewegten. Es war anders, deutlich realer und dadurch umso grausamer. Kalt und hart war das verzerrte Gesicht, und ebenso starr die gesamte Erscheinung, bewegungslos die Körperhaltung und reglos die Hände, die ihm links und rechts neben den Beinen hingen. Er ging nicht, sondern brachte nur Raum hinter sich, ohne zu gleiten oder zu schweben. Er war da und war es doch nicht. Und Merle spürte, wie sie bei seinem Anblick Kopfschmerzen bekam, als würde der Verstand ihn nicht greifen wollen, oder aber als verdränge er die Realität um sich her. Er war Kälte und Leere zugleich. Und er sah dem Geburtstagskind in keiner Weise ähnlich.

Die Kerzenflammen begannen zu flackern, obwohl kein Lufthauch ging. Ängstlich blickten die Mädchen sich um. Spätestens jetzt mussten auch sie seine Präsenz spüren, die Leere, die er mitbrachte und die Kälte, die sich einem Mantel gleich um ihn herum ausbreitete, die er mit sich zog, gleich, wohin er auch ging. In seinen reglosen kalten Augen flackerte etwas. Und dann begann die Temperatur zu fallen. Vielleicht ärgerte er sich über die Gören, die ihn da zu ihrer Unterhaltung herbeigelockt hatten. Vielleicht war es auch Wut.

In seinem Angesicht war Merle kaum fähig überhaupt

einen Gedanken zu denken, geschweige denn sich zu bewegen. Und ähnlich musste es Cassandra ergehen, die bedroht so weit zurückwich, wie die schmale Ranke des Weines es nur ermöglichte.

Die erste, Lena, begann zu frösteln, während ihr das Gesicht immer weiter zur Fratze des Entsetzens entglitt. Sie musste darüber nachdenken, ihren Zeigefinger von dem Markierholz zu heben, tat es aber nicht, weil die anderen sich noch daran festklammerten. Das Geburtstagskind wurde bleich und presste die Lippen zu einem Strich zusammen. Die anderen beiden starrten nur Löcher in den Raum, während Claudia ihre Beschwörung des Geistes ein weiteres Mal wiederholte.

„Wir spüren, dass du in unserer Mitte bist", rief sie ihn in zeremoniellem Drama, das über ihre Angst hinwegtäuschen sollte, an. „Also zeige dich."

Die Leere, die ihn wie ein Gürtel umgab, breitete sich aus, und mit ihr die Kälte, die die Lippen der Mädchen blau und die Wangen kreideblass färbte. Dann trat er in den Kreis. Fast alle Mädchen zuckten zurück, als hätte etwas nach ihren Gesichtern geschlagen. Die Flammen der Kerzen bogen sich nach außen, als würde etwas von oben auf sie drücken. Nur Merle und Cassandra wussten, dass es der Zorn des Geistes war, der sich jetzt immer stärker verdichtete. Sie sahen, wie er nach dem kleinen, fast herzförmigen Holzstück griff, um einen Buchstaben damit zu markieren, und wie die Mädchen unter seiner Berührung zu schlottern begannen.

Das war der Augenblick, in dem Merle durch den Spalt und in den eisigen Raum sprang. Sie landete auf dem Fensterbrett und buckelte. Es war ein merkwürdiges Gefühl, als sich jedes einzelne Haar an ihr aufstellte, die Krallen bis zum Anschlag herausfuhren, der Rücken sich nach außen durchbog, sich Beine und Schwanz streckten, die Ohren anlegten, bis sie gegen den Kopf drückten und der Unterkiefer herunterklappte. Sie sah, wie die Mädchen sie angafften, wie sie unter ihrem starren Blick zusammenfuhren und schließlich zu schreien begannen. Keine von ihnen sah, wie der Geist zwei Buchstaben schrieb.

B – E

Endlich erschallte der markerschütternde Schrei, das wilde und grelle Kreischen. Und es kam direkt aus ihrer eigenen Kehle.

Eine wurde ohnmächtig, die andere raufte sich fast die Haare, Lena wimmerte und Claudia schrie. Der Geist hielt inne.

Und Merle und Cassandra kreischten.

Es war Dienstag und Freitag lag lange zurück. Vier Nächte hatte Merle Zeit über die gespenstischen Ereignisse zu schlafen. Vier Nächte, in denen auch hoffentlich die selbst erklärten Hexen zur Ruhe kommen konnten. Mit vereinten Kräften hatten Merle und Cassandra den Geist schließlich vertrieben. Was er versucht hatte zu schreiben, würde sie nicht mehr erfahren. Vielleicht wäre seine Botschaft BERT TOT gewesen. Vielleicht aber auch etwas ganz anderes.

Er war gegangen und hatte die aufgelösten Mädchen schließlich in Frieden gelassen. Ein kurzes Stück noch war Merle ihm gefolgt, um wirklich sicherzugehen, dass er es sich nicht unterwegs doch noch einmal anders überlegte. Auf halbem Weg nach Hause übernahm Paul das Wegkreischen, ohne Notiz von Cassandra genommen zu haben. Seitdem fühlte Merle sich großartig und leicht. Sie hatte etwas erreicht, obwohl die Panik sie beinahe übermannt hatte. Sie hatte mit Fähigkeiten, die sie noch kaum kannte und nicht wirklich kontrollieren konnte, einen Erfolg gehabt. Sie war über sich selbst hinausgewachsen und hatte sich für andere eingesetzt. Wahrscheinlich war sie wirklich auf dem besten Weg eine Hagazussa zu werden, eine Grenzgängerin, die zwischen dieser und der anderen Welt hin und her wechselte. Vielleicht auch noch nicht, aber die Euphorie fühlte sich so ungebremst und mächtig einfach gut genug an, dass sie den Andrang und alle Arbeiten, die heute anfielen, spielend leicht bewältigte. Irgendwann zur Mittagszeit war Lena in den Laden gekommen, um ein Buch zu bestellen und mit kleinlauter Stimme zuzugeben, dass Merle mit ihrer Warnung recht gehabt hatte. Fast atemlos hatte sie Merle berichtet, was sich an dem Abend noch zugetragen hatte, und ihr versichert, dass sie im Umgang mit Geistern in Zukunft besser aufpassen wolle. Die schwarze Katze hatte sie auch nicht ausgelassen, was Merle zum Anlass nahm, die schützenden und belehrenden Eigenschaften dieser Tiere zu erwähnen und ihre Wichtigkeit als Hexenverbündete hervorzuheben, denn sie wollte nicht, dass Lena sich vor derjenigen fürchtete, die ihr schließlich die Auseinandersetzung mit dem Geist erspart hatte. Daraufhin bestellte Lena sich ein Buch über Schutzzauber, um sich in der fortschreitenden Ahnenzeit die unliebsamen Geister, die nicht zu ihren Ahnen gehörten, vom Leibe zu halten. Ob sie mit ihren Freundinnen noch weitere Male zum Ouija greifen würde, dazu sagte sie nichts und Merle wollte nicht zu neugierig erscheinen. Schließlich verabschiedete das Mädel sich von ihr, nicht ohne zum Schluss, wie nebenbei, zu fragen, ob sie sich in Zukunft in „kniffligen Geisterangelegenheiten" vielleicht mit ihr beraten dürfe. Und Merle sagte guten Gewissens zu.

Nur wenige Minuten darauf kündigte die Glocke über der Tür einen weiteren Kunden an. Merle war selbst gerade in ein Hexenbuch vertieft, von dem sie jetzt aufsah und überrascht zusammenzuckte. Ihre Wangen färbten sich rosa, während ihr Puls beschleunigte. Lässig kam Ulrik zu ihr herüber, ohne der Büchervielfalt um sich her auch nur den kleinsten Teil seiner Aufmerksamkeit zu schenken. Um seinen Mund lag ein ungewohnt verbissener Zug.

„Ulrik, was kann ich für dich tun?", stellte sie ihm die Frage, die sie hier jedem Kunden stellte, und lächelte offen.

Er zögerte, wobei sein Blick forschend auf ihr Gesicht gerichtet war. „Wenn du schon so fragst... Du könntest mit mir ausgehen." Einen Schritt vor der Verkaufstheke blieb er schließlich stehen.

„Und ich dachte, du wolltest dir vielleicht ein Buch besorgen", sagte sie und lächelte noch breiter.

„Nein, ich wollte dich nur sehen und dich um Entschuldigung für meine Abwesenheit bitten. Ich..."

„Du hattest zu viel mit abgelaufenen Fristen zu kämpfen. Ich weiß schon", half sie ihm und erntete ein verdutztes Gesicht.

„...hatte es versäumt, dich nach deiner Nummer zu fragen, wollte ich eigentlich sagen. Wieso weißt du von meinem Stress mit den Fristen?"

„Na,", sie tat ganz geheimnisvoll, „ich dachte, dass du das von mir und den Katzen weißt."

Er überlegte kurz. „Du meinst, die schwarze Katze, die in den letzten zwei Nächten wie zufällig auf dem benachbarten Dachfirst saß und zu mir ins Fenster sah, hätte dir davon erzählt?"

Sie sah seine Belustigung und musste grinsen. Er konnte es nicht wissen, aber die Sache hatte sich nicht ganz so abgespielt, wie er meinte. Tatsächlich hatte sie in diesen Nächten die Augen ihrer Verbündeten geliehen, um ihrer Neugier Ulrik gegenüber nachzugehen und in den Gassen nach dem Rechten zu sehen. In dieser Gestalt hatte sie Freiheit und Ungebundenheit erlebt, einige Leckerbissen bei Felicitas abgestaubt und ihre schwarze Stirn an der grauen von Mikesch gerieben.

„Burgwart hätte sich bestimmt darüber gefreut, wenn ich sie rein gelassen hätte. Aber, weißt du, es hätte mich gewurmt, hätte nur der Hund seine Freude gehabt und das Herrchen müsste leer mit der bloßen Betrachtung der benachbarten Fenster ausgehen." Er wurde ernst. „Was ist also deine Antwort?"

„Ja, wieso nicht?"

„Gut." Er wirkte erleichtert, als habe er vielleicht eine andere Antwort erwartet. „Sehr gut. Sagen wir, zum Abendessen?"

Merle nickte.

„Dann werde ich dich am Freitag gegen 18.00 Uhr bei dir zu Hause abholen."

„Freitag erst?" Ihre Euphorie bekam einen herben Dämpfer. Die Enttäuschung konnte sie nicht aus ihrer

Stimme verbannen.

Jetzt war er derjenige, der grinste. „Hu, mit so einer Reaktion habe ich jetzt nicht gerechnet. Hör zu, ich würde dich auch gern schon früher sehen, aber der Stress ist einfach noch nicht durch. In letzter Zeit hatte sich einiges aufsummiert, was ich nicht so gut abgearbeitet habe, wie ich vielleicht hätte tun sollen. Irgendwie habe ich lieber mit euch gekocht, statt Abhandlungen über die Verbreitung von Zikaden zu schreiben. Und jetzt will ich nichts zusagen, was ich später vielleicht nicht halten kann. Aber du könntest mir deine Nummer mal aufschreiben, damit ich dich anrufen kann, sollte sich doch mal eine Lücke in all der Arbeit auftun, die wir dann gern mit einem gemeinsamen Besuch im Mondscheingesüßt füllen können."

„Oh, und deine Doktorarbeit?"

„Ach,", er winkte ab, „die hat noch ein paar Wochen Zeit. Also dann abgemacht?"

Merle nickte. „Bis Freitag", sagte sie etwas zerknirscht.

„Bis Freitag." Er wandte sich ab, ging zwei Schritte und drehte sich wieder zu ihr herum. „Hat Franzi dich in letzter Zeit gesprochen?"

„Nein, wieso, will sie etwa mit, wenn wir Lücken stopfen gehen?"

„Das auch. Sie meinte, dass der Baldrian gar nicht so schlecht bei ihr anschlägt. Er vollbringt zwar keine

Wunder, hilft ihr aber sich nicht wie eine amoklaufende Irre auf jeden zu stürzen, der im Wald nach dem freigelegten Stollen Ausschau hält."

„Das freut mich."

„Mich auch. Also dann." Einen Moment später stand er schon auf der Straße und nahm die Leine, mit der er Burgwart kurz an der Tür angebunden hatte, auf. Er grüßte und verschwand um die Ecke.

Merle seufzte und vertiefte sich in ihre Lektüre über die wilden Weiber des Harzes, was sie auf den Brocken trieben, und welche Kräuter sie vielleicht gekannt und verwendet hatten, bis es eine Weile später erneut klingelte.

Diesmal war es Frau Ehwelt, die zur Übergabe kam. Wie ein Wirbelsturm fegte sie heute herein, legte Jacke und Tasche hinter der Theke ab, um Merle dann einen schuldbewussten Blick zuzuwerfen.

„Frau Hagedorn, es tut mir leid, dass ich so spät erst komme. Ich freue mich wirklich, dass Sie hier so die Stellung gehalten haben."

Überrascht sah Merle zur Uhr hinüber. Sie hatte gar nicht gemerkt, dass ihre Schicht schon seit etwas mehr als einer halben Stunde vorüber war. Aber böse war sie ihrer Chefin für die Verzögerung auch nicht, vor allem, nachdem sie in deren abgespanntes Gesicht geblickt hatte.

„Frau Ehwelt, geht es ihnen nicht gut?", fragte sie

ehrlich besorgt. Eigentlich hatte sie schon länger den Verdacht, dass es Frau Ehwelt sogar ziemlich schlecht ging. Aber mit solchen Mutmaßungen musste man eben auch vorsichtig sein.

„Hmm, es wird schon gehen", meinte die Chefin und winkte ab. Als Merle ihren Blick aber auch nach einer Weile nicht abwandte, und sich die Zweifel immer tiefere Furchen in ihre Stirn gruben, seufzte Frau Ehwelt kraftlos auf. „Eigentlich geht es mir gar nicht gut, Frau Hagedorn. Das ist auch der Grund meiner Verspätung. Die Kopfschmerzen waren so heftig, dass ich einfach nicht aus dem Bett gekommen bin. Ich weiß nicht, was ich machen soll, denn die Ärzte finden nichts und sagen, dass ich mir eine Auszeit nehmen oder einen Gang zurückschalten solle, da es vielleicht von der Psyche kommt. Aber ich kann mir das nicht leisten."

Instinktiv griff Merle nach den zitternden Händen der Frau, und drückte sie sanft. „Wir kriegen das hin, Frau Ehwelt, ganz bestimmt." Es klang plump und blöd und bewirkte doch ein kleines Wunder, als sie das Aufblitzen in den Eulenaugen sah. Merle überlegte krampfhaft, wie sie ihre Gedanken formulieren sollte, und beschloss es schließlich so zu sagen, wie es ihr gerade in den Kopf sprang. „Haben Sie es schon mit der Hilfe von Kräutern probiert? In diesem Buch dort fand ich das Zitat, dass gegen jede Krankheit ein Kraut gewachsen sein soll.

Vielleicht sollten sie es einmal mit der Katzenminze versuchen."

Skeptisch blickte Frau Ehwelt in Merles Augen. „Sind Sie denn Heilpraktikerin oder anderweitig in Kräuterkunde bewandert?"

„Aber nein." Merle ließ sich nicht einschüchtern. „Kürzlich erst habe ich dieses Kraut selbst kennengelernt und die besten Erfahrungen mit ihm gemacht. Und da dachte ich, dass ich Ihnen das Beste ja getrost empfehlen kann. Es gleicht aus, beruhigt die Nerven, wirkt entkrampfend und könnte daher genau das Richtige bei ihren Kopfschmerzen sein." Sie deutete mit dem Zeigefinger nach draußen. „Esther Feuerstein ist eine echte Kräuterhexe und kann Ihnen bestimmt noch mehr wertvolle Tipps dazu geben, wie Sie dieses Kraut genau verwenden und mit welchen anderen Sie es kombinieren können. Aber ein Büschel davon kann ich Ihnen gleich holen."

Schwungvoll zog Merle ihren Mantel von der Garderobe und schlüpfte hinein. „Außerdem ist ihre heiße Schokolade mit Katzenminze ein wahrer Seelentröster. Und wenn ich schon drüben bin, kann ich Ihnen gleich einen davon mitbringen."

„Sie sind ein Schatz." Frau Ehwelt brachte ein kleines, gerührtes Lächeln zustande.

„Ach, und ich dachte, Sie würden mir kündigen",

meinte Merle leichthin und wunderte sich, dass diese Worte so unbedacht ihren Mund verlassen hatten.

„Sind Sie verrückt? Nein.", die ältere Frau schüttelte übertrieben schockiert mit dem Kopf. „Also los, ab in den verdienten Feierabend. Und bringen Sie mir bloß von dieser leckeren Sünde von nebenan mit. Man gönnt sich ja sonst nichts."

Merle nickte, winkte, und sprang auf die Straße heraus. Das alles musste sie mit Esther teilen, und zwar sofort.

Sobald sie schwungvoll eingetreten war, vollzog sie das Begrüßungsritual der jungen Hexen und fiel ihrer Freundin stürmisch um den Hals.

„Huch, was ist denn mit dir los?", fragte Esther und hielt sie auf Armeslänge von sich, um sie verblüfft zu betrachten. „Hat Ulrik dir etwa unter Versprechung eines Bettes aus Baldrian einen Heiratsantrag unterbreitet?"

Merle blinzelte und brach in Gelächter aus. „Na, das wäre mal was, und ich würde sofort ja sagen. Aber nein, er hat nur vor, mich Freitagabend zum Essen auszuführen. Und wenn wir Glück haben, sehen wir bis dahin vielleicht auch noch kurz hier, und bringen Franzi mit, damit du auch jemanden zum Reden hast."

„Habe ich etwas verpasst? Seit wann seid ihr euch denn so nah?"

„Seit Dienstag." Merle grinste breit. „Jetzt guck doch nicht so. Ich hätte es dir am Wochenende erzählt, aber da lagst du im Bett und hast dich kuriert." Von ihrer Cousine hatte Merle von Esthers Erkältung erfahren. Letzten Mittwoch schon musste es ihre Freundin umgehauen haben. Die selbst gekochte Hühnersuppe, die sie ihr am Sonntag mitgebracht hatte, musste sie der Verwandten in die Hände drücken, als alles Klingeln nicht gegen Esthers Tiefschlaf angekommen war.

„Und heute habe ich mich extra hierher geschleppt, um deinen Bericht zu hören. Vielleicht war es auch dein Hexengebräu, das solche Wunder vollbracht hat. Also setz dich und spann mich nicht länger auf die Folter." Energisch schob sie Merle auf einen der besten Tische zu und setzte sich ihr gegenüber. Heute war es nicht sehr voll in ihrem Café und einige Minuten würden die Gäste schon allein klarkommen können.

Merle erstattete ihren Bericht und spickte ihn mit den winzigsten Details, begonnen mit dem Kochabend bei Ulrik, der Austreibung des Geistes, der Erfahrung des Katzenleihens – wie sie es liebevoll nannte – bis hin zu dem Wegkreischen des Geistes aus dem Hexenzirkel inklusive der Ereignisse, die sich heute im Buchladen zugetragen hatten. Esther lauschte staunend.

„Na, das ist ja allerhand", kommentierte sie, nachdem Merle ihren langen Monolog abgeschlossen hatte.

„Ja. Entweder bin ich völlig verrückt und habe mir alles eingebildet, oder aber die alte Felicitas hat recht und ich bin eine Hexe. Ehrlich gesagt ist mir die zweite Option mit der Hexe deutlich lieber."

„Goslar wird schon wissen, weshalb es dich hierher gelockt hat. Und das auch noch zu dieser besonderen Zeit."

„Du meinst die Ahnenzeit, oder? Dieser Begriff scheint mich gerade zu verfolgen. Ständig gebraucht ihn jemand. Aber jedes Mal, wenn ich glaube endlich verstanden zu haben, worum es dabei geht, kommen so merkwürdige Fetzen seltsamen Brauchtums, dass ich nie ein vollständiges Bild bekomme."

„Gut, dann will ich dir mal etwas von dem geheimnisvollen Hexenwissen angedeihen lassen", sagte Esther schelmisch und grinste ihr Fuchsgrinsen. „Das Jahr hat nicht nur Jahreszeiten, sondern auch Jahresthemen, die davon abhängen, welche Abläufe sich gerade in der Natur vollziehen. Nachdem der Sommer pures Wachstum und blühendes sprühendes Leben ist, steht der gesamte Herbst im Zeichen der Vergänglichkeit und der Vorbereitung auf die kalte, dunkle Jahreszeit. Er ist eine Schwellenzeit, könnte man sagen, eine Übergangszeit, die nicht mehr Sommer und noch nicht Winter ist. In solchen Übergangszeiten sind die Schleier zu der anderen Welt, der Anderswelt, besonders dünn, denn die Welten nähern sich an. Du weißt, was hier im Frühling los ist. Eine Menge Touristen kommen, um Hexen bei ihrem Ausritt auf den Brocken zu sehen und die Magie dieser Zeit zu erleben. Was immer die Beweggründe der Besuchermassen sind, steht dennoch fest, dass sie irgendwo tief in ihrem Inneren das Bedürfnis haben, die Magie an diesem besonderen Ort und in dieser speziellen Zeit zu erleben. Die Walpurgisnacht markiert nicht nur das lang herbeigesehnte Ende des Winters, sondern gibt auch einen Vorgeschmack auf das wilde Treiben und die Fruchtbarkeit im Sommer. Das Ahnenfest, das manche heute wider besseres Wissen der irischen und später amerikanischen Tradition entsprechend Halloween nennen, das die Kelten vielleicht Samhain, das Sommerende nannten, ist das dunkle Äquivalent. Das Jahresrad hat sich weitergedreht und kommt in seine düstere Phase." Sie machte eine kurze Pause und betrachtete die herbstliche Kürbisdekoration auf dem Tisch. Merle wusste, dass vor dem Café auch ein geschnitzter Kürbis stand.

„Die Ahnenzeit ist jene Zeit, in der die dunklen Feen – so die Iren – besonders wüsten Schabernack treiben. Unsere Vorfahren glaubten wahrscheinlich, dass in der Zeit, in der auch die Natur zu sterben scheint, um über den Winter zu ruhen, auch ihre Ahnen die Welt der Lebenden für einige Tage wieder betreten können, eigentlich um sich zu stärken, an den Feuern zu wärmen und bei ihren Familien nach dem Rechten zu sehen. Deshalb war es

Brauch, Lichter in die Fenster zu stellen, um ihnen den Weg zu leuchten, und Speisen vor der Tür auszubreiten, damit sie essen konnten. Mancherorts gibt es den Brauch des stillen Mahles, bei dem du den Tisch reich deckst und ein Gedeck für deine Ahnen mit aufstellst. Während des Essens darf niemand ein Wort sprechen. Dann werden die Speisen der Ahnen herausgebracht und über Nacht stehen gelassen."

„Machst du so etwas auch?", fragte Merle fast atemlos.

Esther nickte mit leuchtenden Augen. „Die Ahnenzeit ist eine intensive Zeit. Aber in dieser Zeit, und das wussten unsere Vorfahren eben auch schon, muss man sich vorsehen. Denn da treiben auch andere Geister sich in den Straßen herum, jene, die nicht zu unseren Familien gehören, die noch an diese Welt gebunden sind und wer weiß was im Kopf haben. Vor denen muss man sich schützen. Die Iren stellten dazu ausgehöhlte Rüben vor die Türen, ein Brauch der auf eine Legende von Jack of the Lantern, dem ruhelosen Jack, zurückgeht, der in dieser Nacht umgehen soll und an Türen klopft, weil er weder im Himmel, noch in der Hölle Einlass findet. Hier in Goslar werden wir auf Jack vergeblich warten. Aber hier wird es andere dieser Art geben, die ruhelos umherwandern, und die man erschrecken oder in die Irre führen sollte."

„Aber wenn sie ruhelos sind, dann doch deswegen,

weil etwas sie umtreibt. Ist es dann nicht besser, man hilft ihnen, ihren Frieden zu finden?"

„Du denkst wie eine Hexe." Esther grinste breit. „Aber so einfach ist das nicht. Woher willst du wissen, was er gerade braucht? Was, wenn er sich dir nicht mitteilen kann, oder es dir nicht sagen will? Denk mal daran, was bei deiner Ouija-Befragung herausgekommen ist."

„Das heißt, dass sie mich im schlimmsten Fall mit in den Tod reißen wollen?" Die Gänsehaut breitete sich fast unangenehm schmerzhaft über Merles Oberarme aus.

„Das kann ich dir nicht beantworten, sondern nur, dass magisch veranlagte Personen und solche, die besonders sensitiv sind, irgendwie spannender für sie zu sein scheinen. Und dass wir uns deswegen besser vorsehen müssen." Bernsteinbraun bohrte sich der Blick in Merles weit aufgerissene Augen.

„Ich passe auf, unbedingt." Merle holte Luft und beruhigte sich etwas. Ein neugieriges Glitzern trat in ihre Augen. „Obwohl es mich schon brennend interessieren würde, wie du diese Tage verbringst."

„Dann komm doch mal abends vorbei, und wir stellen den Ahnen zusammen etwas hin."

„Frau Feuerstein?", meldete sich eine dünne Stimme vom anderen Ende des Cafés. Esther drehte sich um.

„Hmm, es mag zwar kein umsatzstarker Tag sein, aber die Gäste sollten dennoch bedient werden. Ich muss

195

dann mal weiter." Verdutzt hielt sie inne, um dann auf Merles Hände herab zu starren. „Was bin ich doch für eine verlauste Gastgeberin, dass ich einer meiner liebsten Gäste nichts zu trinken anbiete. Also, Merle, was wolltest du haben?"

„Zwei große heiße weiße Schokoladen mit Katzenminze, zum Mitnehmen, bitte."

Esthers Augenbraue wanderte in die Höhe. „Zwei?", fragte sie neugierig. „Ich dachte, Ulrik ist eher der Bitterschokoladen-Typ."

„Ach ja? Gut zu wissen. Aber nein, die Zweite ist ein Seelentröster für Frau Ehwelt."

Esther lächelte, nickte wissend und erhob sich. Eine Minute später war sie bereits in ein lockeres Gespräch mit den Gästen vertieft.

Etwas unschlüssig blieb Merle sitzen, bevor auch ihre Finger zu der Tischdekoration wanderten und damit zu spielen begannen. Irgendwann blickte sie aus dem Fenster und sah eine Katze – Nell – die einem jungen Mann, der unter der Linde saß, ein Buch las und dabei sehr schöngeistig wirkte, auf den Schoß sprang. Im ersten Moment wirkte er überrascht. Doch als sie auch nach gutem Zureden nicht weichen wollte, verlagerte er sich darauf, sein Buch zur Seite zu legen und sie lieber zwischen den Ohren und unter dem Kinn zu kraulen. Merle sah Nell schnurren. Innerhalb einiger

Sekunden hatte sich die weiße Katze auf seinem Schoß zusammengerollt, den Kopf seitlich auf seinen Bauch gebettet, und genoss die Streicheleinheiten. Merle spürte Neid in sich aufsteigen. Sie wollte auch jemanden haben, der sie innig zwischen den Ohren und unter dem Kinn kraulte, an dem sie ihre Stirn oder ihre Seite reiben konnte, und, der sie streichelte. Diesmal blieb die Röte beim Gedanken an Ulrik aus, dafür schlich sich aber ein breites Grinsen auf ihre Lippen. Ihr Herz begann wieder zu flattern, ihr Inneres zog sich flau zusammen.

Esther kam und brachte die gewünschten Getränke. Merle zahlte und gab ordentlich Trinkgeld, bevor sie aufstand, um das Café zu verlassen. Gern ließ sie sich noch von Esther drücken. Dabei glaubte sie eine Bewegung aus dem Augenwinkel zu sehen, die sofort einen eiskalten Schauer auslöste. Das verzerrte Bild kam von der Spiegelung auf der Vase.

„Ich habe noch etwas zu tun", sagte sie schon halb abgewandt und drückte Esther ihre beiden Becher in die Hände zurück. Unter dem skeptischen Blick ihrer Freundin durchquerte sie den Raum, ging geradewegs auf den Ecktisch zu. Dann wählte sie den Sessel, der sie schon seit ihrem ersten Betreten hier so angezogen hatte, und ließ sich darauf nieder, um den Geist gegenüber geradewegs anzusehen, oder zumindest jene Stelle, an der sein Kopf sein könnte.

Einen langen Augenblick starrte sie nur an diesen Punkt in der Luft, bis sie die Kälte um sich her spürte. Was andere Leute zu ihrem Verhalten sagen würden, wenn sie die Szenerie beobachteten, war ihr egal.

„Du bist also Esthers Dauergast hier. Hocherfreut. Ich bin Merle Hagedorn." Sie atmete ein und wieder aus. Es kostete sie eine Menge Überwindung, nicht hektisch aufzuspringen und wie eine Irre kreischend den Raum zu verlassen. Seine Präsenz war leer und gewaltig zugleich. „Einen guten Platz hast du dir hier ausgesucht, siehst von hier nicht nur das Treiben im Café, sondern kannst auch noch aus dem Fenster auf den Schuhhof sehen. Ja, diesen Platz hätte ich auch schon gewählt, wenn du nicht zuerst da gewesen wärst." Jetzt erst wandte sie den Blick von ihm und auf die Vase. Starr hockte er da und sah sie an, mit einem Blick, der mehr als reglos und kalt war. „Es ist schon etwas kalt dort, wo du bist. Vielleicht sollten wir mal mit Esther sprechen, dass sie dir hier die Heizung etwas aufdreht. Und bis dahin zünde ich dir ein Licht an. Das hat wahrscheinlich auch schon länger keiner mehr getan." Ihr war nicht entgangen, dass seine Erscheinung irgendwie nobel wirkte. Wahrscheinlich hatte er Ende des vorletzten Jahrhunderts gelebt, damals, als Zylinder und Monokel der größte Schrei waren.

Kurzerhand stibitzte Merle ein Teelicht am Nachbartisch und entzündete es an einem bereits brennenden auf der anderen Seite. Verdutzt starrte ihr das ältere Paar hinterher. Vielleicht loderte ihr inneres Feuer so hoch, vielleicht ebbte die Kälte um sie aber auch ab. Merle wusste nur, dass sie nicht mehr so stark zitterte.

„Ich kann dir nicht verdenken, dass du dir diesen Platz ausgesucht hast", sagte sie fast fröhlich und fügte in verschwörerischem Tonfall hinzu: „Und Esther kann es bestimmt auch nicht. Vielleicht sollten die Leute einfach wissen, dass dies dein Platz ist. Und die Kerze kannst du behalten. Es ist dein Licht." Sie zwinkerte in die Luft und erhob sich vom Sessel.

Beschwingten Schrittes kam sie auf Esther zu, die in der Haltung erstarrt, in der sie sie zurückgelassen hatte, der Dinge harrte.

„Was war das?", fragte sie Merle und sah zum Ecktisch herüber.

„Ich wollte ihn kennenlernen, deinen Dauergast. Nicht, dass es Rangeleien um diesen Titel des hartnäckigsten Gastes und des besten Platzes gibt." Zwinkernd nahm sie ihre Getränke auf. „Ach, und ich glaube, dass er sich auch in Zukunft darüber freuen würde, wenn ihm jemand ein Licht aufstellt, an dem seine Seele sich wärmen kann."

KAPITEL 5

Stürmisch gestaltete der Oktober seine letzten Tage. Es war der Abend des Freitags, des 29. und halb Goslar schien sich auf die Hexennacht zu Halloween vorzubereiten. Auch wenn die Bräuche um diese Zeit noch fremd und steif wirkten und sich nicht so lebendig wie zu den Walpurgisfeiern anfühlten, war der Harz für seine Hexen bekannt. Und die trieben es auch zu anderen Hexenzeiten gerne bunt. Hier und da bewachten grinsende Kürbisfratzen die Schwellen, brannten Laternen an Hauseingängen oder standen Kerzen in den Fenstern. Und Ulrik bezweifelte, dass die Leute wussten, was sie da eigentlich taten. Und was sie damit wirklich taten, hatte Merle ihm an diesem Abend in dem schicken Restaurant erklärt, in dem sie eingekehrt waren.

In ihren eng anliegenden schwarzen Sachen, deren Nähte verspielt mit dunkelbuntem Garn umsäumt waren, sah sie einfach wundervoll aus. Aus diesem schwarzen Stoff leuchteten ihre Augen umso stärker, wirkte ihr Lächeln umso lebendiger und breiter, war ihr Blick umso durchtriebener und schelmischer. Sie machte ihn neugierig auf sich. Und er wollte mehr davon. Tatsächlich hatte er sie am vorherigen Tag noch gesehen, hatte ihre Gesellschaft für etwas mehr als eine Stunde genießen können. Allerdings hatte er sie gestern mit Franzi teilen müssen.

Ganz ihrem Naturell entsprechend hatte sie heute ihren Vorlieben nachgeben müssen, sobald ihr der Geruch nach gebratenem Fisch in die Nase gestiegen war. Danach hatte sie sich, an einem Dessert mit viel Joghurt und Sahne so gütlich getan, dass er seine Augen kaum von ihr hatte wenden können. Der ekstatische Blick, den sie dabei in den halb geschlossenen Augen hatte, regte seine Fantasie so heftig an, dass er sich beinah an seiner herzhaft gewürzten Wachtel verschluckt hatte.

Jetzt schlenderten sie durch die Straßen, er mit seinem Arm um ihre Schultern und sie vor dem eisigen Wind Schutz suchend an seine Seite gepresst. Burgwart war einmal nicht mit von der Partie, aber dafür wurden sie von Cassandra verfolgt, die sie nicht aus den Augen ließ. Allein Ihr Anblick machte ihm Gänsehaut.

Obwohl sie fast den ganzen Abend über strahlte oder grinste, stellte Ulrik auch bei Merle eine konstante Aufmerksamkeit fest, die an einigen Ecken beinahe in Paranoia umschlug, wenn sie sich, plötzlich fröstelnd, ständig umzublicken begann, weil sie Schritte hinter sich hörte. Und auch wenn Ulrik sie ein bisschen damit aufzog, musste er zugeben, dass auch er die Schritte vernahm und sich ihm sämtliche Nackenhaare dabei aufstellten. Mittlerweile hatte er es aufgegeben, sich ebenfalls, wie angesteckt, ständig umzudrehen, da die Straßen und Gassen um diese Uhrzeit sowieso leer und gespenstisch hinter ihnen lagen.

„Die Nacht ist heute besonders unruhig", sagte Ulrik und zog Merle noch etwas enger an sich, als sie mal wieder einen Kontrollblick hinter sie warf.

„Oder eher ruhelos", gab sie ungewollt geheimnisvoll zurück und kuschelte sich noch weiter in seinen Arm. Als das Hundegeheul von Ferne anhob, zuckte sie zusammen.

„Was ist los?", flüsterte er ihr ins Ohr. „Machen dir die umherziehenden Geister zu schaffen?"

Sie öffnete den Mund zur Antwort, als das Kreischen einsetzte. Schlagartig weiteten sich ihre Augen, während ein stockendes Keuchen ihren offenen Lippen entfloh. Krampfhaft versuchte sie, Luft zu holen.

In dem Versuch die zitternde Frau zu beruhigen, drückte Ulrik sie noch fester an sich, und gab sich gelassen, obwohl auch ihm ein eiskalter Schauer über den Rücken lief. Hohl und verzerrt hallte das Gellen in den Gassen nach, nachdem es von den Wänden der dicht an dicht stehenden Häuser abprallte.

„Ist das etwa der Paule, der da so krakeelt?"

Merle schaffte es ihren Kopf zum Nicken zu zwingen, wobei der Rest ihres Körpers steif und wie gelähmt da stand. Kalt blies ihr der Wind die Haare aus der Stirn und ließ ihre Zähne kurz aufeinander klappern.

Dann schubste sie ihn so plötzlich von sich, dass Ulrik nur perplex dastehen, und hinter ihr her glotzen konnte. Erst einen Augenblick später verstand er, dass sie Paul zur Hilfe eilte, und rannte hinter ihr her. Er wusste nicht, was ihn in der Gasse erwarten würde, ahnte angesichts ihrer überstürzten Reaktion aber, dass der Ärger heftigerer Art sein musste. Noch während er lief, nahm der Wind tosend zu, bis er das Gefühl hatte, sich gegen eine Wand aus purer Naturgewalt zu schieben. Auch Merle kämpfte sich gegen die eisigen Luftmassen, die ihr nasse Blätter gegen die Beine klatschten, auf die Gasse zu. Als sie endlich um die Ecke stürzten, tobte der Sturm in einer solchen Intensität, dass Ulrik beinah zurückgedrückt wurde. Die Bäume, die hier standen, wogten gefährlich im Wind, bogen ihre Äste so weit herunter, dass es aussah, als würden sie etwas aus der Luft zu greifen versuchen. Am Fuße eines der Bäume stand Paule und schrie sich buckelnd die Seele aus dem Leib. Dicht an die Wurzel gedrängt, hockte die kleine Feli, die das Treiben mit vor Schreck geweiteten Augen verfolgte. Das, wogegen Paul die Katze verteidigte, musste sich inmitten der Gasse befinden. Ulriks Körper begann trotz der winddichten Jacke zu zittern. Merle vor ihm schlotterte so stark, dass sie sich kaum noch auf den Füßen halten konnte. Mechanisch rieben ihre Hände über die Oberarme. Die Kondenzwolken wurden heulend von ihren Lippen gerissen, noch bevor sie diese richtig passiert hatten. Wie konnte es hier nur so kalt sein? Und wieso fühlte die Luft sich mit jedem Schritt eisiger und dichter an? Unbeirrt bahnte Merle sich Schritt für Schritt ihren Weg auf Paule zu, dessen Stimme, so gegen das Heulen des Sturmes ankämpfend, langsam heiser wurde.

Ein Blumentopf flog auf den Kater zu. Er wich aus und das Terracotta zerschlug auf dem Pflaster, gerade mal zwei Schritte von Merle entfernt.

„Paul!", hörte er Merle gegen das Stöhnen des Windes rufen. Die Bäume ächzten im Wind. „Hau endlich ab. Bitte! Mach, dass du mit Feli von hier wegkommst!"

Erst jetzt sah er den blutigen Striemen auf Paules Stirn. Irgendetwas, eine Scherbe vielleicht, musste ihn zuvor schon im Flug erwischt haben.

Ulriks Verstand weigerte sich, die Szenerie zu greifen. Nirgendwo sonst tobte der Sturm so heftig, wie in dieser Gasse, an keiner anderen Stelle Goslars zog sich die Kälte so stark zusammen wie hier. Drei Schritte weiter traf ihn eine eisige Wut so stark ins Gesicht, dass er fast taumelte. Abwehrend riss er die Arme in die Höhe.

Schwarz presste Cassandra sich gegen die Fußknöchel ihres Frauchens. Ulrik wusste nicht, wann sie hinzugekommen war. Doch als sie buckelte und ebenfalls zu kreischen begann, wirkte die Szenerie so unheimlich, dass auch er Angst bekam. Vielleicht lag es an der Kälte, die alles verdrängte, vielleicht an der Gefahr, die er nicht einschätzen konnte. Aber um keinen Fall wollte er, dass hier irgendwem etwas passierte.

Das Geschrei der Katzen vermischte sich gewaltig, aber kaum laut genug, um das Tosen des Sturmes zu übertönen. Äste brachen und peitschten durch die Luft, flogen wie Geschosse in Merles und seine Richtung. Sie wich aus, und er machte einen Sprung zur Seite, sodass sie nicht trafen. Baumfrüchte hagelten auf die Katzen hernieder. Und die Temperatur fiel weiter.

Die Dachziegel begannen zu klappern, als der Wind hineinfuhr. Ein großer Blumentopf wurde umgerissen und stürzte zu Boden.

„Merle!", schrie Ulrik über den Sturm hinweg. „Pass auf die Dächer auf!"

Der Wind fuhr in die Dekoration und riss einen Kranz von der Tür, den er gegen ihr Gesicht schleuderte. Sie strauchelte, konnte sich aber noch auf den Beinen halten.

Dann kamen die Dachziegel von oben geschossen. Eine zerbarst vor Merles Füßen, dort, wo ihr Kopf gewesen wäre, wäre sie zuvor gefallen, eine nur einen Schritt daneben. Zwei davon trafen Paul in die Flanke, eine dritte verfehlte Feli nur um Haaresbreite. Ulrik konnte der Vorletzten ausweichen. Die Letzte krachte donnernd an die gegenüberliegende Hauswand. Paules Geschrei erstarb. Er röchelte und stürzte zur Seite.

Das war der Moment, in dem Ulrik mit aufgerissen

Augen beobachtete, wie Merle buckelte und schließlich selbst zu kreischen begann. Ihr Schrei war nicht minder markerschütternd und so schrill, als würde er geradewegs der Kehle einer Banshee entstammen. Wie eine Todesfee kreischte sie an jenen Punkt, an dem die eisige Kälte am dichtesten, die Leere am undurchdringlichsten war, und jagte Ulrik damit nicht nur einen Schauer über den Rücken. Cassandras Stimme mischte sich dissonant in ihre. Als schließlich auch noch Feli kleinlaut aber mutig zu schreien begann und Angst und Leid in die Welt hinausrief, war die Kakofonie perfekt.

Unerwartet setzte Cassandra sich in Bewegung und jagte hinter einer unsichtbaren... Präsenz her, die sie bis ans andere Ende der Gasse vertrieb, vielleicht auch verfolgte. Der Sturm tobte, heulte aber nicht mehr so laut um die Ecken. Ziegel und Blumentöpfe blieben verschont. Und irgendwann konnte Ulrik auch seine Finger wieder spüren.

Merles Kreischen wandelte sich in ein Schluchzen, als sie neben Pauls Körper auf die Knie sank. Die Tränen standen ihr glitzernd in den Augen.

„Paul", hörte er sie ganz leise gegen das Pfeifen des Sturmes herauspressen. „Wieso kannst du nicht einmal tun, was man dir sagt? Du kannst dich nicht allein gegen alles stellen."

Feli erwachte aus ihrer Schreckstarre und schob sich

zu Merle herüber, um sich an ihr Bein zu lehnen. Ihr klägliches Maunzen ging beinah im Sturm unter.

„Ja, du hast recht, wir müssen uns beeilen", flüsterte Merle und hob den blutenden Kater vom Pflaster auf ihre Arme. „Esther", rief sie Ulrik zu, als sie in langen Schritten an ihm vorbei rannte. „Wir müssen zu Esther."

Ulrik stellte keine Fragen. Auch wenn ihm diese beinah schmerzhaft auf der Zunge brannten, wusste er doch, dass Merle ihm in diesem Augenblick, da die Sorge um den röchelnden Kater in ihren Armen alles andere überwog, keine Antwort geben konnte. Also begleitete er sie, gab ihr Rückendeckung und versuchte ihr Fels in der Brandung zu sein, wenn sie seiner Hilfe doch bedurfte.

Esther kannte er nur über Franzi und von den seltenen Besuchen im *Mondscheingesüßt*. Bisher waren ihre Gespräche nur oberflächlich und flüchtig gewesen. So konnte er auch nicht einschätzen, wieso Merle keinen Tierarzt aufsuchte, um den alten Katerveteran pflegen zu lassen.

Die Tür öffnete sich auf Merles Sturmklingeln beinah sofort und spuckte eine besorgte Esther heraus, die in Paules zugerichtetem Angesicht nicht eine Frage stellte. Sehr bestimmt zog sie Merle in ihre Wohnung und ließ auch Ulrik und die beiden Katzen, die ihnen auf dem Fuße folgten, mit hinein.

„Schon gut, Merle, ich kümmere mich um ihn", sagte

sie ernst und tätschelte Merle an der Schulter. „Bring ihn ins Bad. Dort sehe ich mir dann seine Verletzungen an." Allein die dunklen Schatten um ihre Augen ließen erahnen, wie müde und zerschlagen sie wirklich war. Ihr Mund war blass und zu einem Strich zusammengepresst. „Ulrik, schau, dort ist die Küche. Fühl dich wie zu Hause und bereite doch dir und Merle schon einmal einen warmen Kakao mit Kardamom und Zimt zu." Damit verschwand sie hinter Merle und Cassandra in ihrem Badezimmer. Gedämpft drangen ihre Stimmen durch die Ritzen der hellhörigen Wohnung zu ihm herüber, leise genug, dass er die gesprochenen Worte nicht verstand und so monoton, dass ihn der Klang beruhigte. Bevor er untätig und womöglich grübelnd auf dem Sofa zusammensacken konnte, kam er lieber Esthers Aufforderung nach. So begab er sich in die Küche und konzentrierte sich auf die Zubereitung des Kakaos, das Suchen und Finden der Gewürze und das Bedienen des fremden Herdes, denn eine Mikrowelle besaß Esther nicht. Still und am ganzen Körper zitternd beobachtete Feli jeden seiner Handgriffe.

Wie tief sich diese Szene in sein Gedächtnis gebrannt hatte, merkte er an der Intensität der Eindrücke, die jetzt, da er langsam zur Ruhe kam, seinen Geist bestürmten. Gedankenverloren strecke er seine Hand nach Felis Kopf aus und kraulte sie hinter den Ohren. Die Katze entspannte sich ein bisschen unter seiner Berührung. Ihre

Angst wich jedoch nicht.

Er wusste nicht, wie viel Zeit vergangen war, als die Frauen endlich aus dem Bad kamen. Aber es musste lange gedauert haben, weil der Kakao in der Zwischenzeit vollständig abgekühlt war. Wortlos machte er ihn noch einmal auf dem Herd warm, bevor er ihn servierte.

„Er wird es schaffen", flüsterte Merle mit großen rotgeränderten Augen und einem Blick, der ihn dazu zwang sie sofort fest in die Arme zu schließen.

„Nichts anderes habe ich von diesem alten Rabauken erwartet", antwortete er leise in ihr Haar und strich ihr beruhigend über den Rücken.

Esthers Mimik nach musste Merle sie bei ihrem Aufenthalt im Bad über die Ereignisse aufgeklärt haben. Ihn wollte aber scheinbar keine von beiden ins Vertrauen ziehen.

„Du kannst ihn erst einmal hier lassen, Merle", meldete sich Esther vorsichtig genug, um nicht in diesen Moment zu poltern, zu Wort. „Ich werde mich dann um seine Verbände kümmern und ihn so lange mit Kräutertränken traktieren, bis er lieber von allein wieder laufen kann und das Weite sucht."

„Da kennst du den Paule aber schlecht", meinte Ulrik. „Der ist härter im Nehmen, als man denkt."

„Und du kennst meine Kräutertees nicht", scherzte sie und ihre Augen blitzten.

Vielleicht erwartete er, dass Merle ihn bei einer Tasse Kakao über die Vorkommnisse in der Gasse aufklärte, aber das tat sie nicht. Am Ende verbrachten sie die Zeit nur damit, zu Atem zu kommen und sich vielsagende Blicke zuzuwerfen.

„Also, war das jetzt ein Geist?", fragte Ulrik in die Stille und erntete misstrauische Blicke.

Esther hatte bereits den Mund zur Antwort geöffnet, aber da kam ihr Merle zuvor.

„Ich erkläre es dir unterwegs. Wahrscheinlich hat Esther schon genug Stress mit unserem nächtlichen Überfall und Pauls Pflege." Hastig, sodass Cassandra beinah von ihren Knien herunter purzelte, erhob sie sich vom Sofa und umarmte ihre Freundin heftig. Ulrik hörte, wie sie ihr ihren Dank ins Ohr murmelte. Esther winkte ab, nachdem sie Merle ihrerseits herzlich gedrückt hatte.

Dann verließen sie zu dritt – Feli blieb diese Nacht lieber in sicheren Gefilden – das Haus auf dem Marktplatz. Von hier war es nicht weit in ihre Straße. Und zum Glück belästigte sie auch der Sturm nicht weiter auf ihrem Weg, wenngleich er noch heftig durch ihre Haare und unter ihre Mäntel und Jacken fuhr. Merle blieb stumm und starrte auf ihre Füße, während es in ihrem Kopf zu rattern schien.

„Ja", sagte sie schließlich.

Im ersten Moment wusste er überhaupt nicht, was er

mit dieser Lautäußerung anfangen sollte, und starrte erst Merle und dann Cassandra verdutzt an, die zwischen ihnen lief und sie abwechselnd beobachtete.

„Es war ein Geist. Oder hätte ich dich vorher lieber fragen sollen, was du von mir hältst, wenn ich dir sage, dass es einer war? Glaubst du jetzt, dass ich verrückt bin?" Ihr Blick war so verzweifelt und fest zugleich, dass er sie an den Armen fasste und zum Innehalten zwang. Mittlerweile standen sie in ihrer Straße und er wollte und konnte sie nicht so in ihr Haus treten lassen.

„Merle, nein. Ich habe es doch mit eigenen Augen gesehen, oder zumindest irgendwas gespürt. Es ist eben nur... schwer zu glauben, oder zu begreifen. Das ist alles."

Sie nickte.

Die letzten Schritte bewältigten sie Hand in Hand. Vor ihrer Tür wandte sie sich zu ihm um, um ihm in die Augen zu blicken.

„Es hat dich also nicht abgeschreckt?"

„Nein, aber den Geist. Den habt ihr wirklich vertrieben." Er lachte leise. „Ehrlich gesagt überraschst du mich mit jeder Begegnung und machst mich neugierig auf mehr."

Sie fröstelte, was seinen Automatismus sich am Reißverschluss der eigenen Jacke zu schaffen zu machen, in Gang setzte. Er hatte das Kleidungsstück schon fast ausgezogen, als ihm die Sinnlosigkeit seines Tuns dämmerte.

„Schon gut, Ulrik, lass sie mal schön an", sagte sie schmunzelnd und zog ihm den Reißverschluss bis knapp vor das Kinn wieder zu. „Dein Weg ist ja ein paar Schritte länger als meiner. Und außerdem kann ich nicht verantworten eine Jackensammlung anzufangen, jetzt, da der Winter bald über Goslar zu ziehen gedenkt. Bestimmt willst du die Strickjacke auch irgendwann wieder haben."

Er zuckte mit den Schultern. „Ach, das eilt nicht. Behalte sie, solange du sie brauchst."

Es amüsierte ihn, sie erröten zu sehen.

„Aber ich hatte gehofft, dir einen besseren Ersatz dafür bieten zu können."

Neugierig sah sie in seine Augen, als er sich langsam ihrem Gesicht näherte.

„Und was soll das sein?"

„Ich", flüsterte er rau und berührte ihre Lippen mit seinen. Mit ihrer heftigen Reaktion hatte er nicht gerechnet. Sie drückte ihre Lippen so genüsslich gegen seine und sich mit ihrem Körper gegen ihn, dass er beinah das Gleichgewicht verlor.

„Ich könnte mir den weiten Weg zu meiner Wohnung sparen, wenn ich mit zu dir kommen könnte. Darf ich?", fragte er atemlos und sah ihr fest in die halb geschlossenen Augen.

„Aber sicher. Du bist hier jederzeit willkommen",

raunte sie ihm ins Ohr, während ihre Stirn über sein Gesicht rieb. Er nutzte den Moment, in dem sie fahrig mit dem Schlüssel am Türschloss nestelte, und biss sie knurrend in den Hals knapp unterhalb ihres Ohrläppchens. „Und nur, wenn du mich hinter den Ohren und unter dem Kinn kraulst", wisperte sie schalkhaft.

„Alles, was du willst."

Abwesend starrte Merle in die karamellbraunen Tiefen ihres Milchkaffees, während sie schläfrig aber zufrieden ihren Gedanken nachhing. Mit Ulrik in ihrem Bett war es erst eine wilde, später sanfte und insgesamt nur eine sehr kurze Nacht gewesen. Doch da Samstag war und Frau Ehwelt die heutige kurze Schicht bis Mittag übernehmen wollte, hatte Merle genug Zeit zu dösen und nach den Ereignissen des Vorabends zur Ruhe zu kommen. An diesem Morgen und in der Geborgenheit Ulriks starker Arme war sie erst spät aufgewacht und schließlich kurz vor Mittag aus dem Bett gekommen. Während er sie zärtlich unter dem Kinn kraulte und gleichzeitig hinter dem Ohr küsste, hatte er sich kurz von ihr verabschieden müssen, um eine Runde mit dem über Nacht vereinsamten Burgwart zu drehen, der sein Herrchen bestimmt schon mehr als sehnsüchtig erwartete. Jetzt war es schon Abend und er war immer noch nicht wieder zurück. Wahrscheinlich hatte er Arbeit und musste seinen Körper schonen, bevor er ihn wieder in Merles Nähe lassen konnte, dachte sie mit breitem Grinsen und erging sich gedanklich in seinen Streicheleinheiten, bis Hedwig sie gegen den Oberarm knuffte.

„Liebes, wenn du mir schon nicht zuhörst, dafür aber so breit grinst, dann kannst du ein altes Mütterchen ja wenigstens mal mit deinen Anekdoten von letzter Nacht erfreuen, da sie doch sonst nichts hat, wofür sich das alles hier noch lohnt", sagte sie in überzogen melodramatischem Tonfall und zwinkerte.

„Und wer soll dieses Mütterchen bitte sein?", fragte Merle frech und grinste zurück.

Adele schnaubte leise. Um ihren Mundwinkel zuckte es.

„Ich habe ja gleich gesagt, dass es der junge Nachbar ist...", schmunzelte Hedwig und warf ihrer Schwester einen von sich höchst überzeugten Blick zu.

„Und ich habe gleich gesagt, dass Merle eine Hexe ist", erwidere Adele ungerührt und funkelte grimmig zurück.

Merle blinzelte.

„Guck nicht so, Kind, du warst auch vor Cassandras Eintreffen schon eine Hexe", erklärte Adele. „Nur eben irgendwie... verkappt."

Dazu wusste Merle nichts zu entgegnen. Aber solange die Tanten – wie sie sie liebevoll in Gedanken nannte –

sie dennoch mochten, war alles gut.

„Was ist denn, Hedwig?", fragte sie stattdessen und kuschelte sich tiefer in den Rollkragenpullover, den Ulrik am Vorabend getragen und ihr heute da gelassen hatte, weil seine Strickjacke jetzt kaum noch nach ihm, dafür aber stärker nach Merle roch.

„Ach, ich wollte nur wissen, wann der junge Herr Lohgerber denn jetzt kommen wollte, damit ich die Reste von Mittag- und Abendessen rechtzeitig für ihn warm machen kann." Die Neugier versuchte Hedwig noch nicht einmal zu verbergen. Vielmehr war es ihr Stricken, das gerade beiläufig leise klimpernd nebenher lief.

„Ich weiß es nicht", sagte Merle so leise, dass die Schwestern sie kaum verstanden. Diesmal konnte sie die leichte Sorge nicht unterdrücken. Ulrik hatte mit dem Versprechen bald wieder zurück zu sein, ihre Umarmung verlassen. Und so hatten die Schwestern für ihn mit gekocht. Auch zum Abendessen hatte Adele ihn bedacht und eine große Portion für ihn zurück gestellt. Dass er noch nicht wieder zurück war und sich telefonisch nicht abgemeldet hatte, konnte nur bedeuten, dass ihm entweder etwas Stressiges dazwischen gekommen, oder ihrer überdrüssig geworden war und die Nacht mit ihr bereute. Letztes konnte sie sich aber seinem Verhalten nach beim besten Willen nicht erklären, also musste es doch die Arbeit oder eine Wildkatze sein, die sie gerade leicht schmerzhaft von ihm trennte.

Mit drei großen Zügen leerte sie den Kaffee. „Ist nicht schlimm, Hedwig. Ich werde die Reste einfach mit hochnehmen, damit ich sie dann, sollte er später erst vorbeischauen, oben noch warm machen kann. Ich hatte mir eine kleine Kochplatte besorgt, die ich seit meinem Aufenthalt in Goslar noch nicht einmal benutzt habe."

Synchron entsetzt starrten Adele und Hedwig sie an, bis Erste – ihrer Schwester nur um Haaresbreite zuvorkommend – das Wort ergriff. „Was redest du denn da von Aufenthalt, Kind? Goslar ist eine Stadt, die zum Bleiben einlädt."

Merle zuckte mit den Schultern. „Bis vor einigen Tagen war ich mir ja nicht einmal sicher, ob sich wirklich alles so einrenkt und findet."

Sie spülte ihre Tasse ab, holte „die Reste" aus der Küche, verabschiedete sich von den Schwestern und stapfte die Treppe hoch. In ihrer Kammer dann wies sie Cassandra an, von dem Essen fernzubleiben und lümmelte sich auf ihr Bett. Da sie ihren Gedanken den freien Lauf untersagte, sie aber trotzdem beschäftigen musste, damit sie nicht doch wieder zu Ulrik ausrissen und ihr Herz mit Sorge überfluteten, nahm sie ein Buch zur Hand, in dem sie etwas lustlos blätterte. Cassandra kuschelte sich an ihre Seite, zog sich unter die Decke, um gespannt die Schriftzüge und Bilder auf den Seiten zu verfolgen. Ein weiteres Mal musste sich Merle die Frage stellen, ob diese Hexenkatze immer nur so tat oder vielleicht wirklich lesen konnte?

Sie wusste nicht, wie lange sie so bäuchlings unter ihrer Decke mit der leise Geräusche von sich gebenden Cassandra geschmökert hatte, bis ihr schließlich die Augen zu gefallen waren. Dass sie eingedöst war, merkte sie, als Cassandras leises Fauchen sie weckte. Schläfrig blinzelte sie zu ihrer Katze herüber, die an einen Punkt in der Kammer starrte und zu Buckeln begann. Das leise Fauchen schwoll allmählich an. Erst jetzt bemerkte Merle, dass sie leise fröstelte. Ihr Atem stockte, während ihr Herzschlag zu stolpern begann. Wie konnte das sein? Wie war das möglich, nachdem sie sich so viel Mühe damit gegeben hatten, dieses Haus zu reinigen und vor solcherlei Eindringlingen zu schützen? Sie musste sich irren. Cassandra musste sich irren.

„Cassandra, bist du sicher, dass da jemand ist?", keuchte sie und spähte durch den Schlitz und unter ihrer Decke hervor in die Kammer.

Ihre Katze wandte den Blick nicht ein einziges Mal von dem Punkt ab, sondern fauchte nach wie vor, auch wenn Merle glaubte, sie jetzt kurz nicken zu sehen. Merles Intuition schrie, während sich ihre Zähne aufeinander pressten, um den realen Schrei zurückzuhalten.

Irgendetwas war anders, aber sie wusste nicht was.

Und was immer es war, es machte ihr trotzdem Angst. Cassandras Augen, schoss es ihr durch den Kopf. Aber der Gedanke daran, ihren Körper schutzlos zurückzulassen, während sich ihr Bewusstsein die Augen ihrer Katzen lieh, ließ ihren Mund trocken werden und ihr Herz rasen. Sie hatte keine Chance, sie musste sich dem stellen.

Es war nicht so eisig kalt wie bei den letzten Begegnungen, sondern fühlte sich wie ein Luftzug an, der an ihrem Gesicht entlang strich. Vielleicht war er noch weit genug von ihr entfernt.

„Cassandra, wo ist er?", hörte sie sich selbst in diesem Moment fragen.

Ein Lufthauch ging, obwohl alle Fenster geschlossen waren. Dann segelte ein Blatt von ihrem improvisierten Regal zu Boden. Gänsehaut lief ihr schauernd über die Arme, als sie sah, dass es ihr selbst gemaltes Quija-Brett war.

Der Geist wollte ihr etwas sagen. Aber ein weiteres RUDOLF TOT konnte sie heute einfach nicht ertragen.

„Nein...", jammerte sie und schleuderte die Decke zur Seite. Ihre Bewegungen waren mechanisch und seltsam abgehakt, als sie das Papier vor sich ausbreitete und ein Glas zur Hand nahm. Cassandra drückte sich buckelnd an ihre Seite, das Fauchen leise und stetig haltend. Wenn sie das Glas umdrehte und es nur mit den Zeigefingerkuppen berührend auf das Papier stellte, gab es kein Zurück mehr.

Merle kniff die Augen zu, atmete tief ein und aus, und stellte das Glas auf den Kopf.

„Wer bist du?"

Nichts geschah. Cassandras Fauchen erstarb. Dann fiel die Temperatur um einige Grad, nicht viel aber genug, dass Merle in ihrem Pullover zu zittern begann. Vielleicht kam das Zittern auch von innen, ausgelöst durch die innere Kälte, die sich Leere nannte, und die Geister wie ein Ring umgab.

Das Glas begann seine Fahrt. Etwas abgehakt und nur sehr langsam glitt es über die Buchstaben. Pause.

U

Merles Augen weiteten sich. Die Gedanken, die allein bei diesem harmlosen Buchstaben in ihrem Kopf zu wirbeln begannen, konnte sie kaum kontrollieren. Indessen setzte sich das Glas wieder in Bewegung, setzte seinen Weg solange fort, bis es einen weiteren Buchstaben markierte.

L

Zufall. Schrie es in ihrem Kopf. Es musste ein Zufall sein.

R

Hunderte von Leuten hießen so.

I

Cassandra saß stocksteif neben ihr und starrte auf die kalte Stelle über dem Glas und nicht auf das Papier. In ihren Augen spiegelte sich eine Silhouette, verzerrt und zu klein, als dass Merle darin Genaueres erkennen konnte. Jetzt würde ein C kommen. Jetzt musste einfach ein C kommen. Denn Ulrich war ein beliebter weitverbreiteter Name, und das schon seit Jahrhunderten. Jeder sechste Mann hieß bestimmt Ulrich mit dem Ersten oder einem der Folgenamen.

K

ULRIK. Merle wurde beinah schwarz vor Augen.

„Das kann nicht sein", flüsterte sie erstickt und wusste, dass es die einzig mögliche Lösung war. Kein Geist konnte ihre Kammer betreten, keiner konnte sich Zutritt zu diesem Haus verschaffen, außer, sie lud ihn ein. Und gestern Abend hatte sie Ulrik eingeladen. Wäre ihm etwas dazwischen gekommen, hätte er sich gemeldet, außer, er konnte es nicht mehr.

Tränen schossen ihr in die Augen. Jetzt zitterte sie wirklich, und das, weil der Schmerz ihren Brustkorb beinah zerdrückte.

Das Glas unter ihren Finger rührte sich nicht mehr.

„Ulrik", wiederholte sie leise. Ein TOT würde sie nicht ertragen. Sie musste Gewissheit haben, musste wissen, was passiert war. Tausend Fragen stürmten auf sie ein. Schließlich brach sich aber nur eine von ihnen Bahn. „Wieso?"

Die Fahrt begann. B – E – R – G – W – E – R – K

Unfall. Es musste ein Unfall gewesen sein. Erst als das Glas auf JA glitt, erkannte Merle, dass sie das Wort laut vor sich hinflüsterte.

Sie musste zu ihm, zu seinem Körper. Merle musste einfach hin, um zu sehen, was geschehen war. Oder sollte sie sich erst Cassandras Augen leihen, um ihn wirklich zu sehen? Aber in der Gestalt der Katze würde sie ihm nicht helfen können, wenn... Nein, wenn er hier war, als Geist, dann war er schon...

Merle war schon die Treppe runter und fast zur Haustür raus, bevor sie merkte, was sie da überhaupt tat. Cassandra schrie hinter ihr her und zwang sie, sich umzudrehen.

„Du hast Recht, Cassandra. Es ist Wahnsinn. Ich weiß überhaupt nicht, wo ich hin muss. Und einer von uns beiden muss hier bleiben, nur für den Fall, dass..., falls..." Es wäre leichter, sie würde sich Cassandras Sicht ausborgen, doch ihr innerer Zwang ließ sie nicht. Sie wollte da sein, bei Ulrik und ihn gleichzeitig sehen, endlich seinen Geist sehen und sich davon vergewissern, dass er es war. Vielleicht bestand noch eine winzige Chance der Verwechslung.

„Ich muss ihn sehen!", ihre Verzweiflung wandelte sich beinah in Wahnsinn. Hektisch stürmte sie ins Wohnzimmer der Schwestern, wo sie sich Hedwigs beste Vase griff. Mit einer schwungvollen Geste landeten

Herbstastern und Wasser achtlos auf dem Teppich, bevor Merle sich das bauchige Glas wie eine große Kristallkugel gegen die Brust drückte.

„Ulrik", flüsterte sie beschwörend, als sie im eisigen Wind zitternd auf der Straße stand. Cassandra blieb an der Tür zurück.

Der Geist kam näher, sie spürte es deutlich. Und schließlich erkannte sie auch seine verzerrte Gestalt, nebulös und etwas gräulich, wie sie sich im Glas spiegelte. Sie keuchte und heulte kurz auf. Dann verschwamm die Welt in einem Meer aus Tränen. Kein Irrtum und kein Zufall waren es gewesen. Kalt und leer stand Ulrik, ihr Ulrik vor ihr. Sie sah ihn seine Hand nach ihrem Gesicht ausstrecken. Ein kalter Lufthauch streifte die berührte Stelle.

„Was ist passiert?", wimmerte sie voll Schmerz. Stumm blickte er in ihr Gesicht. „Dann bring mich zu deinem Körper."

Er schüttelte den Kopf.

„Ulrik, ich sagte: Bring mich zu deinem Körper."

Einen Moment passierte nichts. Er stand nur da, so greifbar nah und doch eine ganze Welt entfernt und betrachtete sie still. Dann wandte er sich um und schlug eine Richtung ein. Merle folgte ihm so nah es ging. Auch wenn er leer und kalt war, wollte sie seine Nähe spüren.

Tausend Szenarien malträtierten ihr Gehirn und rissen

tausend Löcher in ihr Herz. Warum er? Und wieso ausgerechnet jetzt, da sie sich endlich gefunden hatten?

Dunkel hatten sich die Wolken über ihr zusammengezogen. Auch heute hatte es den halben Tag gestürmt. Allein in dieser Stunde schien das Wetter einmal Luft holen zu wollen, bevor es erneut tobend über das Land ziehen und die letzten Blätter von den Bäumen zerren konnte. Feine Regentropfen stürzten ihr ins Gesicht und benetzten es kalt. Eisig sogen sich ihre Wollsocken mit Wasser voll, als sie mit riesigen Schritten durch die Straßen rannte. Dass sie keine Schuhe und auch keine Jacke trug, wurde ihr erst am Stadtrand bewusst, aber es war auch egal. Es ging um Ulrik und all den Schmerz, der sie zerriss.

Dunkelheit schluckte sie, sobald sie die letzten Ausläufer der Stadt hinter sich gelassen hatte und in den Wald trat. Allein das wenige Licht, das hier durch die schwarzen Baumkronen fiel, sowie die gedämpften Strahlen, die von der Stadt her gebrochen hineindrangen, mussten genügen, um Ulriks Geist nicht in dem Dunkel zu verlieren. Merle kniff ihre Augen zu Schlitzen und beanspruchte ihre gesamte Aufmerksamkeit, um ihm durch das Dickicht folgen zu können. Sie dachte kaum darüber nach, weshalb sie sich plötzlich in der Finsternis zurechtfinden konnte, nachdem sie etwas mehr als ihr halbes Leben praktisch nachtblind gewesen war. Steine und Äste stachen durch die Socken in ihre Füße, bis sie wund waren.

„Ulrik, nicht so schnell, sonst verliere ich dich", hauchte sie, als sie schon ein Stück Weg hinter sich gelegt hatte und der fahle Lichtschein der Stadt hinter einer Anhöhe verschwand. Sie fühlte die Tränen unter ihren Augenlidern brennen. Sie hatte ihn schon verloren. Der neblige Schemen näherte sich wieder, das spürte sie an der Kälte, die mit jedem Schritt weiter zu nahm, sie mittlerweile schlottern ließ. Stück um Stück schob Merle sich weiter durch das Dickicht, die Glasvase an die Brust gepresst, den Blick starr darauf gerichtet, bis sie nah genug heran war, um zu erkennen, dass es nicht Ulriks Geist war, der sich ihr näherte. Instinktiv wich sie einige Schritte aus, buckelte und fauchte, bis der Geist traurig Abstand hielt. Ein anderer Schemen näherte sich von links, viel zu groß und zu hager, um zu Ulrik zu gehören. Am liebsten hätte sie verzweifelt aufgeschrien, doch was half es, jetzt Haare raufend durch den Wald zu staken?

„Bitte, ich muss zu Ulrik, lasst mich in Ruhe", beschwor sie die Schemen, die nun von drei Richtungen langsam auf sie zu kamen. Einige blieben stehen, andere kamen noch etwas näher, einer wandte sich ab und ging. So sehr sie es auch versuchte, sie konnte Ulrik nicht mehr unter ihnen ausmachen, zu verzerrt war die Spiegelung, zu nebulös die Gestalten.

Panisch sank sie auf die Knie und begann zu schluchzen. Was sollte sie tun? Sie war mutterseelenallein in einem Wald und das zu nachtschlafender Stunde. Sie hatte kein Licht und kein Feuerzeug bei sich, fror erbärmlich und hatte so wunde Füße, dass sie jeder einzelne Schritt unglaublich schmerzte. Wie verrückt konnte sie sein? Wie unvernünftig so überstürzt los zu ziehen? Nicht einmal Cassandra war bei ihr, die Katze, die wie ein schwarzer Schatten auf sie aufpasste und ihr weiterhalf, wo sie versagte. Wie sollte sie ihr von dort aus helfen, wo sie jetzt war?

Merle weinte hemmungslos. Es half nichts. Es half alles nichts, und das war das schlimmste daran. Sie konnte sich einfach nicht mehr zusammenreißen. Am liebsten würde sie sich hier auf der Erde zusammenrollen und warten, bis sie langsam erfror oder die Geister sie holten. Der Himmel zog sich dichter zu, bis sie die Schatten auf ihrer Vase nur noch grob erahnen konnte. Es ging auf Vollmond zu, deswegen war sie überhaupt erst so weit gekommen. Doch hinter den Wolken verborgen nutzte ihr der Mondschein auch nichts. Und die Einzige, die hier etwas hätte sehen können war Cassandra, die sie ermahnt hatte zu Hause zu bleiben, für den Fall, dass... das was? Ihr hier etwas passierte? Wie hatte sie nur so dumm sein können? Cassandra. Ihre liebe Katze. Eine Katze.

Plötzlich war ihr alles klar. Der Gedanke zerschnitt ihre Verzweiflung so schnell und effektiv, dass sie in die Höhe fuhr. Dann setzte sie sich wieder hin.

Sie hatte so etwas noch nie getan, hatte sich bisher immer nur das Bewusstsein der Katzen geliehen, die nicht nur in ihrer unmittelbaren Nähe waren, sondern die sie auch direkt vor Augen hatte. Das hier war Wahnsinn und ihre einzige Möglichkeit. Sie musste sich beruhigen, sich bequem auf den nassen, kalten und krabbelnden Boden ausstrecken und nach dem Bewusstsein der Katze tasten. Ihre Gedanken flogen zu der Karte, die sie in Ulriks Wohnung gesehen hatte. Da war die Katzenpopulation verzeichnet und sie musste nur ihren Weg rekonstruieren, ihn mit der Karte gegenüberstellen und sich daran erinnern, in welcher Richtung von hier aus in etwa Wildkatzen zu finden waren.

Es dauerte eine ganze Weile, bis es ihr gelang, eine Verbindung zu bekommen. Und schließlich ging ihr Bewusstsein so nahtlos in das der Katze über, dass sie am Ende nicht mehr wusste, wann und wie sie diese gefunden hatte. Die Fragestellung war klar, und Merle hatte Glück. Diese Wildkatze hatte Ulrik und seine Lockstoffe wahrgenommen. Sie kannte die grobe Richtung. Also zog sie los, streifte durch das Dickicht, bis sie Merles Körper fand, reglos und zitternd. Von da zog sie leicht nach links und immer tiefer in den Wald, sprang über Sträucher, balancierte über Baumstämme und Wurzelstücke und zwang sich unter Ästen hindurch. Die Geister, die ihr zu nahe kamen, kreischte sie weg. Alle, außer den einen, der nun suchend auf sie zukam. Ulrik. Merles Herz setzte beinah aus. Er war es tatsächlich, und er schien nach ihr Ausschau zu halten, jetzt da er merkte, dass sie ihm abhandengekommen war. Die Katze übersah er dabei, vielleicht, weil sie ihn nicht interessierte und er sie nicht mit ihr, Merle, in Verbindung brachte.

Nur am Rande stellte Merle fest, dass sich das Bewusstsein einer Wildkatze fremder anfühlte und die Freiheit das Tier anders reagieren ließ, als ihre städtischen domestizierten Brüder und Schwestern es zu tun pflegten. Das erschwerte Merle nicht nur die Verbindung, sondern auch die Kontrolle über den Geist des Tieres. Diese Katze war so wild, dass Merle sich stärker nach jenen Katzenbedürfnissen richten und viel mehr konzentrieren musste, als sie es bei Cassandra je getan hatte.

Bergwerk, Gang, versuchte Merle der Katze den Gedanken so kurz und klar wie möglich zuzuspielen. Wenn hier ab und zu Stollen und Schächte freigespült wurden, wie weit musste dann erst das Gangsystem unter der Erde verzweigt sein? Wie sollte die Katze wissen, wohin genau sie gehen musste? Was, wenn Merle nicht die richtige Stelle fand? Sie versuchte sich nicht zu sehr von ihren Sorgen ablenken zu lassen.

Mittlerweile hatte Merle die Orientierung ganz verloren, denn die Wildkatze lief nicht nur querwaldein, sondern schien auch ab und zu die Richtung zu ändern, um die Markierungen ihres Revieres zu erneuern. Und davon war sie wirklich nicht abzubringen, so sehr Merle es auch versuchte. Irgendwann stieg ihr ein merkwürdig schwerer und beißender Geruch in die Nase, der ihr zumindest ganz grob vertraut vorkam, wenn sie ihn auch gar nicht einordnen konnte. Je weiter sie sich der Geruchsquelle näherten, desto mehr Haare sträubten sich im Fell der Katze. Gleichzeitig wurden auch die Schemen mehr. Es musste über ein Dutzend Geister sein, die hier im Wald ihr Unwesen trieben und die Wildkatze zu bedrängen versuchten. Pausenlos war sie nun am Kreischen, bis ein Geheul die Nacht zerschnitt und ihr schmerzhaft in die Ohren fuhr. Die Wildkatze zuckte panisch zusammen, den Schock in den Gliedern und nahm Reißaus. Das war der Moment, in dem die Verbindung riss.

Ruckartig fuhr Merle in die Höhe und riss ihre Augen auf. Sie schlotterte so stark vor Kälte, dass sie mit ihren steifen Gliedmaßen kaum aufstehen konnte. Außerdem half es nichts mehr, sich in den Pullover von Ulrik zu kuscheln, da er einen riesigen nassen Abdruck des Waldbodens vom Ruhen darauf aufgestempelt hatte. Sie fror so erbärmlich.

Ein eisiger Hauch strich über ihr Gesicht, so sanft und

leicht, dass es nur Ulrik sein konnte.

„Ulrik", seufzte sie und versuchte die Tränen, die wieder in ihre Augen stiegen, zurückzudrängen. In dem Dunkeln, das sie hier umgab, konnte sie seine verzerrte Spiegelung höchstens erahnen. „Ich finde dich", flüsterte sie und nahm den Weg auf, den die Wildkatze ihr vor einigen Minuten vorgegeben hatte. Die ersten Meter konnte sie noch rekonstruieren. Doch je dichter das Dickicht wurde, desto schwerer fiel es ihr, die Orientierung zu behalten. Ein bisschen glaubte sie von Ulriks Kälte geführt zu werden, doch darauf konnte sie sich nicht verlassen. Tote Blätter wirbelten vor ihr auf, obwohl kein Wind ging. Wieso trieben sich hier so viele Geister herum? Waren es vielleicht jene in den Schächten verunglückter Bergarbeiter, die mit dem Freilegen des Ganges an die Oberfläche gedrungen waren? Wollten sie vielleicht nur auf sich aufmerksam machen?

„Wenn ihr wollt, dass man euch hier draußen findet, tut ihr gut daran, mir jetzt zu helfen", presste sie zwischen zusammengebissenen Zähnen hervor und behielt die zu Boden klatschenden nassen Blätter vor sich im Auge.

Das Gelände stieg steil an, als sie einen Hang erklimmen musste. Sich mit nur einer Hand festzuhalten, während die Füße in den klatschnassen Socken über den glitschigen Teppich toten Laubes glitten, war gar nicht so einfach. Dann wechselte die Umgebung. Laubbäume wichen gewaltigen Fichten, Blätter wichen Moos und Felsen, die wie schiefe Zähne aus der Erde ragten.

Merle verlor den Weg aus den Augen. Es konnte nicht mehr weit sein. Aber war sie hier vorher überhaupt vorbeigekommen, oder hatte sie sich durch einen der Markierungsschlenker in die Irre führen lassen?

„Ulrik", wisperte sie und hoffte, er könne ihr helfen. Burgwart. War es nicht Burgwarts Heulen gewesen, dass sie zuvor vernommen hatte? Oder war ein anderes Tier die Quelle dessen gewesen, stark genug verzerrt, dass sie es missverstand?

„Burgwart?", rief sie in den Wald hinein und wartete. Dumpf und dröhnend schlug ihr das Herz in der Brust. Die Temperatur fiel, je weiter sie sich in den Fichtenwald wagte.

Irgendwo heulte es wieder, leise noch.

„Burgwart!" Jetzt lief sie schneller. Hier hatte sie das Bewusstsein der Wildkatze verloren. An dieser Stelle mussten die Geister gewesen sein, die sie von allen Seiten bedrängt hatten. Merle spürte die Angst flutartig in sich hochsteigen und rannte noch etwas schneller, stolperte und fiel. Sanft fing der Moosteppich sie auf, hart und schmerzhaft, knallte ihr Knie an einen Stein, der kantig daraus hervorstand. „Burgwart!", rief sie unbeirrt und versuchte sich allein auf den Hund zu konzentrieren, nachdem ein Blick auf die bauchige Vase das blanke

Entsetzten auf ihr Gesicht gesetzt hatte. Nebel erfüllte die spiegelnde Fläche, nichts als Nebel. Sie schlotterte in der verdichteten Kälte, die jetzt eisig nach ihren Haaren und in ihr Genick griff, wich fliegenden Ästen und wirbelnden Blättern aus, bis sie den Ausläufer einer kleinen Lichtung erreichte. Ihre Intuition schrie ihr zu stehen zu bleiben, und sie hörte einmal darauf. Genau zur richtigen Zeit, denn das dunkle Loch sah sie erst im Boden klaffen, als ihre Zehen sich fast in die Kante zum Schlund krallten. Hier war kein Absperrband, wie um das Loch auf der kleinen Lichtung. Und Burgwarts Bellen drang direkt aus der Tiefe vor ihren Zehen. Merle ging einen Schritt zurück.

„Burgwart, bist du da unten?", fragte sie mit dünner Stimme.

Der Hund antwortete bellend.

„Ich bin jetzt da... Ich hole dich da raus, in Ordnung?" Sie holte tief Luft. „Burgwart, ist dein Herrchen auch da unten?" Eigentlich konnte es nicht anders sein. Es musste sich so zugetragen haben. Vielleicht war Burgwart durch die Erde in den Schacht gebrochen und Ulrik bei dem Versuch, ihm zu helfen, ebenfalls hineingestürzt. Der Hund begann zu winseln. Das war nicht gut.

Über ihr riss der Himmel auf, genug, dass sich fahle Mondstrahlen in den Wald ergießen konnten. Was durch die unzähligen Nadeln der Bäume fiel, erhellte auch

Merle und den Schlund unter ihr. Schwärze gähnte ihr entgegen, in der sie die Kontur des Hundes und auch die Ulriks in vielleicht sechs bis sieben Metern Entfernung unter sich zu sehen glaubte. Die Strahlen fielen aber auch auf ihre Vase und erleuchteten das Gelände unterhalb der Äste und Zweige zwar nur milchig aber genug, dass Merle die unzähligen Schemen der Geister sich darin spiegeln sah. Sie schnappte nach Luft. Kalt hing der Pullover an ihr, klebte nass und eisig an ihrem Rücken. Eisig waren mittlerweile auch ihre Finger, die sich so taub anfühlten, dass sie sie kaum noch bewegen konnte.

„Burgwart, ...halte durch, ja? Ich hole dich da raus... Aber ich schaffe es nicht allein." Nur mit Mühe konnte sie ihr Mobiltelefon, ein altes Modell, das nicht viel Schnickschnack hatte, aber zum Telefonieren reichte, aus der Hosentasche ziehen. „Ich rufe nur mal eben Franzi an."

Noch mühsamer gestaltete sich das Tippen der Telefonnummer auf den kleinen Tasten. Merle verdrückte sich ständig, bis sie fast die Nerven verlor. Schließlich klingelte es sieben Mal, bevor sich am anderen Ende eine verschlafene Stimme meldete.

„Ja?"

„Franzi", flüsterte Merle atemlos und schloss die Augen. Ihre Zähne klapperten so stark aufeinander, dass sie kaum sprechen konnte. Die Vase versuchte sie zu ignorieren. Sie wollte die Bedrohung nicht sehen. „Es tut mir leid... ich wollte dich nicht...“

„Merle?“, fragte es am anderen Ende. „Merle, bist du das? Du klingst ja ganz fürchterlich...“

„Ulrik ist... Ulrik hatte... einen Unfall.“ Sie schrie beinah ins Telefon. In der Leitung knackte es verdächtig. Vielleicht störten die Geister den Empfang, vielleicht zog auch wieder ein Sturm auf. Wenn jetzt die Leitung erstarb, war es für sie aus.

„Was?“ Sie hörte, wie Franzi schlagartig hellwach wurde. „Merle, wo bist du?“

„Im Wald... ist ein neues Loch... er ist in den Schacht gestürzt... mit Burgwart.“ Die Tränen ertränkten ihre Stimme, erstickten sie, bis sie nur noch japsen konnte. Trotzdem musste sie die Worte formulieren. „Im Wald, neben der... Lichtung, bei deinem freigelegten Schacht.“

„Merle, wo bist du? Bist du auch da? Du darfst auf keinen Fall dort allein herumlaufen. Der Gang ist noch nicht gesichert, hörst du? Ich werde die Bergwacht schicken. Die holen Ulrik und Burgwart heraus.“

„Ulrik ist... er ist...“

Stille. Sie hörte, wie Franzi Luft holte.

„Merle, die kümmern sich um alles. Bleib, wo du bist, und rühre dich nicht von der Stelle. Ich komme gleich. Es wird alles gut.“ Es tat gut, Franzis feste Stimme zu hören. Aber Merle glaubte nicht an ihre Worte. Sie legte auf und starrte in den Schlund. Ihr Beitrag war getan.

Das, was sie jetzt noch antrieb war Schmerz.

„Burgwart, Junge,... Franzi kommt gleich... Die holen dich da raus." Auf allen Vieren rutschte sie auf den Rand des Abgrundes zu, bis sie in die Schwärze spähen konnte. Der Hund winselte zu ihr hoch. „Ich bin gleich da..." Vorsichtig tastete sie mit den Händen am Erdreich entlang. Vase und Mobiltelefon hatte sie achtlos fallen lassen. Vor und unter ihr waren Wurzeln und Steine. Sie konnte hinabklettern, sie musste nur gut tasten.

Die Temperatur fiel.

Ihre Linke griff nach einem Wurzelstrang, der etwa so dick wie ihr Handgelenk war. Er war nass und glitschig, und so rutschten ihre Finger ab. Das war der Augenblick, in dem sich die Kälte hinter ihr verdichtete. Ein Windstoß traf sie in den Rücken und sie verlor das Gleichgewicht, bevor sie kopfüber in die Schwärze des gähnenden Schlundes stürzte.

Die Finger unter ihrer Hand bewegten sich leicht. Merle schlug die Augen auf und war plötzlich hellwach. Ein mattes Lächeln verzerrte den blassen Mund in dem Gesicht, das sich nur einige Zentimeter von ihrem eigenen entfernt befand.

„Ulrik", flüsterte sie und drückte seine Hand, bevor ihre Euphorie sie übermannte und sie zu ihm ins

Krankenhausbett trieb. Endlich war er erwacht. Ihr Herz war leicht vor Glück, ihr Verstand trunken vor Freude. Eigentlich hatten die Ärzte im Krankenhaus nur diffuse Prognosen für sie gehabt. Dass er lebte, kam für sie alle einem Wunder gleich, ebenso wie die Tatsache, dass er, bis auf einige Prellungen und Verstauchungen vom Sturz, weitestgehend unbeschädigt geblieben war. Allein das Bewusstsein hatte er verloren, was die Fachleute sehr beunruhigt hatte, da sie die Nachwirkungen und Folgen nicht kalkulieren konnten. Merle war das alles egal, solange sie nur ihren Ulrik wieder hatte. Der diensthabende Arzt hatte ihr gleich bei ihrem Eintreffen versichert, dass ihr schnelles Handeln Ulrik das Leben gerettet haben musste. Hätte er noch längere Zeit in der nassen Kälte verbringen müssen, hätte es für ihn keine Aussicht mehr auf Rettung gegeben. So hatte er sich nur stark unterkühlt und wohl eine mittelschwere Gehirnerschütterung erlitten, nichts, was nicht mit Wärme und viel Ruhe zu kurieren war.

„Merle", flüsterte er ihr ins Haar, als ihr Kopf sich auf seine Brust legte. Noch fehlte ihm die Kraft sie an sich zu drücken, aber er versuchte es dennoch. Und so lagen sie da, auf einem sterilen weißen Krankenhausbett inmitten eines grell erleuchteten Krankenhauszimmers, während draußen der Regen gegen die Scheibe schlug. Seine Augenlider senkten sich wieder, dann wurden seine

Atemzüge länger und tiefer. Merle lauschte auf seinen Herzschlag, hörte auf seinen regelmäßigen Atem und ließ sich davon einlullen. Sie döste noch eine geraume Weile.

Es war der 31.10. und Ulrik hatte mehr als den halben Tag verschlafen. Mittlerweile war es draußen wieder dunkel geworden und schrecklich kalt, was Merle hier im Zimmer und an seine Brust gekuschelt nicht weiter störte. Draußen tobte der Sturm, während hier drinnen die grellen Lichter jede Naturgewalt aussperrten. Der Brustkorb hob und senkte sich wieder. Immer weiter. Und Merle entspannte sich. Irgendwann hatte Franzi sie dazu gezwungen, sich etwas Frisches und vor allem Trockenes überzuziehen, nachdem eine Krankenschwester sich um ihre blutigen Füße gekümmert hatte. Da Merle aber verweigert hatte, Ulrik auch nur für eine Minute allein zu lassen, musste ihre Freundin ihr die Sachen schließlich bringen, wenn sie nicht wollte, dass Merle eine Lungenentzündung erlitt. Überhaupt war Franzi ziemlich außer sich gewesen, sobald Merle im Wald wieder zu Bewusstsein gekommen war. Sie hatte Merle ins Gesicht geschrien und sie beinah geschüttelt, bevor sie sie am Ende in die Arme schloss und so stark an sich drückte, wie es ihre Kräfte nur zuließen. Franzi hatte sich beim besten Willen nicht erklären können, wie Merle diesen Sturz in die Tiefe überlebt haben konnte, und da halfen auch alle Anspielungen auf die neun Leben einer Katze, und dass sie immer auf die Füße fielen, nichts.

Merle verschwieg Franzi, dass sie glaubte, von einem Geist in die Tiefe gestoßen worden zu sein, und fragte sich langsam, ob es auch das war, was Ulrik widerfahren war. Hatten die Geister ihn und Burgwart angelockt, um auf sich aufmerksam zu machen? War Burgwart dann in das Loch gestürzt, dass sich unter seinen Pfoten wie ein Schlund geöffnet hatte, um ihn zu verschlingen? Und war die Erde so gierig, dass sie schließlich auch Ulrik verschlungen hatte, nachdem ein Geist ihn geschubst hatte? Oder waren es die Geister, die Gleiches mit Gleichem zu vergelten versuchten, in Gram und ewiger Wiederholung gefangen? Waren sie zu ungeduldig, dass er nicht schnell genug hinabkletterte und ihre Gebeine fand? Ihre Gebeine. Ein kalter Schauer rieselte ihren Rücken herab.

Leise schlich ihre Freundin jetzt ins Zimmer, vom Arzt gefolgt. Merle öffnete ein Auge.

„Er war wach", murmelte sie dösig und lächelte versonnen. „Vor einer Weile, da war er wirklich wach. Und er hat genau ein Wort gesagt: Merle."

Freudig sprang Franzi herbei. Merle wusste, wie schwer es der jungen Frau fiel sich soweit zu bremsen, um Merle und Ulrik nicht zur Besinnungslosigkeit zu herzen. Und die Euphorie hielt, auch als der Arzt die Vitalfunktionen von Ulrik checkte.

Der Arzt räusperte sich. „Frau Hagedorn, darf ich Sie bitten,das Bett kurz zu räumen, bis ich Herrn Lohgerber einmal richtig untersucht habe? Ich kann ihre Freude über sein Erwachen verstehen und auch Ihren Wunsch, ihm jetzt nah sein zu wollen. Aber geben Sie mir fünf Minuten Zeit." Er lächelte offen. „Und danach gehört er Ihnen ganz allein."

Sie nickte und erhob sich müde. Franzi nahm sie bei der Hand und drückte sie auf einen Stuhl.

„Das Schlimmste ist überstanden", flüsterte sie Merle ins Ohr und strich ihr das Haar aus dem Gesicht, bevor sie sich dann an den Fachmann wendete, um ihn mit weiteren Fragen zu bestürmen und irgendwelche lateinischen Ausdrücke aus ihm zu pressen.

Ulriks Anblick beruhigte sie. Die Stimmen flochten sich in eine monotone Melodie, die sie schließlich wieder entspannte. Merle war so müde, so erschöpft. Sie merkte kaum, dass ihr der Kopf nach vorne sackte und die Augen zu fielen.

Doch anstelle der Schwärze weicher Schlummerschwingen erdrückten sie die Eindrücke aus fremden Augen. Sie rannte durch die Gassen Goslars, immer in den Schatten von Häusern und Bäumen verborgen, während ihr der Wind um die Ohren pfiff und ihr schwarzes Fell eisig durchfuhr. Kalte Regentropfen schlugen ihr hart entgegen, sodass sie kaum erkennen konnte, was vor ihr war. Aber sie sah und hörte genug, um einen Eindruck davon zu bekommen, welches Horrorszenario sich gerade in den Straßen der Altstadt abspielte. Nebulöse Schemen zogen durch die Gassen, folgten ahnungslosen Passanten, bis diese sich umzuwenden begannen und fast rannten, fassten Kindern ins Genick, bis diese aufschrien und losheulten, und fachten den Sturm dort, wo ihnen die Türen versperrt und Fenster verriegelt wurden, so weit an, dass er beinah die Dächer abdeckte und eisig um die Ecken zog. Sie waren so gewaltig und wild, dass Merle kaum unterscheiden konnte, was der Sturm wirklich selbst, und was die Geister anrichteten, wo die Naturgewalt aufhörte und die paranormalen Präsenzen begannen. Wer heute Ouija-Bretter befragte, musste zwangsweise in der Psychiatrie landen.

Cassandra schlotterte vor Angst und wusste nicht, was sie tun sollte. Sie gab Merle zu verstehen, dass sie sich um sie sorgte und sie nicht alleine durch diese gespenstischen Straßen zurückgehen lassen würde. Aber auch, dass sie mit diesem unheimlichen Treiben überfordert war.

Merle schlug die Augen auf. Noch immer waren Franzi und der Arzt in ihr Gespräch vertieft und es war unmöglich zu sagen, wie lange sie so gedöst hatte.

„Franzi,", sprach sie die energische junge Frau leise an. „Kannst du hierbleiben und nach ihm sehen? Ich muss mich da noch um etwas kümmern."

Etwas verdutzt sah Franzi in ihre Augen. „Und das ist dir eben eingefallen?" Dann nickte sie. „Natürlich kann ich das, schließlich ist Burgwart versorgt und ich habe heute nichts mehr vor. Außerdem musst du dich irgendwann auch mal gescheit ausruhen."

Merle nickte und erhob sich. Obwohl sie ausgelaugt war, waren ihre Sinne geschärft und ihre Bewegungen sicher und geschmeidig.

„Ruf mich an, wenn er wieder aufwacht, ja?"

„Sicher", meinte Franzi und guckte skeptisch. „Aber nur, wenn es deinen Schlaf nicht stört. Schließlich müssen wir jetzt auch ein bisschen an dich denken. Wäre zu schade, wenn die große Retterin plötzlich ins Krankenhaus eingewiesen werden muss, weil sie sich übernommen hat."

Merle sah den Arzt noch zustimmend nicken, bevor sie Zimmer und Krankenhaus verließ. Am Ausgang wurde sie von einer klagend murrenden Cassandra in Empfang genommen, die sich sofort zitternd an ihr Bein drückte. Glücklicherweise hatte Franzi auch an ihren Mantel gedacht, sonst wäre Merle schon in den ersten zwei Minuten ihres Sprints völlig durchnässt gewesen. Sie musste eine ganze Weile laufen, bis sie die Altstadt erreichten, wo sie nun auf kürzestem Weg auf Esthers Café zuhielten. Dabei vertraute Merle blind auf die

Wahrnehmung und das Urteil ihrer Hexenkatze, wenn es darum ging, tobenden Sturmgeistern und nebulösen Schemen auszuweichen. Der Wind war so stark, dass er Halloweendekorationen, die nicht niet- und nagelfest waren, durch die Luft wirbeln ließ und sie gegen Wände, Türen und Fenster schleuderte. Die große Kürbisfratze vor dem *Mondscheingesüßt* flackerte nur deshalb noch, weil ihre Kerze durch ein LED-Licht ersetzt worden war. Die Inhaberin stand inmitten fliegender Hexen und Fledermäuse und starrte aus dem Fenster, ihren ramponierten Hexenkater zu Füßen, der sich wahrscheinlich nur zur Feier des Tages im Café aufhalten durfte. Stimmungsvoll war es in seinem Inneren dekoriert und lockte die Gäste nicht nur mit warmen Speisen und Schokoladen, sondern auch mit laufender Heizung und Geborgenheit, als Kontrast zum Sturm, der draußen tobte. Esther zog ihre Freundin ins Warme, sobald sie sie draußen erkannte.

„Was ist da draußen bloß los?", murmelte sie dabei.

Würzig und warm schlugen Merle die wohligen Gerüche um die Nase, die sie fast von ihrem eigentlichen Beweggrund hier hereinzukommen, ablenkten. Heute hatte Esther auch einige Stehtische aufgestellt, um den überzähligen Gästen Plätze zu bieten. Um den Andrang des überfüllten Cafés zu bewältigen, halfen heute auch die beiden Cousinen, Zwillinge, wie Merle jetzt feststellte, aus. Alle Feuersteinfrauen waren der Nacht entsprechend als Hexen verkleidet, die Cousinen in Schwarz-weiß mit orange geringelten Strumpfhosen und Esther in sämtlichen Grüntönen, die ihr zackig, fransig und urig Schicht über Schicht den Körper bedeckten. Ihr Hut war zwar lang und spitz aber auch unzählige Male gebogen. An seiner Spitze baumelte ein einzelner silbriger Mond. Merle stupste ihn verspielt an.

„Ja, der verdeutlicht nur noch mehr, wie gerne ich meine Kuchen im Schein des Mondes backe." Dann wurde sie wieder ernst. Ihre Augen verengten sich zu Schlitzen. Esther entging aber auch gar nichts. „Den halben Tag habe ich versucht, dich anzurufen. Was ist passiert?", fragte sie leise.

Und Merle berichtete, während sich Cassandra von hinten an ihr Bein drückte, immer darauf bedacht etwas zwischen sich und Paul zu bringen, der sie mehr als nur interessiert angaffte. Sie ließ nichts aus, versuchte sich aber trotzdem so kurz wie möglich zu fassen. Am Ende war Esther blass, die Augen vor Sorge aufgerissen.

„Du meine Güte. Das ist furchtbar."

Merle nickte. „Aber Ulrik ist wieder auf dem Weg der Besserung. Er ist am Leben, und das ist gerade das Wichtigste für mich."

Esther nickte langsam und schloss ihre Freundin in die Arme. „So, dann such dir einen Platz und lass dich etwas verwöhnen", sagte sie mit flackerndem Blick. Was immer ihr auf der Seele brannte, sie wollte es nicht mit Merle teilen. Und Merle wollte einfach nicht mehr geschont werden.

„Esther, ich bin sehr gern hier und bei dir, vor allem zu Halloween, da es hier so schaurig schön und gemütlich dekoriert ist, aber mich hat etwas anderes angetrieben. Du fragtest gerade, was dort draußen los ist. Die Geister sind heute unterwegs und treiben ihr Unwesen besonders wild."

Esther nickte, die Lippen zu einem Strich zusammengepresst. „Irgendetwas macht sie ruhelos."

„Vielleicht sind es ihre verschütteten Gebeine, dort draußen in dem Schacht, der erst jetzt freigelegt wurde. Da gibt es noch mehr Löcher. Könnte das sein?"

„Wenn sie nicht beerdigt sind und keine Übergangsriten erhalten haben, vielleicht. Wenn niemand mehr ihrer gedenkt und sie dort leer und bar jeglicher Erinnerung herumliegen, auch."

„Können wir ihnen dann keine Lichter anzünden?"

„Um sie hierher zu locken, damit sie ihren Schabernack in geschlossenen Räumen treiben? Lieber nicht." Nachdenklich legte Esther ihre Stirn in Falten.

„Dann bannen wir sie. Können wir sie irgendwie bannen? Und wie lange kann dieser Spuk anhalten, wenn die Schleier nur jetzt so dünn sind?"

„Im schlimmsten Fall bis Neumond. Und das ist erst in zwei Wochen. Oder wieso glaubst du, steht der gesamte November bis zum ersten Advent im Zeichen des Totengedenkens?"

Merle nickte ergeben.

„Wenn es wirklich die Gebeine sind,", führte Esther ihre Gedanken aus, „muss man vielleicht Zeit verschaffen, bis sie schließlich geborgen sind und alles abgesichert werden kann. Wir werden wohl ein richtiges Ahnenritual machen müssen, um sie zu beruhigen und ihnen für die nächsten Tage zumindest etwas Frieden zu geben."

Angst und Neugier stiegen gleichermaßen in Merle empor, um sich dann ihren Platz zu erkämpfen. Noch siegte die Neugier.

„Komm mit in die Küche, damit ich dir erklären kann, was wir brauchen."

Es schrie und gellte in Goslars Straßen. Dieses stürmische Halloween war nur etwas für Mutige und wirklich Hartgesottene, und diese zogen dick vermummt und gruselig verkleidet von Haus zu Haus, um Süßigkeiten zu erbeuten. Es war Merle ein Rätsel, wieso die Leute ihre Kinder bei solchem Wetter nicht im Haus hielten, und wie Erwachsene in diesen Wirren noch scherzend durch die Straßen wanken konnten. Bei jedem von ihnen, ob groß oder klein, lagen die Nerven blank, war die

Angst so dicht unter der Oberfläche, dass sie auch bar jeglicher Schminke die gruseligsten Grimassen anstelle von Gesichtern trugen. Des Adrenalinkicks konnten sie sich an diesem Abend alle sicher sein, soviel stand fest. Sie heulten auf, wenn die Geister ihnen zu nahe kamen oder sie streiften, stolperten und stürzten, wenn sie von den Schemen geschubst wurden oder ihnen, wie zufällig, etwas vor die Füße rollte, und plärrten, wenn sich die Geister um sie her zu stark verdichteten.

Merle hastete, von Cassandra begleitet, durch die Straßen der Altstadt und schrie sich halb die Seele aus dem Leib. Ein Hexenhut mit breiter ausladender Krempe und einer mehrfach gebogenen langen Spitze, den sie aus Esthers Dekoration sozusagen spontan entliehen hatte, bedeckte ihr Haupt und berechtigte sie zu dem größten Schabernack. Was sie mit Cassandra hier in halber Panik betrieb, war Schadensbegrenzung. Sie musste ihrer Freundin Zeit verschaffen, damit diese ihre Vorbereitungen für das Ahnenritual treffen konnte, und gleichzeitig darauf achtgeben, dass das Treiben der Geister nicht zu viele Passanten und Halloween-Wütige schädigte. Die Leute wollten sich gruseln, doch hier draußen erlebte man nur Panik und blankes Entsetzen.

Sie buckelte und kreischte, wo immer Cassandra zu buckeln und zu kreischen begann. Ihr Fauchen war beinah synchron, wenn es gebraucht wurde. Dabei musste

Merle sich vollständig auf Cassandras Wahrnehmung der paranormalen Präsenzen verlassen. Sie musste schnell genug auf jedes kleinste Anzeichen von Nervosität und Angst reagieren, was eine echte Herausforderung war, da der kleine Katzenkörper die gesamte Zeit über vor diesen beiden Gefühlen bebte.

Der Wind nahm zu, je weiter sie sich auf eine Kreuzung vorschoben. Und wieder ärgerte Merle sich darüber, keine Vase oder Glaskugel mitgenommen zu haben, um zu sehen, was vor ihnen passierte. Cassandra erstarrte und schrie. Was immer sie dort vor sich hatten, musste gewaltig und wirklich wütend sein, so wie es Laternen und Kränze durch die Luft schleuderte. Cassandra wirkte hilflos und überfordert, auch wenn sie versuchte, es sich nicht anmerken zu lassen. Ihr Kreischen bildete ein Echo. Oder zumindest wirkte es für einen Augenblick so, als sie das Schrillen eine Straße weiter entfernt hörten. Nur wenige Minuten später kam, an die Hauswände gedrückt, halb geduckt eine dunkle Silhouette auf sie zugesprungen, in der sie den grauen Kartäuser Mikesch erkannten. Seite an Seite arbeiteten sie sich immer weiter auf den Geist zu, bis dieser zu weichen begann. Seine Wut steigerte sich. Merle fühlte es ganz deutlich an der Kälte, die immer eisiger wurde, die sich immer weiter ausbreitete und den Gürtel aus Leere um ihn her verdichtete. Sie wollte ihn sehen, wollte wissen, was er tat. Doch ihren Körper in dieser Situation abzulegen, um sich Cassandras Sicht zu leihen...

Merle taumelte, als die fremden Eindrücke ihren Verstand überfrachteten. Zwei Sichten überlagerten sich so stark, dass ihr sofort schwindelig wurde. Stechend setzten die Kopfschmerzen ein, als ihr Gehirn versuchte, Cassandras Sicht mit ihrer in Gleichklang zu bringen. Merle stolperte und war unfähig, auch nur einen Schritt zu machen. Sie blinzelte. Die Katze stand zu weit von ihr entfernt und viel zu tief, als das die unterschiedlichen Perspektiven zu kombinieren wären. Was war schiefgegangen? Natürlich, sie hatte ihre Augen noch offen. Erneut blinzelte sie, bis sich die Lider endlich herunterklappten. Jetzt jedoch war an Laufen nicht mehr zu denken. Außerdem verlor sie fast augenblicklich das Gefühl für ihren Körper und riskierte womöglich einen schmerzhaften Sturz. Ihr eigenes Gellen verebbte.

„Cassandra, komm auf meine Schulter", versuchte sie zu sagen und hörte selbst wie merkwürdig verzerrt ihre Stimme klang. Die Katze verstummte. Starrte zu ihr empor. Und das war wirklich seltsam, sich selbst so halb zu fühlen und gleichzeitig zu sehen.

Mikesch wirkte verunsichert, jetzt da er plötzlich alleine schrie. Seine Stimme wurde etwas zittrig. Und dieser Augenblick, diese Stille gab dem Geist die Chance zur Gegenwehr.

Merle spürte, wie sich Krallen in ihr Bein bohrten und versuchte, Cassandra vom Oberschenkel aus in die Höhe zu ziehen, während ihnen Blätter und kleine Plastikkürbisse entgegenflogen. Mikesch drückte sich auf der anderen Seite gegen ihr Bein und versuchte sich tapfer zu halten.

Wer glaubte, dass es ein Kinderspiel war, eine Katze auf der Schulter zu balancieren und dabei geheimnisvoll zu wirken, der täuschte sich gewaltig. Das Gewicht war nicht unbedingt problematisch, wohl aber die Verteilung dessen. Bei jeder Bewegung ihrerseits grub Cassandra ihre Krallen tief ins Fleisch, um Halt zu finden und das Gleichgewicht immer wieder neu auszubalancieren. So blieb Merle nichts anderes übrig, als die Zähne zusammenzubeißen und nicht darauf zu achten. Hier gab es etwas anderes, was ihrer vollen Konzentration bedurfte.

Es dauerte einige Sekunden, bis ihr Verstand die Eindrücke zusammenbrachte, als sie die Augen dann öffnete und zum Ende der Gasse spähte. Obwohl es jetzt deutlich besser als zuvor funktionierte, war das Bild so seltsam unscharf und verschwommen, wie im besten Alkoholrausch. Die Verzögerung des Gesehenen, wenn sie oder Cassandra sich zum Teil synchron, zum Teil verschieden bewegten, fühlte sich ebenfalls entsprechend an.

Nun sah Merle, dass es nicht nur ein Geist war, der dort so wütete, sondern zwei. Beide waren kleiner als Merle und deutlich stämmiger. Ihren Minen war nicht anzusehen, ob sie wirklich zornig waren, denn sie waren nach wie vor leer.

Wieder begannen Merle und Cassandra zu kreischen. Lange würde ihre Stimme nicht mehr halten, dachte die junge Frau, als sie das Kratzen im Hals spürte. Cassandra buckelte und bohrte ihre Krallen tiefer ins wunde Fleisch. Merle zuckte. Und die Geister ebenso.

Allmählich setzte sich das Echo fort. Weitere Schreie gesellten sich in diese gespenstische Kakofonie, die Merle eine Gänsehaut über die Arme trieb. Sie spürte das Mobiltelefon in ihrer Hosentasche vibrieren und wusste, dass die Zeit gekommen war.

Weitere kleinere Schemen flogen ihnen an der Kreuzung aus zwei Richtungen entgegen und kamen mit ihrem Schreien zu Hilfe. Merle erkannte Evi und Celine. Nie hatte sie sich so über den Anblick dieser Katzenmädchen gefreut, wie in diesem Augenblick. Zusammen trieben sie die beiden Geister vor sich her, die vor dem Gellen flohen. Drei Gassen weiter gab ihre Stimme auf.

Plötzlich wurde es kurz still um sie her, als bräuchten die Katzen einen Augenblick, um zu begreifen was passiert war. Merle räusperte sich einige Male, doch außer

Krächzen wollte kein Laut ihre wunde Kehle verlassen. Sie fuhr entsetzt zusammen, unfähig die Katzen auch nur mit einer Geste zum Weitermachen zu animieren. Ihr Puls beschleunigte.

Die Schemen nahmen wieder an Dichte zu, bis Nell hinzukam und sich entschlossen an die Spitze der Meute setzte. Dann buckelte sie und riss ihr Maul auf. Das war das Zeichen zum Weiterkreischen. Sofort stimmten die Katzen in das gespenstische schrille Konzert mit ein, stärker als je zuvor.

In einer Schar zusammengerauft trieben sie die Geister Richtung Marktplatz, wo Esther schon auf Merle und Cassandra wartete.

„Ich habe Franzi bereits Bescheid gegeben", rief sie Merle über den Sturm hinweg entgegen, der ihre Worte barsch von den blassen Lippen riss, um sie Merle verzerrt um die Ohren zu schleudern. „Sie wird mit ihrer Ausrüstung am Waldrand dazu stoßen."

Merle nickte. Das war der Augenblick, das Ruder wieder fahren zu lassen und darauf zu vertrauen, dass alles glatt lief. Gerade wollte sie Cassandra, die bereits wusste, welche Rolle dieser Plan für sie vorsah und sich sträubte, anweisen, als Esther Paul, der ramponiert aber stolz vor ihr stand und sie buckelnd und fauchend vor den Geistern abschirmte, zu instruieren begann. Er sollte die Führung übernehmen.

Und das tat er auch. Er schnaubte und brüllte, bis sich die Katzen, widerwillig nur, um ihn zusammenrotteten und sich in einer wilden Horde auf die tobenden Präsenzen, jetzt vier an der Zahl, zuschoben. Weitere Katzen stürmten aus einer Seitengasse herbei. Das Schauspiel war überwältigend und unheimlich zugleich.

„Ich hoffe, dass Paul das schafft", wisperte Merle Cassandra zu. Sie wollte nicht an ihm zweifeln, aber die Geister in den Straßen zu beschäftigen, sie wie eine Herde Schafe zusammenzutreiben und dann zur Stadt heraus zu befördern, kam ihr als Aufgabe doch zu groß und viel zu gefährlich vor. Cassandra zuckte nur.

Da betrat eine andere Gestalt den Marktplatz und steuerte geradewegs auf ihre Gruppe vor dem Rathaus zu. Wie ein Rattenfänger kam die Katzenfrau daher, dunkel, entschlossen und ein so breites Grinsen zur Schau stellend, das es beinah ihre sämtlichen Zähne zeigte. Ein eisiger Schauer rieselte Merle gleich mehrfach über den Rücken, beim Anblick dieser kalten und völlig freudlosen aber dafür umso grausameren Grimasse. Die blauen Augen blitzten ihr aggressiv und weise zugleich entgegen. Dann folgte ein kurzes Nicken. Umgeben war die Frau Grinsekatze von fünf dieser Geschöpfe, darunter auch Feli, die in einem wirren Haufen hinter ihr liefen und kreischten. Eine bessere Unterstützung konnte Paul nicht bekommen. Synchron starrten Merle und Cassandra zu ihnen herüber und nickten.

„Jetzt komm", rief Esther an Merles Ohr und zog sie Richtung Ortsausgang. In ihren Händen trug sie ein merkwürdiges Sammelsurium aus Alltagsgegenständen und Halloweendekoration, von dem sie Merle nun einen Teil in die Arme drückte. Ein Hexenhut und eine große Holzlaterne inklusive Feuerzeug und Stumpenkerzen wanderten in Merles Obhut.

„Was willst du mit dem Hut?", krächzte Merle gleich zweimal, nachdem sie sich beim ersten Mal kaum über das Chaos um sich her hinwegsetzen konnte.

„Für Franzi", antwortete Esther knapp und zog sie in langen Schritten durch die Straßen hinter sich her. Die gesamte Zeit hatte Esther damit verbracht, Küchlein zu backen und war nun in einen warmen Duft gehüllt, den der pfeifende Wind ihr Stück um Stück fortriss und irgendwo in diese düsterste aller Nächte trug.

„Was für ein Tag", murmelte Esther neben ihr. Merle, die die Sicht Cassandras auch jetzt noch teilte, wusste, was ihre Freundin gerade denken musste. Schaurig sollte die Halloweennacht sein, und das war sie, ebenso wie wild und real bedrohlich. Heute blieb keine Zeit an die Ahnen zu denken und ihnen für ihre Führung zu danken, sie hineinzubitten und mit ihnen zu speisen. Dieser Abend war ein wahrer Horror. Allerdings wussten nur sie beide, Ulrik und die Katzen wirklich etwas davon. Für alle anderen war es eben nur eine stürmische Vollmondnacht, die die Nerven freilegte und Aufregung säte.

Als sie die letzten Stadtausläufer und ihr Licht hinter sich ließen, trafen sie auf Franzi, die am Auto bereits auf sie wartete. Der Miene nach musste die junge Frau sich schon sehr beherrschen, Merle nicht anzufallen und im Affekt zu erwürgen.

„Was habe ich dir gesagt?", rief sie ihr entgegen. „Dass du dich ausruhen sollst! Und was hast du daraus gemacht? Das hier. Gibt es eigentlich einen noch ungünstigeren Zeitpunkt, als in finsterer Nacht und bei Sturm im Wald herumzuschleichen und verborgene Schächte abzulaufen?"

„Ja, wenn man das, was wir vorhaben, noch bei Schneesturm machen würde", setzte Esther so breit grinsend entgegen, dass Merle für einen kurzen Augenblick fürchtete, der Wahnsinn Felicitas könnte auf ihre Freundin übergesprungen sein.

„Du!" Franzi zeigte mit dem Finger auf Esther, presste die Lippen zusammen, bis sich ihre Backen aufbliesen. Da fing die rothaarige Hexe an zu lachen. Es klang so überdreht und kichernd, dass es nur auf ihre blank liegenden Nerven zurückzuführen war. Und es sprang auf Merle über, die wie ein alter Rabe krächzte.

„Na toll. Die Stimme hat sich schon verabschiedet", kommentierte Franzi mit betont finsterem Blick. „Und der Verstand tut es gerade ebenfalls. Was wird Ulrik nur dazu sagen, dem ich vorhin, als er wieder aufgewacht ist, hoch und heilig versprechen musste, dass ich heute auf dich aufpasse?"

„Mit gefangen, mit gehangen", meinte Esther, fischte den Hexenhut aus Merles Griff und drückte ihn Franzi kichernd auf den Kopf. „Na, wer hätte das gedacht, der passt wie angegossen", kommentierte sie und strahlte noch irrer.

„Ja, alles klar, was ihr wollt. Aber nur, weil ich es versprochen habe und heute dieses dämliche Verkleidungsfest ist."

Das Absperrband flatterte im Wind. Nach dem Einsatz der Bergwacht am Vortag war auch das zweite Loch weiträumig abgeriegelt worden. Weiß-rot gestreift sollte es die Leute auf die Gefahrenstelle aufmerksam machen und sie davon abhalten, sich zu nähern, doch eher lockte es die Hobbyarchäologen an, wie Franzi befürchtete. Und die Geister störten sich auch nicht daran.

Drei dunkle Gestalten waren darunter hindurchgeschlüpft, um jetzt in etwas mehr als einem Meter Entfernung von der Kante ihre Mitbringsel aufzubauen. Ein schwarzer Schemen war wieder in den Wald zurück gehuscht, um andere seiner Art zu holen. Dann begann eine der Hexen ihren Abstieg in den

Schlund.

Immer weiter drang die Gestalt in die Finsternis vor, bis auch die Spitze des Hexenhutes in der Schwärze verschwand. Franzis Kletterausrüstung ermöglichte ihr einen sicheren Abstieg in die Tiefe. Merle leuchtete ihr mit der Holzlaterne, während sie jeden der Handgriffe aufmerksam verfolgte. Routiniert seilte Franzi sich ab, sicher in ihrem Klettergeschirr sitzend, die Füße gegen das Erdreich gestellt, wobei sie abwechselnd an dem einen Seil zog und das andere Stück für Stück fahren ließ.

Indessen baute Esther ihre Mitbringsel auf, ordnete sie richtig an und flüsterte. Welche Worte sie sprach, konnte Merle nicht ausmachen, da sie vom listigen Wind direkt von den Lippen fort gerissen und in den Wald hinaus geschleudert wurden. Die Gänsehaut wollte schon gar nicht mehr weichen.

Zwei Laternen hatten sie hierher mitgebracht, von denen die eine gerade durch die Schwärze des Schachtes wanderte, bis Franzi sie auf den Gebeinen der Geister abstellen konnte. Die andere hielt Merle fest, um der Freundin den Weg zu leuchten. Als diese endlich sicheren Boden unter den Füßen hatte, konnte Merle ihr Licht neben dem Gebäck abstellen, das im weichen Moos an einem Stein lag.

„Seelenküchlein" hatte Esther sie genannt. Und dieses Gebäck war es auch, was sie in den letzten Stunden vorbereitet hatte, während es Merles Aufgabe gewesen war, sich mit den Geistern in der Stadt abzuplagen. Seelenküchlein. Allein das Wort ließ Merle schon schaudern. Die kleinen runden Küchlein waren blass und knubbelig, der Teig mit Salbei, Dost und Apfel versehen, allesamt Zutaten, die mit den Toten in enger Verbindung standen. Sie sollten den Verstorbenen als Mahl dienen, und das schon in langer Tradition. Schließlich jedoch hatte sich auch dieser Brauch gewandelt, war aus Respekt Furcht geworden, sodass dieses Gebäck und ähnliche Totenspeisen vor die Türen gestellt wurden, um die ruhelosen Geister zu besänftigen und sie zum Weiterziehen zu treiben, sie vor der Schwelle auszusperren, damit sie gar nicht erst ins Innere gelangten. Heute aber dienten die Seelenküchlein wieder dem Zweck, die Geister zu nähren, sie anzulocken und ihnen ein Stück Frieden durch Gedenken zu geben. Links und rechts neben der Speise hatten sie, quer in Hälften durchgeschnitten, frische Äpfel niedergelegt, die Ähnliches bewirken, und mit ihrem natürlichen Drudenfuß in der Mitte Schutz bieten sollten. Im Kreis hatten sie die Dinge platziert, die Küchlein innen, die Apfelhälften außen liegend, einen kleinen trichterförmigen Durchgang nach Goslar hin geöffnet und die Laterne einladend in dessen Mitte. Merle hielt ein kleines rotes Friedhofslicht in den Händen, während Esther ihre Räucherbündel herauskramte.

Sie wussten mit Sicherheit, dass sich einige der Geister in ihrer Nähe aufhalten und sie aus ihren leeren Augen beobachten mussten, denn es war so eisig und kalt in diesem Wald, dass Merle schon nach einigen Minuten Aufenthalt am Schacht die Finger taub wurden. Bald schlotterte und bebte sie vor Kälte, als sei sie in einen Wintertümpel gestürzt. Durch Cassandras wachsame Augen hatte sie gesehen, dass es etwa ein halbes Dutzend Schemen waren, die hier am Rande der Lichtung zwischen den Bäumen standen und sie aus ausdruckslosen Gesichtern anstarrten. Mit jeder verstreichenden Minute fiel es Merle schwerer die Angst, die in ihr hochstieg, niederzukämpfen. Und sie sah deutlich, dass es Esther ebenso erging. Es war eine Urangst, hatte Esther ihr gesagt. Die Angst vor der Leere und Kälte des Jenseits war tief im Menschen verankert, war immer da, auch wenn er im Laufe der Jahrhunderte neue Wege fand, damit umzugehen, bis er schließlich in heutiger Zeit die Dunkelheit des Todes mit sterilen Verhältnissen, grellem Licht und Tabuisierung zu bannen versuchte. Glaubte er wirklich, dass er den Tod einfach totschweigen konnte?

In der Tiefe rumpelte es. Franzi fluchte. Dann begann der Hauch eines warmen Lichtscheines den Schacht emporzukriechen.

„Wo platziere ich das Gebäck?", drang ihre Stimme dumpf zu ihnen empor.

„Drumherum", antwortete Esther mit solch einem Zähneklappern, dass Merle das Wort eher erahnte denn wirklich hörte.

„Gut, und dann?"

„Siehst du zu, dass du so schnell wie möglich wieder hier hochkommst."

In der Ferne hörten sie den Sturm heulen. Hier oben war es nicht ganz windstill, denn der eisige Gesell pfiff in den Baumkronen, die gefährlich in seinem Tanz schaukelten. Merle zitterte unter der unangenehmen Berührung ihrer Gänsehaut. Alles in ihr schrie nach Flucht, denn sie wusste, was sich dort durch den Wald auf sie zu bewegte. Und sie spürte den ungezähmten Verstand der Wildkatzen, die vor der eisigen Leere flüchteten.

Am Rande der Lichtung knackte etwas, zwei Meter weiter wurden Äste aufgewirbelt.

„Sie spüren die anderen nahen...", murmelte Esther, und hielt ihren Blick starr in die Dunkelheit des Waldes gen Goslar gerichtet. „Deshalb werden sie unruhig."

Merle schluckte hart. Ihre Kehle war trocken. Sie hörte, wie Franzi sich wieder an den Aufstieg machte. Wenn der Sturm hier ankam, durfte sie um keinen Preis mehr im Schacht hängen.

Mit aller Macht versuchte Merle ihre eigene Unruhe niederzukämpfen. In der Zeit der dünnen Schleier waren ihnen die Geister so nah, dass sich auch ihr Empfinden auf die dunklen Tiefen des Menschen übertrug. So spürte sie, wie sich Trauer, Unruhe und Leere mit eisigen Klauen näherten. Merle hatte Angst vor dem Augenblick, in dem sie nach ihrem Herzen und ihrem Verstand greifen würden.

„Franzi, beeil dich...", trieb Merle ihre Freundin rau an.

Neben ihr schlug das Feuerzeug Funken. Ein Lichtschein erlosch so schnell, wie er gekommen war, und das noch zwei weitere Male. Dann hörte sie Esthers wütendes Murmeln. Sie musste so vor Kälte zittern, dass sie das Feuerzeug nicht anzünden konnte. Und auch Merle hätte es mit ihren tauben Händen kaum vermocht. Einige weitere quälend lange Sekunden verstrichen, bis die kleine Flamme endlich aufloderte und sich streckte. Ein Windhauch streifte sie und ließ die unsichere Flamme gefährlich erbeben.

„Wir wollen euch Frieden geben, versteht ihr das denn nicht?", zischte Esther und hielt das eine Ende ihres Räucherbündels aus Salbei-, Beifuß- und Wermutstängeln in die Flamme. Flackernd griff sie nach den trockenen Blättern und verzehrte sie gierig, bevor sie erstarb. Die Wundränder glühten in der Dunkelheit und schoben feine Rauchsäulen in die Höhe. Esther begann wieder zu murmeln.

Auch Merle hatte das Gesicht dem Waldrand zu

gewendet. Zwischen den Bäumen knarzte es leise. Tiere flohen. Über ihren Köpfen nahm der Sturm zu. Äste schaukelten und schwangen durch die Nacht, einige brachen und stürzten zu Boden, wo sie wieder aufgewirbelt und durch die Luft geschleudert wurden. Das Heulen kam näher. Schrille Schreie, die durch Mark und Bein gingen, aus rauen Kehlen, von festen, dünnen und teils heiseren Stimmen ausgestoßen wurden. Nicht nur ein eisiger Schauer jagte Merles Rücken hinab.

„Was ist dort draußen nur los?", fragte Franzi dumpf. Sie musste jetzt die Hälfte der Strecke hinter sich gebracht haben. Die Panik war ihrer Stimme deutlich anzuhören.

„Die Meute kommt...", murmelte Esther und hielt das Räucherbündel vor sich.

„Franzi, komm da raus!", rief Merle mit zitterndem Unterkiefer und hoffte ihre Freundin genug anzutreiben, ohne sie noch mehr zu verstören.

Sie spürte, wie sich ihre Haare einzeln aufzustellen begannen, spürte, wie sich jeder ihrer Muskeln bis zum Zerreißen spannte und wie ihre Kiefer sich verkrampften. Dann schloss sie die Augen und sah, was Cassandra sah. Graue Silhouetten, weit und breit. Nichts als graue Schemen, die sich durch den Nadelwald auf den diffusen warmen Lichtschein zuschoben.

Entsetzt riss sie die Augen wieder auf.

Der Drang, Franzi am Seil hochzuziehen, war beinah

übermächtig, aber sie musste ihn niederkämpfen, denn sie hatte hier eine Aufgabe zu erfülen. Allein war Esther den Geistern einfach nicht gewachsen.

Der Sturm schwoll an, der Wind nahm zu. Und Esthers Stimme erklang zwei Schritte neben ihr, laut und fest genug, dass sie sie hörte, obwohl der Wind sich mühte, ihre Worte fortzutragen: „Wir wissen um euch, ihr seid nicht vergessen."

Sie wiederholte es immer und immer wieder, den Blick fest auf das gerichtet, was sich jetzt dort in der Finsternis unter den Bäumen abzeichnete. Merle kniff die Augen zu Schlitzen und spähte ebenfalls in die Dunkelheit, während die Böen an ihr rissen und sie umzuwerfen versuchten. Eine Hand hatte sie um die warme Kerze gelegt, die andere versuchte, den Hut auf dem Kopf zu halten.

Steine bröckelten hinter ihr und fielen ins Leere. Franzi fluchte. Wie tief sie jetzt noch war, konnte Merle nicht mehr einschätzen, denn etwas hielt ihren Blick, hatte ihn starr auf sich gerichtet und wollte ihn nicht mehr los lassen. Was da vorne auf sie zukam, wirkte im ersten Augenblick wie eine Wand aus Dunkelheit, da und doch nicht da, durchsichtig und doch milchig wie düsterer Nebel. Wie verdichtet mussten die Leere und die Kälte an diesem Punkt sein, dass man sie mit bloßem Auge sah? Dies war der Augenblick, in dem die Panik Merles

Herz verschlang. Allein Cassandras Gedanken in ihrem Kopf hielten sie an dem Ort, an dem sie verharrten, und hinderten sie daran, kopflos Reißaus zu nehmen.

„Wir wissen um euch, ihr seid nicht vergessen", erklangen die Worte in stetiger Wiederholung, bis auch Merle ihren Mund aufsperrte und es der anderen Hexe nach tat. Dabei war ihre Stimme so leise und zittrig, dass sie beinah stumm sprach. Weitere Äste flogen empor, streiften ihre Arme und prallten gegen ihre Beine. Der Sturm tobte, die Katzen schrien.

Jetzt sahen sie diese auch herannahen, dunkle Schemen inmitten schwarzer Finsternis. Allein Nell leuchtete so gespenstisch weiß wie eine Totenkatze. Jetzt waren sie nur noch zehn, vielleicht fünfzehn Meter von ihnen entfernt.

Die Bäume über ihnen schaukelten heftig, als der Wind ihre Stämme ergriff. Sie schlugen gegeneinander und knarzten bedrohlich.

„Wir wissen um euch, ihr seid nicht vergessen", stammelte Merle noch einmal mit Esther, während ihr Verstand Franzi zu mehr Eile antrieb. Dumpf hörte sie die Karabiner klimpern. Kein gutes Zeichen, bestimmt nicht. Das Kreischen hallte im Wald und dröhnte in ihren Ohren. Der Sturm toste so laut, dass sie hätten brüllen müssen, wollten sie sich jetzt noch etwas zurufen. Gespenstische Augen im Wald, grün und weit aufgerissen.

„Wir gedenken eurer, ihr seid nicht vergessen", krächzte Merle nun ihren Satz.

Harrende Geister mischten sich in die Horde, die sich ihnen tobend näherte.

Franzi, heulte Merle in Gedanken und versuchte ihre Worte lauter zu sprechen, flüsterte jedoch nur wie ein altersschwacher Rabe.

Die Geister waren jetzt kaum mehr als eine Handvoll Meter von ihnen entfernt und sie wurden von der Sturmfront fast von den Beinen gedrückt, als Franzi endlich über den Rand des Schachtes lugte. Merle ahnte, wie ihre Freundin die Augen aufriss und sich aus dem Loch über die Kante zog. Sie hörte, wie der Haken klackte und spürte, wie das Seil hinter ihr zu Boden fiel. Dann griffen kalte Finger nach ihren.

„Wir wissen um euch, ihr seid nicht vergessen", sprach Esther und trat auf der anderen Seite näher an Merle heran.

„Wir gedenken eurer, ihr seid nicht vergessen", sprachen Merle und Franzi wie aus einem Mund.

Die Katzen kreischten. Und vor ihnen tobte der Sturm.

Die Meute erreichte sie, schlug ihnen entgegen, bis sie glaubten, von den Füßen gerissen zu werden.

„Wir wissen um euch, ihr seid nicht vergessen. Wir gedenken eurer, ihr seid nicht vergessen", sprachen sie in dreifacher Stimme, nicht laut, aber fest genug, um ein

Leuchtfeuer im Sturm zu bleiben, während er mit aller Kraft um sie brüllte und toste.

Die Katzen hielten inne. Ihr Kreischen erstarb.

Und drückend, beinah dröhnend breitete sich Stille aus. Stille, nichts als dichte Stille um sie her und unzählige Augenpaare, die auf die Gaben starrten, die sie ihnen mitgebracht hatten.

Die Hexen aber sprachen weiter, unbeirrt und sicher, die Stimmen voll Wärme und dem Versprechen, das Licht zu erhalten.

EPILOG

Kalt und grau zog der Totengedenkmonat ins Land und half all den trauernden Hinterbliebenen mit dicken Regentropfen, ihre Toten zu beweinen. Manchmal stürmte er auch, als wolle er Köpfe und Herzen voller schwerer Gedanken leicht pusten, Tränen trocknen und Mensch und Natur helfen, bunte aber tote Blätter und Ballast abzuwerfen. Er war ein Monat des Loslassens im Erhalten des Lichtes warmer Erinnerungen an jene, die vor einem jeden über die weite Erde gewandelt waren. Der Mond nahm wieder ab, näherte sich mit jeder Nacht ein Stück dem düsteren Neumond, dem finstersten Gesell im Jahr. Aber die Menschen fürchteten sich nicht, denn der Schrecken, den Halloween mit sich gebracht hatte, war für dieses Jahr vorüber. Was auch immer den Schabernack getrieben und die Menschen so geängstigt hatte, ob Geist, Feenwesen oder Monstergestalt, war nun weitergezogen. Bald schon würde die Stadt dem gestrengen Winter gehören und unter einer weichen Decke gemütlichen Vergessens versinken. So hatte alles seine Zeit. So nahm alles seinen Lauf, so drehte sich das Rad weiter und immer weiter.

Merle kümmerte das alles in diesem Moment wenig. Sie genoss den Augenblick, in vollen Zügen, ganz von der Gegenwart erfüllt. Genüsslich drückte sie ihre Nase an Ulriks Hals und rieb mit ihrer Stirn über seine Wange, während ihr ein leises Schnurren über die Lippen kam. Ihre Finger spielten mit seinem Haar und krabbelten über den Reißverschluss vor seiner Brust. Die Wärme seines Körpers umhüllte sie genauso wie sein Geruch, den sie Atemzug um Atemzug in ihre Lungen saugte. Das Herz schlug fest in seiner Brust. Er lebte, und das zählte. Der Augenblick war perfekt. Jetzt hätte die Uhr anhalten mögen, um sie beide aus ihrem Lauf zu schleudern und ihnen die Ewigkeit zu gönnen.

Cassandra schnurrte leise, als sich Burgwarts Zunge zum tausendsten Mal über ihre Schnauze und den halben Kopf zog. Mittlerweile war das Fell an dieser Stelle ganz durchnässt, aber es schien das Tier nicht weiter zu stören.

„Sieh sie dir an. Von wegen wie Hund und Katz."

Merle lächelte und legte ihr Gesicht auf seine Brust.

Vor zwei Tagen hatte Ulrik sich selbst entlassen, gleich, nachdem der graue stille Morgen nach den schaurigen Wirren des Ahnenfestes angebrochen war. Die Ärzte hatten keinen Grund mehr, in länger da zu behalten. Und freudig strahlend hatte nicht nur Burgwart den jungen Mann empfangen, sondern auch Franzi und Merle selbst, die ganz zerschlagen und äußerlich durchgefroren waren, aber innerlich wie eine Kohle in einer Steckrübe glühend vor Wiedehopfs Schwelle gesessen und über die

Ereignisse der Nacht gesprochen hatten. Der Oktober hatte sie beide verändert und das weit mehr, als sie sich voreinander eingestehen wollten.

Die ganze Nacht lang hatten sie im düsteren Wald am Schacht gewacht, bis auch die letzten Geister besänftigt und friedlich zu ihren Gebeinen gezogen waren. Eine Totenwache, die Frieden brachte. In Stille hatten sie in die Flammen gesehen, auf das Flüstern der Geister gehört, die ihnen im Rauschen des Windes und im Knarzen der Äste Worte zu raunten, die nur die Seele verstand. Am Ende waren sie schweigend aus dem Wald getreten, in seltsamer Prozession von Hexen und Katzen, um in das Leben zurückzukehren.

Einen Tag später hatte Franzi die Bergung und Beisetzung der Knochen veranlasst, was viele Leute, die es mitbekamen, doch traurig und sehr nachdenklich stimmte. Einige wenige stellten Kerzen für die damals so qualvoll Verstorbenen und später Vergessenen auf, und doch genug, dass ihr Licht nicht erlosch. Das Loch selbst war gesichert worden, bis geklärt werden konnte, ob man es für Besucher öffnete oder es für immer verschloss.

Und einen Tag später waren sie hier, diesen Augenblick in Merles Dachkammer verbringend, alle vier beisammen.

Merle schmunzelte, als sie daran dachte, wie Cassandra tagsüber mit Burgwart kuschelte und nachts mit Mikesch um die Häuser zog und mit ihm schmuste. Zum Glück stieg Paul ihr nicht mehr nach, und das bestimmt, weil er jetzt, da er sich Esthers angenommen hatte, mit anderem beschäftigt war. Seine Aufgabe als Hexenkater nahm er wirklich unglaublich ernst, beschützte Esther, ganz gleich, ob es notwendig war oder nicht, und hütete Geheimnisse so gut, wie eine Katze sie eben hüten konnte. Seit ihrer Pflege hatte der alte Veteran wirklich einen Narren an ihr gefressen und ließ seine wilde Hexe mit dem fuchsroten Haar und dem schelmischen Blick kaum noch allein einen Fuß vor den anderen setzen.

Leicht und vielversprechend strich der Geruch nach Katzenminze um ihre Nase. Genüsslich inhalierte Merle den Duft von heißer Milch, Kraut und Ulrik, bis sie halb trunken davon wurde. Seinen Becher heißer Bitterschokolade mit einem Schuss Galgant hatte er in fast einem Zug gelehrt, gleich, nachdem sie das *Mondscheingesüßt* verlassen und hierher zurückgekommen waren.

Lächelnd hatte Merle sich auch heute zu Esthers bestem Stammgeist gesetzt. Und einige Leute hatten sie dabei bewundernd angesehen, jetzt da sie wussten, dass es in Esthers Café spukte. Der Zylinder tragende Vorbesitzer des Gebäudes – Friedrich Falkenstein, wie er Merle und Esther in einer Ouija-Brett-Befragung mitgeteilt hatte – störte sich nicht daran. Jetzt musste er wenigstens niemanden mehr verjagen, wenn ihm Gäste zu nah kamen, da ihm keiner mehr seinen Platz wirklich streitig machen konnte. Jeden Morgen entzündete Esther seine Kerze, wenn sie ihre Schicht begann, und löschte sie wieder, wenn sie das Café für den Feierabend verließ. Und dafür brannte ihr kein Kuchen mehr an, vergaß sie nie den Herd auszuschalten, bevor sie das Haus verließ, und wurde immer mit herunterfallendem Besteck gewarnt, bevor sich Besuch einstellte.

„Vielleicht steckt in Goslar doch in jeder Frau ein Stück einer Hexe", raunte Ulrik in Merles Haare und zog sie näher an sich heran.

„Vielleicht, aber schließlich wissen das nur die Katzen und all die Geister, ganz gleich, wie wir sie nennen, und ob sie vorher unsere Ahnen oder die unserer Tiere und Pflanzen waren", murmelte sie schläfrig und lächelte, während der Regen draußen an die Scheiben schlug.

„Bestimmt. Aber am Ende zählt nur, dass sie für uns die Würze in der Suppe des Lebens sind." Sie musste nicht hinsehen, um zu wissen, dass ein breites glückliches Grinsen seinen Mund verzog.

Danksagung

Mein größter Dank gebührt Armin, meinem wunderbaren Mann, der immer an mich glaubt, mich in allem unterstützt und mit seiner Fantasie inspiriert. Keine Situation war für ihn zu knifflig. Ohne dich wäre meine Welt nur halb.

Ich danke Doris, die mit ihren eigenen Erfahrungen zu der einen oder anderen Szene in diesem Buch beitrug. Merle hätte kaum in gruseligere Geistergespräche verwickelt werden können. Danke auch für den Schubs, manchmal muss so etwas scheinbar durch andere kommen.

Heike Ohnstedt danke ich dafür, dass sie meine Geschichte unbedingt kennenlernen wollte.

Sam, Jutta, Gerhild und Katharina danke ich für die Geduld und die Begeisterung. Ihr seid großartige und kritische Erstleser.

Ole, Luca und Mara danke ich für die Inspiration.

Zuletzt gebührt ein großer Dank der alten Weide, unter deren sanft schaukelnden Ästen die Idee zu diesem Buch über mich kam. Und Goslar im Harz, einer alten Stadt voller Leben und Seele inmitten eines sagenumwobenen lockenden Gebirges, das so manches magische Geheimnis mit mir geteilt hat.